Das Buch
Belleville, ein heruntergekommener Vorort von Paris in den 60er Jahren: Madame Rosa, eine ehemalige Prostituierte, kümmert sich um die Kinder der Straßenmädchen. Der vierzehnjährige Halbwaise Momo ist ihr besonders ans Herz gewachsen. Um Momo vor seiner schrecklichen Vergangenheit zu schützen und um ihn nicht zu verlieren, läßt Rosa den Jungen glauben, er sei zehn Jahre alt. Momo kann weder lesen noch schreiben, lungert auf der Straße herum, klaut und hofft, eines Tages seine Mutter zu finden. Sein bester Freund ist der alte, fast erblindete Teppichhändler Monsieur Hamil, von dem er den Koran und die Verse des Victor Hugo lernt. Eines Tages taucht unverhofft nach langer Zeit Momos Vater auf und will seinen Sohn wieder zu sich nehmen. Madame Rosa bekommt große Angst, daß sie Momo nun nicht mehr schützen kann.

Der Autor
Romain Gary wurde 1914 in Moskau geboren. Er war in vielen Ländern Europas zu Hause, war UNO-Sprecher, Diplomat und Weltreisender. Im Jahr 1980 schied er freiwillig aus dem Leben. *Du hast das Leben noch vor dir* wurde 1975 mit dem Prix Goncourt ausgezeichnet, nach seinem Erscheinen in Deutschland gelangte der Roman sofort auf die Bestsellerliste.

Romain Gary
Du hast das Leben noch vor dir

Roman

Aus dem Französischen
von Eugen Helmlé

DIANA VERLAG
München Zürich

Diana Taschenbuch Nr. 62/0190

Die Originalausgabe
»la vie devant soi«
erschien 1975 bei Éditions Mercure de France

Taschenbuchausgabe 03/2002
Copyright © Éditions Mercure de France 1975
Copyright © dieser Ausgabe 2002 by Diana Verlag
Der Diana Verlag ist ein Unternehmen der
Heyne Verlagsgruppe München
Copyright © für die deutsche Übersetzung S. Fischer Verlag GmbH,
Frankfurt am Main, 1977
Printed in Germany 2002

Umschlagillustration: Focus/Robert Doisneau/Rapho
Umschlaggestaltung: Hauptmann und Kampa Werbeagentur, CH-Zug
Satz: Schaber Satz- und Datentechnik, Wels
Druck und Bindung: Elsnerdruck, Berlin
Gedruckt auf chlor- und säurefreiem Papier

ISBN: 3-453-19586-8

http://www.heyne.de

Sie haben gesagt:
  »Du bist verrückt geworden
um Dessentwillen, den du liebst.«
Ich habe gesagt:
  »Die Würze des Lebens
ist nur für die Verrückten.«

Yafi'i, Raoudh al rayahin.

Ich kann Ihnen gleich schon als erstes sagen, daß wir zu Fuß im sechsten Stock gewohnt haben, und daß das für Madame Rosa bei all den Kilos, die sie mit sich rumschleppte, und nur zwei Beinen ein richtiger Grund für ein Alltagsleben war, mit allen Sorgen und Mühen. Daran hat sie uns immer erinnert, wenn sie sich nicht gerade andersweitig beklagte, denn sie war auch noch Jüdin. Außerdem war ihre Gesundheit nicht die beste, und ich kann Ihnen gleich schon zu Anfang sagen, daß sie eine Frau war, die einen Aufzug verdient hätte.

Ich muß so drei Jahre alt gewesen sein, als ich Madame Rosa zum ersten Mal gesehen habe. Vorher hat man nämlich keine Erinnerung und lebt in der Unwissenheit. Mit vier oder fünf Jahren habe ich aufgehört, unwissend zu sein, und manchmal fehlt mir das.

Es gab noch viele andere Juden, Araber und Schwarze in Belleville, aber Madame Rosa mußte die sechs Etagen allein hinaufkraxeln. Sie hat gesagt, daß sie eines Tages im Treppenhaus sterben würde, und alle Kinder fingen an zu heulen, weil man das immer tut, wenn jemand stirbt. Wir waren mal sechs oder sieben, mal noch mehr da drin.

Am Anfang habe ich nicht gewußt, daß Madame Rosa sich nur um mich kümmerte, um am Monatsende eine Geldanweisung zu bekommen. Als ich das erfahren habe, war ich schon sechs oder sieben Jahre alt, und es war ein harter Schlag für mich zu wissen, daß ich bezahlt wurde. Ich hatte geglaubt, Madame Rosa würde mich umsonst lieben und wir täten einander was bedeuten. Ich habe eine ganze Nacht deswegen geweint, und es war mein erster großer Kummer.

Madame Rosa hat natürlich gesehen, daß ich traurig war, und sie hat mir erklärt, daß die Familie überhaupt nichts zu bedeuten hat und daß es sogar Leute gibt, wo in die Ferien fahren und ihre Hunde daheimlassen, an Bäume angebunden, und daß so jedes Jahr dreitausend Hunde sterben, die um die Liebe von Herrchen und Frauchen gekommen sind. Sie hat mich auf die Knie genommen und mir geschworen, daß ich das Liebste wäre, was sie auf der Welt hätte, aber ich habe sofort an die Geldanweisung gedacht und wieder losgeheult.

Ich bin hinuntergegangen in die Kneipe von Monsieur Driss und habe mich vor Monsieur Hamil gesetzt, der in Frankreich ambulanter Teppichhändler war und über alles Bescheid weiß. Monsieur Hamil hat schöne Augen, die allen um ihn herum guttun. Er war schon sehr alt, als ich ihn kennengelernt habe, und seitdem ist er immer älter geworden.

»Monsieur Hamil, warum lächeln Sie denn immer?«

»Ich danke auf diese Weise Gott jeden Tag für mein gutes Gedächtnis, mein kleiner Momo.«

Ich heiße Mohammed, aber alle nennen mich Momo, weil sich das kleiner anhört.

»Vor sechzig Jahren, als ich jung war, habe ich eine Frau kennengelernt, die mich geliebt hat und die ich auch geliebt habe. Das hat acht Monate gedauert, dann ist sie in ein anderes Haus gezogen, und ich erinnere mich immer noch an sie, sechzig Jahre danach. Ich habe zu ihr gesagt: Ich werde dich nicht vergessen. Die Jahre sind vergangen, ich habe sie nicht vergessen. Manchmal hatte ich Angst, weil ich noch viel Leben vor mir hatte, und was für ein Wort hätte ich mir selber geben können, ich, ein armer Mensch, wo doch Gott den Radiergummi in der Hand hat? Aber jetzt bin ich beruhigt. Ich werde Djamila nicht vergessen. Es bleibt mir nur noch sehr wenig Zeit, ich werde vorher sterben.«

Ich habe an Madame Rosa gedacht, ich habe ein wenig gezögert und dann gefragt:

»Monsieur Hamil, kann man ohne Liebe leben?«

Er hat nicht geantwortet. Er hat etwas Pfefferminztee getrunken, der gut ist für die Gesundheit. Monsieur Hamil hatte seit einiger Zeit immer eine graue Jellaba an, damit er nicht in der Weste überrascht wird, wenn er abberufen wird. Er hat mich angesehen und geschwiegen. Er hat bestimmt gedacht, daß ich noch für Jugendliche verboten bin und daß es Dinge gibt, die ich nicht zu wissen brauche. Ich muß damals so sieben, vielleicht auch acht Jahre alt gewesen sein, ich kann es Ihnen nicht genau sagen, weil ich kein Datum mitbekommen habe, wie Sie noch erfahren werden, wenn wir uns besser kennen, falls Sie finden, daß es die Mühe lohnt.

»Monsieur Hamil, warum antworten Sie nicht?«

»Du bist recht jung, und wenn man sehr jung ist, gibt es Dinge, die man besser nicht weiß.«

»Monsieur Hamil, kann man ohne Liebe leben?«

»Ja«, hat er gesagt und den Kopf gesenkt, als ob er sich schämen würde.

Ich habe zu weinen angefangen.

Lange Zeit habe ich gar nicht gewußt, daß ich Araber war, weil mich niemand beschimpft hat. Erst in der Schule habe ich es erfahren. Aber ich habe mich nie geprügelt, das tut immer weh, wenn man jemanden schlägt.

Madame Rosa war in Polen als Jüdin auf die Welt gekommen, aber sie hat sich einige Jahre in Marokko und

Algerien durchgeschlagen und sprach Arabisch wie Sie und ich. Sie hat auch jiddisch gesprochen aus denselben Gründen, und wir haben uns oft in dieser Sprache miteinander unterhalten. Die meisten anderen Mieter des Hauses waren Schwarze. Es gibt drei schwarze Wohngemeinschaften in der Rue Bisson und zwei andere, wo sie in Stämmen zusammenleben, wie sie das in Afrika tun. Es gibt vor allem die Sarakollés, die am zahlreichsten sind und die Toucouleurs, wo auch nicht von schlechten Eltern sind. Es gibt noch viele andere Stämme in der Rue Bisson, aber ich habe keine Zeit, sie Ihnen alle zu nennen. Die übrige Straße und der Boulevard de Belleville ist vor allem jüdisch und arabisch. Das geht so bis zur Goutte-d'Or, und dann fangen die französischen Viertel an.

Am Anfang habe ich nicht gewußt, daß ich keine Mutter hatte, und ich habe nicht einmal gewußt, daß man eine haben muß. Madame Rosa vermied es, darüber zu sprechen, um mich nicht auf dumme Gedanken zu bringen. Ich weiß nicht, warum ich auf die Welt gekommen bin und was eigentlich genau passiert ist. Mein Kumpel Mahoute, der ein paar Jahre älter ist als ich, hat mir erzählt, daß das nur wegen der hygienischen Verhältnisse ist. Er war in der Casbah von Algier geboren und erst hinterher nach Frankreich gekommen. In der Casbah gab es noch keine Hygiene und er war auf die Welt gekommen, weil es kein Bidet und kein Trinkwasser und nichts gegeben hat. Mahoute hat das alles später erfahren, als sein Vater sich hat rechtfertigen wollen und ihm geschworen hat, daß es wirklich bei keinem schlechter Wille war. Mahoute hat mir auch gesagt, daß die Frauen, wo sich durchschlagen, jetzt eine Pille für die Hygiene haben, aber er war zu früh auf die Welt gekommen.

Bei uns gab es eine ganze Menge Mütter, die ein- oder zweimal die Woche gekommen sind, aber es war immer nur für die andern. Wir waren fast alle Hurenkinder bei Madame Rosa, und wenn sie für ein paar Monate in die Provinz gefahren sind, um sich durchzuschlagen, sind sie vorher und nachher gekommen, um nach ihren Bälgern zu sehen. So hat das angefangen, daß ich mit meiner Mutter Ärger bekommen habe. Mir schien, daß jeder eine hatte, außer mir. Ich habe richtige Magenkrämpfe und Zuckungen bekommen, damit sie mich besuchen sollte. Auf dem Bürgersteig von gegenüber war ein Junge, der einen Ball hatte, und der hatte zu mir gesagt, daß seine Mutter immer käme, wenn er Bauchweh hätte. Ich habe Bauchweh gekriegt, aber es ist nichts dabei herausgekommen, und dann habe ich Krämpfe gekriegt, auch umsonst. Ich habe sogar überall in die Wohnung geschissen, um aufzufallen. Nichts. Meine Mutter ist nicht gekommen, und Madame Rosa hat mich zum erstenmal einen Araberarsch geschimpft, denn sie war keine Französin. Ich habe sie angebrüllt, daß ich meine Mutter sehen will, und wochenlang habe ich überall hingeschissen, um mich zu rächen. Madame Rosa hat schließlich zu mir gesagt, wenn ich so weitermache, würde ich in ein Fürsorgeheim kommen, und da habe ich's mit der Angst gekriegt, weil das Fürsorgeheim das erste ist, was man den Kindern beibringt. Ich habe weiter geschissen, aus Prinzip, aber das war kein Leben mehr. Wir waren damals sieben Hurenkinder bei Madame Rosa in Pension, und alle haben angefangen, um die Wette zu scheißen, denn Kinder sind die schlimmsten Konformisten, und überall lag so viel Kacke herum, daß ich dabei gar nicht weiter auffiel.

Madame Rosa war schon so alt und schwach, und sie bekam das in den falschen Hals, weil sie schon als Jüdin verfolgt worden war. Sie kraxelte ein paarmal am Tag mit ihren fünfundneunzig Kilo und ihren zwei Beinen die sechs Etagen rauf, und wenn sie reinkam und die Kacke hat gestunken, hat sie sich mit allen ihren Paketen in ihren Sessel fallen lassen und angefangen zu heulen, denn man muß sie verstehen. Die Franzosen sind fünfzig Millionen Einwohner, und sie hat gesagt, wenn sie es alle so gemacht hätten wie wir, dann hätten es die Deutschen nicht ausgehalten und wären gleich abgehauen. Madame Rosa hatte Deutschland während des Krieges gut kennengelernt, aber sie war wieder zurückgekommen. Sie ist reingekommen, hat die Kacke gerochen und hat angefangen zu schimpfen: »Das ist Auschwitz! Das ist Auschwitz!« denn sie war nach Auschwitz deportiert worden, wo die Juden waren. Aber was die Rasse betrifft, war sie immer sehr korrekt. So hat es bei uns zum Beispiel einen kleinen Moses gegeben, zu dem sie dreckiger Araberarsch gesagt hat, zu mir aber nie. Ich hatte das damals nicht so mitgekriegt, daß sie trotz ihres Gewichts zartfühlend war. Ich habe schließlich mit dem Scheißen aufgehört, weil doch nichts dabei rausgekommen ist und meine Mutter sich nicht sehen gelassen hat, aber ich habe noch lange Zeit Krämpfe und Zuckungen gehabt, und selbst jetzt bekomme ich manchmal noch Bauchweh davon. Ich habe angefangen, in den Läden zu stibitzen, eine Tomate oder eine Melone in der Auslage. Ich habe immer gewartet, bis jemand hinschaut, damit man es sieht. Wenn der Inhaber herauskam und mir einen Klaps gab, habe ich zu heulen angefangen, aber es hatte sich wenigstens jemand für mich interessiert.

Einmal habe ich vor einem Lebensmittelgeschäft gestanden und in der Auslage ein Ei gestohlen. Die Inhaberin war eine Frau, und sie hat mich gesehen. Ich habe überhaupt lieber dort gestohlen, wo eine Frau war, denn daß meine Mutter eine Frau war, war das einzige, was ich genau wußte, es geht nicht anders. Ich habe ein Ei genommen und es in die Tasche gesteckt. Die Inhaberin ist gekommen, und ich habe gewartet, daß sie mir eine klebt, um so richtig aufzufallen. Aber sie hat sich neben mich gehockt und hat mir über die Kopf gestreichelt. Sie hat sogar gesagt:

»Bist du aber niedlich!«

Zuerst habe ich geglaubt, daß sie auf die Gefühlstour ihr Ei wiederhaben wollte, und ich habe es fest in der Hand behalten, die tief in meiner Tasche steckte. Sie hätte mir zur Strafe ja einen Klaps geben können, jedenfalls hat das eine Mutter zu tun, wenn sie einen erwischt. Aber sie ist aufgestanden, ist an den Ladentisch gegangen und hat mir noch ein Ei gegeben. Und dann hat sie mich geküßt. Für einen Augenblick überkam mich eine Hoffnung, die ich Ihnen nicht beschreiben kann, weil es das nicht gibt. Den ganzen Morgen lang habe ich mich vor dem Laden herumgedrückt und gewartet. Ich weiß nicht, auf was ich gewartet habe. Manchmal hat mir die Frau zugelächelt, und ich bin weiter da stehen geblieben mit meinem Ei in der Hand. Ich war sechs Jahre alt oder so ungefähr, und ich habe geglaubt, es wäre fürs Leben, dabei war es nur ein Ei. Ich bin nach Hause gegangen und habe den ganzen Tag Bauchweh gehabt, Madame Rosa war auf der Polizei wegen einer falschen Zeugenaussage, um die Madame Lola sie gebeten hatte. Madame Lola war ein Transvestit aus der vierten Etage, die im Bois de Boulogne arbeitete und einmal Boxmeister im Senegal gewesen ist, bevor sie übers Meer kam, und sie hatte einen Kunden im Bois niedergeschlagen, der als Sadist an die falsche Adresse geraten war, denn er konnte das ja nicht wissen. Madame Rosa war als Zeugin aussagen gegangen, daß sie an diesem Abend mit Madame Lola im Kino war und daß sie danach zusammen Fernsehen geguckt hätten. Ich werde Ihnen noch mehr über Madame Lola erzählen, das war wirklich eine Person, wo nicht so war wie die andern, denn die gibt's. Ich habe sie dafür gern gehabt.

Kinder sind alle sehr ansteckend. Ist mal eins da, kommen auch gleich die andern. Wir waren damals zu siebt bei Madame Rosa, davon zwei nur tagsüber, die Monsieur Moussa, der bekannte Straßenkehrer, um sechs Uhr morgens ablieferte, wenn die Straßenreinigung begann, in Abwesenheit seiner Frau, die an irgendwas gestorben war. Er hat sie nachmittags wieder abgeholt, um sich selber um sie zu kümmern. Außerdem gab es Moses, der noch jünger war als ich, Banania, der sich ständig freute, weil er gutgelaunt zur Welt gekommen war, Michel, der vietnamesische Eltern gehabt hatte und den Madame Rosa seit einem Jahr keinen Tag länger behalten wollte, weil man sie nicht mehr bezahlte. Diese Jüdin war eine brave Frau, aber sie hatte ihre Grenzen. Doch die Frauen, die sich durchgeschlagen haben, sind oft weit fortgegangen, wo sie sehr gut bezahlt worden sind und wo die Nachfrage groß war, und sie haben ihr Kind Madame Rosa anvertraut und sind dann nicht mehr wiedergekommen. Sie sind weggegangen und peng. Das sind alles die Geschichten von Kindern, wo sich nicht rechtzeitig haben abtreiben lassen können und wo nicht notwendig waren. Madame Rosa hat sie manchmal in Familien untergebracht, die sich allein gefühlt haben und die eins gebraucht haben, aber das war schwierig, denn da gibt es Gesetze. Wenn eine Frau sich durchschlagen muß, bekommt sie die elterliche Gewalt abgeholt, das ist so wegen der Prostitution. Deshalb hat sie Angst, daß sie ihr Kind verliert und versteckt es, damit es nicht andern gegeben wird. Sie gibt es bei Leuten in Verwahrung, die sie kennt und wo Diskretion gewahrt wird. Ich kann Ihnen gar nicht sagen, wie viele Hurenkinder ich bei Madame Rosa habe kommen und gehen sehen, aber solche wie mich, die für immer da waren, hat es nur wenige gegeben. Am längsten nach mir waren Moses, Banania und der Vietnamese geblieben, der schließlich von einem Restaurant in der Rue Monsieur-le-Prince aufgenommen worden ist und den ich nicht mehr wiedererkennen würde, wenn ich ihm heute begegnen würde, so lange ist das schon her.

Als ich angefangen habe, nach meiner Mutter zu verlangen, hat mich Madame Rosa einen kleinen Wichtigtuer geschimpft, und alle Araber wären so, man gibt ihnen den kleinen Finger, und sie wollen gleich die ganze Hand. Madame Rosa selber war nicht so, sie hat das nur wegen der allgemeinen Vorurteile gesagt, und ich habe genau gewußt, daß ich ihr Liebling war. Wenn ich zu schreien anfing, haben die anderen auch zu schreien angefangen, und Madame Rosa stand da mit sieben Knirpsen, die nach ihrer Mutter verlangten und dabei um die Wette schrien, und sie hat einen regelrechten Anfall kollektiver Hysterie bekommen. Sie hat sich die Haare gerauft, die sie schon gar nicht mehr hatte, und Tränen vergossen über die Undankbarkeit. Sie hat ihr Gesicht in den Händen versteckt und weiter geheult, aber dieses Alter kennt kein Mitleid. Sogar Gips ist von der Wand gefallen, nicht weil Madame Rosa geweint hat, es waren nur materielle Schäden.

Madame Rosa hatte graue Haare, die sind ebenfalls ausgefallen, weil sie nicht mehr so gut dort gehalten haben. Sie hatte große Angst, eine Glatze zu bekommen, das ist schlimm für eine Frau, die sonst nicht mehr viel hat. Sie hatte mehr Hintern und Brust als sonst irgendwer, und wenn sie sich im Spiegel betrachtet hat, dann hat sie sich breit zugelächelt, als wenn sie versuchen wollte, sich zu gefallen. Sonntags hat sie sich von Kopf bis Fuß fein gemacht, ihre rote Perücke aufgesetzt und sich in den Park Beaulieu gesetzt, wo sie ein paar Stunden mit Eleganz sitzen geblieben ist. Sie hat sich ein paarmal am Tag geschminkt, aber was will man dagegen tun. Mit der Perücke und der Schminke hat man das weniger gesehen, und sie hat immer Blumen in die Wohnung gestellt, damit es um sie herum hübscher sein sollte.

Als sie sich beruhigt hat, hat sie mich aufs Örtchen geschleppt und mich einen Anführer geschimpft und zu mir gesagt, die Anführer würden immer mit Gefängnis bestraft werden. Sie hat mir erklärt, daß meine Mutter alles sehen würde, was ich mache, und daß ich ein sauberes, anständiges Leben führen müßte, wenn ich sie eines Tages wieder haben wollte, ohne Jugendkriminalität. Das Örtchen war noch kleiner als sonst, und Madame Rosa hat nicht ganz hineingepaßt wegen ihrem Umfang, und es war sogar seltsam, wie groß der bei einer so alleinstehenden Person sein konnte. Ich glaube, daß sie sich da drin noch alleinstehender gefühlt haben muß.

Wenn die Zahlungsanweisungen für einen von uns nicht mehr gekommen sind, hat Madame Rosa den Schuldigen nicht rausgeworfen. Das war bei dem kleinen Banania der Fall, sein Vater war unbekannt, und man konnte ihm nichts vorwerfen; seine Mutter hat alle sechs Monate ein bißchen Geld geschickt, wenn überhaupt. Madame Rosa hat Banania zwar ausgeschimpft, aber dem war das Wurscht, weil er erst drei Jahre alt war und immer lächelte. Ich glaube, daß Madame Rosa Banania vielleicht in ein Fürsorgeheim gegeben hätte, nicht aber sein Lächeln, und weil man das eine nicht ohne das andere haben kann, hat sie beide behalten müssen. Ich habe den Auftrag bekommen, Banania in die afrikanischen Wohngemeinschaften in der Rue Bisson zu führen, damit er schwarz sieht, Madame Rosa hat da großen Wert drauf gelegt. »Er muß schwarz sehen, sonst kann er sich später nicht anpassen.«

Ich habe Banania also an der Hand genommen und ihn nebenan geführt. Er ist sehr gut aufgenommen worden, denn das sind alles Leute, deren Familien in Afrika geblieben sind, und ein Kind erinnert immer an ein anderes. Madame Rosa hat überhaupt nicht gewußt, ob Banania, der Touré hieß, Sudanese, Senegalese, Guineer oder sonstwas war, seine Mutter hatte sich in der Rue Saint-Denis durchgeschlagen, bevor sie nach Abidjan in ein Haus gekommen ist, und das sind Dinge, die man in diesem Beruf eben nicht wissen kann. Moses war auch sehr unregelmäßig, aber bei ihm war Madame Rosa in der Klemme, denn sie konnte ihn nicht in ein Fürsorgeheim stecken, das war unter Juden unmöglich. Für mich kam an jedem Monatsersten eine Überweisung von dreihundert Francs, und ich war unangreifbar. Ich glaube, daß Moses eine Mutter hatte, und daß sie sich geschämt hat und ihre Eltern nichts gewußt haben, weil sie aus guter Familie war, und Moses war blond und hatte blaue Augen und gar keine typische Nase, und das waren spontane Geständnisse, man brauchte ihn nur anzusehen.

Meine dreihundert Francs im Monat, die auf Heller und Pfennig bezahlt wurden, verschafften mir Respekt bei Madame Rosa. Ich bin auf die zehn zugegangen, ich hatte sogar Schwierigkeiten mit meiner Frühreife, weil die Araber immer früher als die andern einen Steifen bekommen. Ich habe also gewußt, daß ich für Madame Rosa was Solides darstellte und daß sie schon zweimal hinsah, bevor sie mich rausschmiß. Das ist damals auf dem Örtchen passiert, als ich sechs Jahre alt war. Sie werden mir nun sagen, daß ich die Jahre durcheinanderbringe, aber das stimmt nicht, und ich werde Ihnen noch erklären, wenn der Zeitpunkt gekommen ist, wie ich auf einmal alt geworden bin.

»Hör zu, Momo, du bist der Älteste, du mußt ein Beispiel geben, mach mir also keinen Zores mehr mit deiner Mama. Ihr könnt von Glück sagen, daß ihr eure Mamas nicht kennt, in eurem Alter ist man noch empfindsam, und eure Mamas sind Huren, wie's nicht mal die Polizei erlaubt, manchmal glaubt man sogar, daß man träumt. Weißt du, was eine Hure ist?«

»Das sind Weiber, die sich mit ihrer Möse durchschlagen.«

»Ich frage mich nur, wo du solche Scheußlichkeiten aufgeschnappt hast, aber es ist viel Wahres an dem, was du sagst.«

»Haben Sie sich auch mit Ihrer Möse durchgeschlagen, Madame Rosa, als Sie jung und hübsch waren?«

Sie hat gelächelt, das hörte sie gern, daß sie einmal jung und hübsch gewesen war.

»Du bist ein guter Junge, Momo, aber sei friedlich und verhalte dich ruhig. Hilf mir. Ich bin alt und krank. Seitdem ich aus Auschwitz gekommen bin, habe ich nur Ärger gehabt.«

Sie war so traurig, daß man nicht einmal gesehen hat, daß sie häßlich war. Ich habe ihr die Arme um den Hals gelegt und ihr einen Kuß gegeben. Auf der Straße hieß es von ihr, daß sie eine Frau ohne Herz ist, und es hat auch gestimmt, daß sich niemand um ihr Herz gekümmert hat. Sie hat fünfundsechzig Jahre ohne Herz durchhalten müssen, und es gab Augenblicke, wo man ihr verzeihen mußte.

Sie hat so furchtbar geweint, daß ich pinkeln mußte.

»Entschuldigen Sie, Madame Rosa, ich muß pinkeln.«

Danach habe ich zu ihr gesagt:

»Also gut, Madame Rosa, ich weiß, daß das mit meiner Mutter nicht möglich ist, aber könnten wir statt dessen nicht einen Hund halten?«

»Was? Was? Glaubst du denn, wir haben hier auch noch Platz für einen Hund? Und womit soll ich ihn füttern? Wer soll ihm denn die Geldanweisungen schikken?«

Aber sie hat nichts gesagt, als ich einen kleinen graugelockten Pudel im Hundezwinger in der Rue Calefeutre gestohlen und nach Hause gebracht habe. Ich bin in den Hundezwinger hineingegangen und habe gefragt, ob ich den Hund mal streicheln darf, und die Besitzerin hat mir den Hund gegeben, als ich sie angesehen habe, wie ich es immer tue. Ich habe ihn genommen, gestreichelt und dann bin ich wie ein Pfeil davongeflitzt. Wenn ich etwas kann, dann ist es laufen. Ohne das kommt man im Leben nicht weiter.

Mit diesem Hund habe ich mir was ganz Dummes eingebrockt. Ich habe ihn gleich geliebt wie es gar nicht erlaubt ist. Auch die andern, außer Banania vielleicht, dem der Hund völlig Wurscht war, denn er war ja so schon glücklich genug, grundlos übrigens, denn ich habe noch nie einen glücklichen Schwarzen gesehen, der Grund dazu hatte. Ich trug den Hund immer auf dem Arm und fand und fand keinen Namen für ihn.

Jedesmal, wenn ich an Tarzan oder Zorro dachte, habe ich gespürt, daß es irgendwo einen Namen gab, der noch niemand hatte und der wartete. Schließlich habe ich mich unter Vorbehalt für Super entschieden, mit der Möglichkeit zu wechseln, wenn ich was Schöneres finden würde. Ich hatte angestaute Überschüsse in mir und habe alles Super gegeben. Ich weiß nicht, was ich ohne ihn getan hätte, ich hatte ihn wirklich dringend gebraucht, wahrscheinlich wäre ich ohne ihn am Ende eingebuchtet worden. Wenn ich ihn ausführte, hatte ich das Gefühl, jemand Wichtiges zu sein, weil ich alles war, was er auf der Welt hatte. Ich war schon neun Jahre alt oder um die neun, und in diesem Alter denkt man schon, außer vielleicht, wenn man glücklich ist. Ich muß auch sagen, ohne jemand ärgern zu wollen, daß es bei Madame Rosa doch sehr triste war, auch wenn man dran gewöhnt ist. Als Super für mich zu wachsen anfing, gefühlsmäßig meine ich, habe ich ihm ein Leben bereiten wollen, wie ich mir's selber gewünscht hätte, wenn das möglich gewesen wäre. Ich möchte noch einmal betonen, daß es nicht irgendein Hund war, sondern ein Pudel. Eine Dame hat gesagt, oh, was für ein schönes Hundchen, und sie hat mich gefragt, ob er zu verkaufen wäre. Ich war schlecht angezogen, und ich sehe nicht aus wie ein Einheimischer, und sie hat genau gesehen, daß es ein Hund war, der gar nicht zu mir gepaßt hat.

Ich habe ihr Super für fünfhundert Francs verkauft, und das war für ihn wirklich ein Geschäft. Ich habe fünfhundert Francs von der Frau verlangt, weil ich sicher sein wollte, daß sie gut betucht ist. Ich bin an die richtige geraten, sie hatte sogar ein Auto mit Chauffeur, und sie hat Super sofort hineingesetzt für den Fall, daß ich Eltern hätte, die Krach schlagen würden. Und was ich Ihnen jetzt sage, werden Sie mir nicht glauben. Ich habe die fünfhundert Francs genommen und sie in den nächsten Gully geworfen. Dann habe ich mich auf den Bürgersteig gesetzt und wie ein Kalb geflennt und die Fäuste in die Augen gedrückt, aber ich war glücklich. Bei Madame Rosa hatte er keine Sicherheit, denn wir hängen ja alle nur an einem Faden bei dieser alten, kranken Frau, die kein Geld hat, und dazu das Fürsorgeheim, das über unseren Köpfen hängt, das war kein Leben für einen Hund.

Als ich nach Hause gekommen bin und ihr gesagt habe, daß ich Super für fünfhundert Francs verkauft und das Geld in den Gully geworfen hätte, bekam Madame Rosa eine Heidenangst, sie hat mich angesehen, und sie ist in ihr Zimmer gelaufen und hat zweimal den Schlüssel umgedreht. Seitdem hat sie sich immer eingesperrt, wenn sie schlafen gegangen ist, für den Fall, daß ich ihr doch einmal die Kehle durchschneiden würde. Die anderen Kinder haben einen furchtbaren Spektakel gemacht, als sie es erfahren haben, weil sie Super nicht wirklich liebten, sie haben ihn nur zum Spaß gemocht.

Wir waren damals ein ganzer Haufen, sieben oder acht. Da war Salima, die ihre Mutter noch in letzter Minute gerettet hatte, als die Nachbarn sie als Straßendirne angezeigt hatten, und die von der Fürsorge bei ihr aufgekreuzt sind wegen unwürdigem Verhalten. Sie hat den Kunden unterbrochen und hat Salima, die in der Küche war, durch das Fenster im Erdgeschoß rausgeschafft und sie die ganze Nacht in einer Mülltonne versteckt. Morgens ist sie mit der Kleinen, die nach Kehricht stank, in einem hysterischen Zustand bei Madame Rosa angekommen. Vorübergehend hatten wir auch Antoine, der war ein richtiger Franzose und der einzige Inländer, und wir haben ihn alle aufmerksam betrachtet, um zu sehen, wie die gemacht sind. Aber er war erst zwei Jahre alt, und so sah man nicht viel. Ich erinnere mich nicht mehr, wer sonst noch da war, wir hatten ständig Wechsel, weil die Mütter immer wieder ihre Kinder zurückholen. Madame Rosa hat gesagt, daß die Frauen, wo sich durchschlagen, daß die nicht genügend moralischen Halt haben, weil die Zuhälter ihren Beruf oft nicht mehr so verstehen, wie es sich gehört. Sie brauchen ihre Kinder, um zu wissen, warum sie leben. Und wenn sie mal einen Augenblick Zeit oder eine Krankheit hatten, fuhren sie mit ihrem Balg aufs Land, um die Gelegenheit zu nutzen. Ich habe nie verstanden, warum man den karteimäßig erfaßten Huren nicht erlaubt, ihr Kind selbst zu erziehen, die andern tun's doch auch. Madame Rosa hat gemeint, daß es deswegen ist, weil in Frankreich die Möse so wichtig genommen wird wie sonst nirgends, das nimmt hier nämlich Ausmaße an, die kann man sich gar nicht vorstellen, wenn man es nicht gesehen hat. Madame Rosa hat gesagt, daß die Möse neben Ludwig dem Vierzehnten das Wichtigste ist, was die Franzosen kennen, und deshalb werden die Prostituierten, wie man sie nennt, verfolgt, weil die anständigen Frauen nur für sich allein eine haben wollen. Ich habe bei uns Mütter weinen gesehen, man hatte sie bei der Polizei angezeigt, daß sie in ihrem Beruf ein Kind hätten, und sie sind vor Angst fast umgekommen. Madame Rosa hat sie beruhigt und ihnen erklärt, sie hätte einen Polizeiinspektor an der Hand, der selber ein Hurenkind war, und der würde sie beschützen, und sie hätte auch einen Juden an der Hand, der ihr falsche Papiere ausstellt, was aber niemand merken könnte, so echt wären die. Ich habe diesen Juden nie gesehen, denn Madame Rosa hat ihn geheimgehalten. Sie hatten sich im jüdischen Lager in Deutschland kennengelernt, wo sie irrtümlicherweise nicht ausgerottet worden sind, und sie hatten sich geschworen, daß man sie nicht mehr schnappen würde. Der Jude hat irgendwo in einem französischen Viertel gewohnt, und er hat sich falsche Papiere gemacht wie ein Irrer. Von ihm hatte Madame Rosa Urkunden, die beweisen, daß sie jemand ganz anderes war, so wie alle anderen. Sie hat gesagt, damit könnten nicht mal die Israelis etwas gegen sie beweisen. Natürlich war sie in dieser Hinsicht nie ganz beruhigt, denn dazu muß man tot sein. Im Leben herrscht halt immer panischer Schrecken.

Ich habe Ihnen also gesagt, daß die Kinder stundenlang gemotzt haben, als ich Super weggegeben habe, um ihm eine Zukunft zu sichern, die er bei uns nicht hatte, außer Banania, der wie immer höchst zufrieden war. Sie können mir glauben, dieser Halunke war nicht von dieser Welt, er war schon vier Jahre alt und immer noch zufrieden.

Als erstes hat mich Madame Rosa am nächsten Tag zu Dr. Katz geschleppt, um festzustellen, ob ich nicht geistesgestört bin. Madame Rosa wollte mir Blut entnehmen und untersuchen lassen, ob ich nicht als Araber syphilitisch bin, aber Dr. Katz ist so wütend geworden, daß sein Bart gezittert hat, denn ich habe vergessen Ihnen zu sagen, daß er einen Bart hatte. Er hat Madame Rosa etwas Saftiges geschimpft und sie angeschrien, daß das Gerüchte von Orleans sind. Die Gerüchte von Orleans, das war, als die Juden in der Konfektion die weißen Frauen nicht mit Drogen und Medikamenten vollpumpten, um sie in die Bordelle zu schicken, und alle Welt hat ihnen das übel genommen, sie kommen immer umsonst ins Gerede.

Madame Rosa war noch ganz aufgewühlt.

»Wie ist es genau gewesen?«

»Er hat die fünfhundert Francs genommen und sie in einen Gully geworfen.«

»Ist das sein erster Wutanfall?«

Madame Rosa hat mich angesehen ohne zu antworten, und ich war sehr traurig. Ich habe den Leuten nie gern Kummer gemacht, ich bin Philosoph. Hinter Dr. Katz hat ein Segelschiff gestanden auf einem Kamin mit ganz weißen Flügeln, und weil ich sehr unglücklich war, wollte ich fort, ganz weit fort, weit fort von mir, und ich habe das Schiff fliegen gelassen, ich bin an Bord gegangen und mit sicherer Hand über den Ozean geflogen. Ich glaube, daß ich dort, an Bord von Dr. Katz' Segelschiff, zum erstenmal weit fortgefahren bin. Bis dahin kann ich eigentlich nicht sagen, daß ich ein Kind war. Noch heute kann ich, wenn ich will, an Bord von Dr. Katz' Segelschiff gehen und ganz allein an Bord weit fortfahren. Ich habe nie mit jemand darüber gesprochen und immer so getan, als ob ich da wäre.

»Bitte, Herr Doktor, untersuchen Sie dieses Kind eingehend. Sie haben mir Aufregung verboten, wegen meinem Herz, und er hat das Liebste, was er auf der Welt hatte, verkauft und die fünfhundert Francs in den Gully geworfen. Selbst in Auschwitz haben wir so etwas nicht gemacht.«

Dr. Katz war bei allen Juden und Arabern um die Rue Bisson herum wegen seiner christlichen Nächstenliebe bekannt, und er behandelte die Leute von morgens bis abends und sogar noch später. Ich habe ihn in sehr guter Erinnerung behalten, es war der einzige Ort, wo ich von mir reden hörte und wo man mich untersuchte, als ob ich etwas Wichtiges wäre. Ich kam oft allein, nicht weil ich krank war, sondern um mich in den Warteraum zu setzen. Ich bin eine ganze Zeitlang dort sitzen geblieben. Er hat zwar gesehen, daß ich für nichts da war und daß ich einen Stuhl in Beschlag gelegt habe, obwohl es schon soviel Elend auf der Welt gab, aber er hat mir immer sehr freundlich zugelächelt und war nicht verärgert oder wütend. Ich habe oft gedacht, wenn ich ihn ansah, daß ich mir Dr. Katz zum Vater ausgesucht hätte, wenn ich einen Vater hätte.

»Er hat diesen Hund abgöttisch geliebt, sogar im Bett hat er ihn im Arm gehalten, und was tut er? Er verkauft ihn und wirft das Geld weg. Dieses Kind ist nicht wie es sein soll, Herr Doktor. Ich habe Angst vor einem Fall plötzlichen Wahnsinns in seiner Familie.«

»Ich kann Ihnen versichern, daß nichts passieren wird, absolut nichts, Madame Rosa.«

Ich habe zu weinen angefangen. Ich wußte genau, daß nichts passieren würde, aber es war das erste Mal, daß ich das so offen zu hören bekam.

»Kein Grund zum Weinen, mein kleiner Mohammed. Aber wenn es dir gut tut, weine ruhig. Weint er oft?«

»Nie«, sagte Madame Rosa. »Er weint nie, der Kleine, und dabei weiß Gott, daß ich leide.«

»Na also, Sie sehen doch, daß es schon besser geht«, sagte der Doktor. »Er weint. Er entwickelt sich normal. Es war schon richtig, daß Sie mit ihm hergekommen sind. Madame Rosa, ich werde Ihnen Beruhigungsmittel verschreiben. Sie haben Angstzustände, das ist alles.«

»Wenn man sich um Kinder kümmert und sie großzieht, braucht man viel Angst, sonst werden es Strolche, Herr Doktor.«

Auf dem Heimweg sind wir Hand in Hand durch die Straße gegangen, Madame Rosa zeigt sich gern in Gesellschaft. Sie zieht sich immer lang an, wenn sie ausgeht, weil sie mal eine Frau gewesen ist, und ein bißchen davon ist an ihr hängen geblieben. Sie schminkt sich stark, aber das nützt nichts mehr, daß sie sich in ihrem Alter noch verstecken will. Sie sieht aus wie eine alte jüdische Kröte mit Brille und Asthma. Wenn sie mit den Einkäufen die Treppe raufkraxelt, bleibt sie ständig stehen, und sie hat gesagt, daß sie eines Tages noch mitten im Treppenhaus tot umfallen wird, als ob das so wichtig wäre, noch alle sechs Etagen hinter sich zu bekommen.

Zu Hause haben wir Monsieur N'Da Amédée vorgefunden, den Loddel, wo man auch Zuhalter nennt. Wenn Sie die Gegend kennen, so wissen Sie, daß sie immer voller Eingeborener ist, die alle aus Afrika zu uns kommen, wie der Name schon sagt. Sie leben in mehreren Wohngemeinschaften, wo man Elendswohnungen nennt und wo sie nicht die unbedingt notwendigen Erzeugnisse haben, wie die Hygiene und die Heizung von der Stadt Paris, die nicht bis dorthin reicht. Es gibt schwarze Wohngemeinschaften, wo sie bis zu hundertzwanzig sind mit acht Mann pro Zimmer und einem einzigen Klo unten, deshalb verbreiten sie sich überall, denn das sind Dinge, wo man nicht warten lassen kann. Vor meiner Zeit hat es Barackenstädte gegeben, aber Frankreich hat sie abreißen lassen, damit man das nicht sieht. Madame Rosa hat erzählt, daß es in Aubervilliers ein Wohnheim gegeben hat, wo man die Senegalesen mit Kohleöfen erstickt hat, weil man sie bei geschlossenen Fenstern in ein Zimmer steckte, und am andern Tag waren sie alle tot. Sie waren an den schlechten Einflüssen erstickt, die aus dem Ofen gekommen sind, während sie den Schlaf des Gerechten geschlafen haben. Ich bin sie oft in der Rue Bisson nebenan besuchen gegangen, und ich bin immer gut aufgenommen worden, es waren meistens Mohammedaner wie ich, aber das war nicht der Grund. Ich glaube, es hat sie gefreut, einen neunjährigen Jungen zu sehen, der noch keine einzige Idee im Kopf hatte. Es stimmt zum Beispiel gar nicht, daß die Schwarzen alle gleich sind.

Madame Sambor, die ihnen den Haushalt führt, gleicht überhaupt nicht Monsieur Dia, wenn man sich an die Dunkelheit gewöhnt hat. Monsieur Dia ist nicht lustig. Er hat Augen, als wenn sie dazu da wären, Angst zu machen. Er liest ständig. Er hat auch so ein langes Rasiermesser, wo man nicht zuklappen kann, wenn man auf ein Dings drückt. Er benutzt es, um sich zu rasieren, aber frag nicht. Sie sind zu fünfzig in der Wohngemeinschaft, und die andern gehorchen ihm. Wenn er nicht liest, macht er auf dem Boden gymnastische Übungen, um der Stärkere zu sein. Er ist sehr kräftig, hat aber nie genug davon. Ich habe nicht verstanden, warum ein Herr, wo schon so stämmig ist, solche Anstrengungen macht, um sich noch zu steigern. Ich habe ihn nichts gefragt, aber ich glaube, daß er sich nicht kräftig genug fühlte für alles, was er machen wollte. Ich würde manchmal auch am liebsten platzen, so gern wäre ich stark. Es gibt Augenblicke, wo ich davon träume, Bulle zu werden und vor nichts und niemand mehr Angst zu haben. Ich habe meine Zeit damit zugebracht, um das Kommissariat in der Rue Deudon herumzustreichen, doch ohne Hoffnung, weil ich genau gewußt habe, daß es mit neun Jahren nicht möglich ist, ich war noch zu minderjährig. Ich habe davon geträumt, ein Bulle zu sein, weil sie die Kraft der Sicherheit haben. Ich habe geglaubt, daß sie die Stärksten sind, ich habe nicht gewußt, daß es auch noch Polizeikommissare gibt, ich habe gemeint, beim Bullen hört es auf. Erst später habe ich erfahren, daß es noch was viel Besseres gibt, aber ich habe mich nie bis zum Polizeipräfekten aufschwingen können, das ist über meine Phantasie gegangen. Ich muß so acht, neun oder zehn Jahre alt gewesen sein, und ich hatte große Angst davor, eines Tages allein auf der Welt zu stehen. Je mühsamer Madame Rosa die sechs Etagen raufgekraxelt ist und je öfter sie sich hingesetzt hat, um so kleiner und nichtiger habe ich mich gefühlt und Angst gehabt.

Da war auch diese Frage nach meinem Geburtsdatum, die mir ziemlich viel zu schaffen gemacht hat, vor allem, als ich von der Schule zurückgeschickt worden bin, weil ich zu jung für mein Alter war. Auf jeden Fall war das unwichtig, dann das Schriftstück, das bewiesen hat, daß ich geboren bin und daß alles seine Ordnung hatte, war gefälscht. Wie ich Ihnen schon gesagt habe, hatte Madame Rosa mehrere im Haus, und sie konnte sogar beweisen, daß sie seit Generationen nie Jüdin gewesen ist, für den Fall, daß die Polizei Nachforschungen anstellt, um sie zu finden. Sie hatte sich nach allen Seiten hin abgesichert, seitdem sie damals ganz unverhofft von der französischen Polizei, die die Deutschen belieferte, geschnappt und in ein Stadion für Juden gebracht worden war. Danach hat man sie in ein jüdisches Heim in Deutschland gebracht, wo man die Juden verbrannt hat. Sie hatte die ganze Zeit über Angst, aber nicht wie die andern, sondern sie hat noch viel mehr Angst gehabt.

Eines Nachts habe ich gehört, wie sie im Traum geschrien hat, davon bin ich wach geworden, und ich habe gesehen, wie sie aufgestanden ist. Wir hatten zwei Zimmer, und sie hat eines für sich allein behalten, außer wenn es gedrängt voll war, dann haben Moses und ich bei ihr geschlafen. Das war in jener Nacht der Fall, aber Moses war nicht bei uns, weil sich eine kinderlose jüdische Familie für ihn interessierte und ihn zur Beobachtung zu sich genommen hatte, um zu sehen, ob man ihn adoptieren konnte. Er kam völlig geschafft nach Hause zurück, derart strengte er sich an, um ihnen zu gefallen. Sie hatten einen koscheren Lebensmittelladen in der Rue Tienné.

Als Madame Rosa geschrien hat, bin ich davon wach geworden. Sie hat Licht gemacht, und ich habe ein Auge aufgemacht. Ihr Kopf hat gezittert, und sie hatte Augen, als ob sie etwas sehen würde. Dann ist sie aufgestanden, hat ihren Morgenmantel angezogen und einen Schlüssel genommen, der unterm Schrank versteckt war. Wenn sie sich bückt, ist ihr Arsch noch größer als gewöhnlich.

Sie ist zur Tür raus und die Treppe runtergegangen. Ich bin hinter ihr her, weil sie so furchtbare Angst hatte, daß ich mich nicht allein zu bleiben traute.

Madame Rosa ist mal im Hellen, mal im Dunkeln die Treppe runtergegangen, weil die Treppenhausbeleuchtung bei uns aus wirtschaftlichen Gründen sehr kurz ist, der Hausverwalter ist ein Halunke. Einmal, als es wieder dunkel geworden war, habe ich wie der letzte Depp Licht gemacht, und Madame Rosa, die eine Etage tiefer war, hat einen Schrei ausgestoßen, weil sie an die Gegenwart eines Menschen geglaubt hat. Sie hat nach oben geschaut und dann nach unten, und dann ist sie weiter die Treppe runtergegangen und ich auch, aber ich habe das Minutenlicht nicht mehr berührt, wir haben uns damit beide Angst gemacht. Ich habe überhaupt nicht gewußt, was los war, noch weniger als sonst, und das macht einem immer noch mehr Angst. Meine Knie haben gezittert, und es war entsetzlich zu sehen, wie diese Jüdin listig wie ein Sioux-Indianer die Etagen runterschlich, als wäre alles voller Feinde und noch schlimmer.

Als sie im Erdgeschoß angekommen ist, ist Madame Rosa nicht auf die Straße hinausgegangen, sie hat sich nach links gewandt, zur Kellertreppe, wo es kein Licht gibt und wo es sogar im Sommer dunkel ist. Madame Rosa hat uns verboten, an diesen Ort zu gehen, weil dort immer Kinder erdrosselt werden. Als Madame Rosa diese Treppe runtergegangen ist, habe ich wirklich geglaubt, daß jetzt mein letztes Stündchen gekommen und daß sie meschugge geworden ist, und ich habe zu Dr. Katz laufen wollen, um ihn zu wecken. Aber ich hatte jetzt so große Angst, daß ich lieber da blieb und mich nicht von der Stelle rührte, ich war sicher, daß es von allen Seiten aufheulen und auf mich einspringen würde, wenn ich mich bewegen täte, und die Ungeheuer kämen auf einen Schlag heraus, statt versteckt zu bleiben, wie sie es immer getan haben, seit ich auf der Welt war.

Darauf habe ich ein wenig Licht gesehen. Es kam aus dem Keller, und das hat mich ein wenig beruhigt, die Ungeheuer machen selten Licht, die fühlen sich im Dunkeln immer am wohlsten.

Ich bin runter in den Korridor gegangen, wo es nach Pisse gerochen hat und noch schlimmer, denn es gibt nur ein Klo für hundert in der schwarzen Wohngemeinschaft nebenan, und sie machen ihr Geschäft, wo sie können. Der Keller war in mehrere unterteilt, und eine der Türen hat offengestanden. Dort war Madame Rosa reingegangen, und von dort ist das Licht rausgekommen. Ich habe reingeschaut.

In der Mitte hat ein völliger verstoßener, speckiger, wackliger Sessel gestanden, und Madame Rosa hat drin gesessen. Die Wände waren nur Steine, die wie Zähne hervorstanden, und sie haben ausgesehen, als würden sie sich schieflachen. Auf einer Kommode hat ein Kerzenständer mit jüdischen Armen und einer Kerze gestanden, die gebrannt hat. Zu meiner Überraschung gab es ein Bett in einem Zustand zum Wegschmeißen, aber mit Matratzen, Decken und Kopfkissen. Es gab auch Säcke mit Kartoffeln, einen Kocher, Kanister und Kartons mit Dosen voller Sardinen. Ich war dermaßen erstaunt, daß ich keine Angst mehr hatte, bloß hatte ich einen nackten Arsch und fing an, kalt zu bekommen.

Madame Rosa ist einen Augenblick in diesem schäbigen Sessel sitzen geblieben und hat vergnügt gelächelt. Sie hat ein schlaues und sogar ein siegreiches Gesicht gemacht. Es war, als ob sie etwas sehr Listiges und Kluges getan hätte. Dann ist sie aufgestanden. In der Ecke hat ein Besen gestanden, und sie hat angefangen, den Keller zu kehren. Das hätte sie besser nicht getan, das hat nur Staub gemacht, und für ihr Asthma gibt es nichts Schlimmeres als Staub. Sofort hat sie Mühe mit dem Atmen gehabt und auf den Bronchien gepfiffen, aber sie hat weitergekehrt, und außer mir war niemand da, um es ihr zu sagen, allen anderen war das Wurscht. Natürlich ist die dafür bezahlt worden, daß sie sich um mich kümmert, und das einzige, was wir gemein hatten, war, daß wir nichts und niemand auf der Welt hatten, aber für ihr Asthma gab es nichts Schlimmeres als den Staub. Dann hat sie den Besen hingestellt und hat versucht, die Kerze zu löschen, indem sie drauf geblasen hat, aber sie hatte nicht genug Atem, trotz ihres Umfangs. Sie hat ihre Finger mit der Zunge naß gemacht und hat so die Kerze gelöscht. Ich bin sofort abgehauen, weil ich gewußt habe, daß sie fertig war und wieder hinaufgehen würde.

Gewiß, ich habe nichts von allem begriffen, aber das war nur eine Sache mehr. Ich hatte nicht die geringste Ahnung, warum sie eine Befriedigung dabei fand, mitten in der Nacht sechs Etagen und noch mehr runterzugehen, um sich in ihren Keller zu setzen und ein listiges Gesicht dabei zu machen.

Als sie wieder raufgegangen ist, hatte sie keine Angst mehr und ich auch nicht, weil das ansteckend ist. Wir haben nebeneinander den Schlaf der Gerechten geschlafen. Ich habe viel darüber nachgedacht, und ich glaube, daß Monsieur Hamil sich irrt, wenn er das sagt. Ich glaube, am besten schlafen die Ungerechten, denn denen ist alles Wurscht, während die Gerechten kein Auge zumachen können und sich wegen allem Sorgen machen. Sonst wären sie nicht gerecht. Monsieur Hamil hat immer so Ausdrücke, nach denen er sucht, wie etwa »glauben Sie meiner alten Erfahrung« oder »wie ich die Ehre gehabt habe, Ihnen zu sagen« und einen Haufen anderer, die mir gut gefallen, sie erinnern mich an ihn. Er war ein Mann, wie es keinen besseren geben kann. Er hat mich gelehrt, die »Sprache meiner Vorfahren zu schreiben«, er hat immer »Vorfahren« gesagt, weil meine Eltern wollte er in meiner Gegenwart lieber nicht erwähnen. Er hat mit mir im Koran gelesen, denn Madame Rosa hat gesagt, das wäre gut für die Araber. Als ich sie gefragt habe, woher sie überhaupt weiß, daß ich Mohammed heiße und ein guter Moslem bin, wo ich doch weder Vater noch Mutter habe und es kein Schriftstück gibt, wo mir das beweist, war sie ganz schön in der Klemme und hat gesagt, daß sie mir eines Tages, wenn ich groß und stark bin, diese Dinge erklären würde, daß sie mir aber keinen furchtbaren Schock versetzen will, solange ich noch so empfindsam wäre. Sie sagte immer, daß man als erstes bei den Kindern die Empfindsamkeit schonen muß. Dabei war es mir ganz egal, daß meine Mutter sich durchgeschlagen hat, und wenn ich sie gekannt hätte, hätte ich sie geliebt und mich um sie gekümmert, und ich wäre ihr ein guter Zuhalter gewesen, wie Monsieur N'Da Amédée, von dem ich noch die Ehre haben werde. Ich war sehr froh, daß ich Madame Rosa hatte, aber wenn ich jemand besseres haben könnte, der mir noch mehr gehört, würde ich bestimmt nicht nein sagen, Scheiße. Ich würde mich bestimmt auch noch um Madame Rosa kümmern können, selbst wenn ich eine richtige Mutter hätte, um die ich mich kümmern täte. Monsieur N'Da hat mehrere Frauen, denen er seinen Schutz gewährt.

Wenn Madame Rosa wußte, daß ich Mohammed hieß und Moslem war, dann bedeutete das doch, daß ich eine Herkunft hatte und daß ich nicht ohne alles war. Ich wollte wissen, wo sie war und warum sie mich nicht besuchen kam. Aber da hat Madame Rosa zu weinen angefangen und gesagt, daß ich undankbar bin und nichts für sie übrig habe, und daß ich jemand anders will. Ich habe es aufgegeben. Sicher, ich hab' schon gewußt, daß, wenn eine Frau sich im Leben durchschlägt, und sie bekommt ein Kind, wo sie nicht rechtzeitig bremsen gekonnt hat mit der Hygiene und dann das herauskommt, was man gemeinhin Hurenkinder nennt, es immer ein Geheimnis gibt, aber es war doch lustig, daß Madame Rosa sicher und gewiß war, daß ich Mohammed hieß und Moslem war. Schließlich hatte sie das nicht erfunden, um mir eine Freude zu machen. Ich habe einmal mit Monsieur Hamil darüber gesprochen, als er mir das Leben von Sidi Abderrahmân erzählt hat, wo der Schutzpatron von Algier ist.

Monsieur Hamil ist aus Algier zu uns gekommen, von wo er vor dreißig Jahren nach Mekka gepilgert war. Sidi Abderrahmân von Algier ist sein Lieblingsheiliger, weil einem das Hemd immer näher am Leib ist, wie es heißt. Aber er hat auch einen Teppich, der seinen anderen Landsmann, Sidi Uali Dada zeigt, der immer auf seinem Gebetsteppich sitzt, der von Fischen gezogen wird. Man mag das vielleicht unseriös finden, Fische, die einen Teppich durch die Lüfte ziehen, aber das ist eben die Religion, die das so will.

»Monsieur Hamil, wie kommt das, daß ich als Mohammed und Moslem bekannt bin, obwohl ich nichts in der Hand habe, was mir das beweist?«

Monsieur Hamil hebt immer eine Hand, wenn er sagen will, daß Gottes Wille geschieht.

»Madame Rosa hat dich in Empfang genommen, als du ganz klein warst, und sie führt kein Geburtsregister. Sie hat seitdem viele Kinder kommen und gehen sehen, mein kleiner Mohammed. Sie wahrt das Berufsgeheimnis, denn es gibt Damen, die verlangen Diskretion. Sie hat dich als Mohammed, folglich Moslem aufgeschrieben, und seitdem hat dein Erzeuger kein Lebenszeichen mehr von sich gegeben. Das einzige Lebenszeichen, das er gegeben hat, mein kleiner Mohammed, bist du. Und du bist ein schönes Kind. Man darf annehmen, daß dein Vater während des Algerienkrieges gefallen ist, und das ist eine große, schöne Sache. Er ist ein Held der Unabhängigkeit.«

»Monsieur Hamil, ich hätte aber lieber einen Vater gehabt als einen Helden nicht gehabt. Er wäre ein guter Zuhalter gewesen und hätte sich um meine Mutter gekümmert.«

»Solche Dinge darfst du nicht sagen, mein kleiner Mohammed, man muß auch an die Jugoslawen und die Korsen denken, immer bekommen wir alles angelastet. Es ist schwer, ein Kind in diesem Viertel großzuziehen.«

Aber ich hatte das Gefühl, daß Monsieur Hamil etwas wußte, was er nicht gesagt hat. Er war ein braver Mann, und wenn er nicht sein ganzes Leben lang ambulanter Teppichhändler gewesen wäre, wäre er bestimmt jemand ganz Feines geworden, und vielleicht hätte er selber auf einem von Fischen gezogenen fliegenden Teppich gesessen, wie der andere Heilige aus dem Maghreb, Sidi Uali Dada.

»Und warum hat man mich aus der Schule heimgeschickt, Monsieur Hamil? Madame Rosa hat zuerst zu mir gesagt, weil ich noch zu jung bin für mein Alter, dann, weil ich zu alt bin für mein Alter, dann, daß ich nicht das richtige Alter habe, das ich hätte haben müssen, und sie hat mich zu Dr. Katz geschleppt, und der hat zu mir gesagt, daß ich vielleicht ganz anders wäre, wie ein großer Dichter?«

Monsieur Hamil schien ganz traurig. Das lag an seinen Augen. Die Leute sind in den Augen immer am traurigsten.

»Du bist ein sehr empfindsames Kind, mein kleiner Mohammed. Ich habe nie so etwas gehört.«

»Und was haben Sie gehört, Monsieur Hamil?«

Er hat die Augen niedergeschlagen und geseufzt.

»Nichts.«

»Nichts?«

»Nichts.«

Es war immer dasselbe mit mir. Nichts.

Die Unterrichtsstunde war um, und Monsieur Hamil hat angefangen, von Nizza zu erzählen, und das ist seine Lieblingsgeschichte. Wenn er von den Clowns erzählt, die auf den Straßen tanzen und von den fröhlichen Riesen, die auf den Wagen sitzen, fühle ich mich zu Hause. Ich mag auch die Mimosenwälder, die sie dort haben, und die Palmen, und es gibt ganz weiße Vögel, die mit den Flügeln schlagen, als ob sie applaudieren wollten, so glücklich sind sie. Eines Tages hatte ich beschlossen, mit Moses und einem anderen Burschen, der anders hieß, zu Fuß nach Nizza zu gehen und dort im Mimosenwald von den Früchten unserer Jagd zu leben. Wir sind eines Morgens aufgebrochen und sind bis zur Place Pigalle gegangen, aber dort haben wir Angst bekommen, weil das so weit von daheim weg war, und wir sind wieder zurückgegangen. Madame Rosa hat geglaubt, daß sie verrückt wird, aber das sagt sie immer, um sich auszudrücken.

Als ich also, wie ich die Ehre gehabt habe, mit Madame Rosa nach Hause gekommen bin, nach dem Besuch bei Dr. Katz, haben wir im Haus Monsieur N'Da Amédée vorgefunden, der der bestangezogene Mann ist, wo man sich vorstellen kann. Er ist der größte Lude und Zuhalter aller Schwarzen von Paris, und er kommt immer zu Madame Rosa, damit sie ihm für seine Familie Briefe schreibt. Er will sonst niemand sagen, daß er nicht schreiben kann. Er hatte einen Anzug aus rosa Seide an, an den man dranfahren konnte, und einen rosa Hut mit einem rosafarbenen Hemd. Die Krawatte war auch rosa, und durch diese Aufmachung fiel er auf. Er kam aus Niger, das ist eines von den vielen Ländern, wo sie in Afrika haben, und er hat sich selber gemacht. Er sagt das bei jeder Gelegenheit. »Ich habe mich selber gemacht«, und dazu sein Anzug und seine Diamanten. Er hatte einen an jedem Finger, und als er in der Seine umgebracht worden ist, haben sie ihm die Finger abgeschnitten, um die Ringe zu bekommen, denn es war eine Abrechnung. Ich sage Ihnen das gleich, um Ihnen später Aufregungen zu ersparen. Er hatte zu seinen Lebzeiten die besten fünfundzwanzig Meter Bürgersteig von ganz Pigalle, und er hat sich die Fingernägel bei den Manikuren machen lassen, die auch rosa waren. Er hatte auch eine Weste, die ich vergessen habe. Er fuhr sich ständig mit einer Fingerspitze an den Schnurrbart, sehr sanft, als wenn er nett zu ihm sein wollte. Er hat immer ein kleines Geschenk zum Essen für Madame Rosa mitgebracht, der Parfüm lieber war, weil sie Angst hatte, noch dicker zu werden. Ich habe nie gesehen, daß sie schlecht gerochen hat, bis viel später. Parfüm war also das, was Madame Rosa als Geschenk am liebsten war, und sie hatte viele Fläschchen davon, aber ich habe nie verstanden, warum sie sich das hinters Ohr gemacht hat wie die Petersilie bei den Kälbern. Dieser Schwarze, von dem ich Ihnen erzähle, Monsieur N'Da Amédée, war in Wirklichkeit ein Analphabet, denn er war zu früh eine wichtige Person geworden, um in die Schule zu gehen. Ich will hier nicht die Geschichte aufrollen, aber die Schwarzen haben viel gelitten, und man muß sie verstehen, wenn man kann. Deshalb hat sich Monsieur N'Da Amédée von Madame Rosa die Briefe schreiben gelassen, die er seinen Eltern nach Niger geschickt hat. Der Rassismus war dort ganz schlimm für sie gewesen, bis es die Revolution gegeben hat und sie ein Regime bekommen haben und aufgehört haben zu leiden. Ich habe mich nicht über den Rassismus zu beklagen gehabt, deshalb weiß ich nicht, was ich erwarten kann. Aber die Schwarzen haben bestimmt auch ihre Fehler. Monsieur N'Da Amédée hat sich auf das Bett gesetzt, wo wir geschlafen haben, wenn wir nicht mehr als drei oder vier waren, wenn es mehr waren, haben wir bei Madame Rosa geschlafen. Oder er ist stehen geblieben und hat einen Fuß auf das Bett gestellt, um Madame Rosa zu erklären, was sie seinen Eltern schriftlich sagen sollte. Wenn er sprach, hat Monsieur N'Da Amédée große Gebärden gemacht und sich erregt, und am Ende hat er sich richtig geärgert und ist in Zorn geraten, weil er seinen Eltern viel mehr sagen wollte, als er mit seiner niederen Herkunft leisten konnte. Es fing immer an mit lieber und verehrter Vater, und dann ist er in Harnisch gekommen, denn er war voller wunderbarer Dinge, für die er keinen Ausdruck gehabt hat und die in seinem Herzen geblieben sind. Er hatte nicht die Möglichkeiten, wo er doch bei jedem Wort Gold und Diamanten gebraucht hätte. Madame Rosa hat ihm Briefe geschrieben, in denen er autodidaktische Studien betrieb, um Unternehmer für öffentliche Arbeiten zu werden und Talsperren zu bauen und ein Wohltäter für sein Volk zu werden. Wenn sie ihm das vorlas, überkam ihn immer eine ungeheure Freude. Madame Rosa hat ihn auch Brücken und Straßen bauen lassen und alles, was man braucht. Es hat ihr Freude gemacht, wenn Monsieur N'Da Amédée glücklich war, wenn er alle die Dinge gehört hat, wo er in seinen Briefen gemacht hat, und er hat immer Geld in den Umschlag gelegt, damit es echter war. Er war überglücklich mit seinem rosa Anzug von den Champs-Elysées und vielleicht noch mehr, und Madame Rosa hat nachher gesagt, daß er beim Zuhören die Augen von einem echten Gläubigen hätte und daß die Schwarzen Afrikas, denn es gibt auch noch sonstwo welche, in dieser Hinsicht das beste sind, was es gibt. Die echten Gläubigen sind Leute, wo an Gott glauben, wie Monsieur Hamil, der mir ständig von Gott erzählt, und er hat mir erklärt, daß das Dinge sind, die man lernen muß, wenn man jung und noch imstande ist, alles mögliche zu lernen.

Monsieur N'Da Amédée hatte einen Diamanten in seiner Krawatte, der hat gefunkelt. Madame Rosa hat gesagt, daß es ein echter Diamant ist und kein falscher, wie man glauben könnte, denn man ist nie mißtrauisch genug. Der Großvater mütterlicherseits von Madame Rosa hatte mit Diamanten zu tun, und sie hatte von ihm

Kenntnisse geerbt. Der Diamant saß unter dem Gesicht von Monsieur N'Da Amédée, das ebenfalls geglänzt hat, aber nicht aus denselben Gründen. Madame Rosa hat sich nie erinnern können, was sie im letzten Brief an seine Eltern in Afrika geschrieben hatte, aber das war gar nicht so wichtig, sie sagt, je weniger man hat, um so mehr will man glauben. Außerdem war Monsieur N'Da Amédée kein Kleinigkeitskrämer, und es war ihm ganz egal, wenn seine Eltern nur glücklich waren. Manchmal hat er seine Eltern sogar vergessen und sich alles selber erzählt, was er schon war und was er noch werden würde. Ich hatte noch nie jemand gesehen, der über sich selber so reden konnte, als ob das möglich wäre. Er hat gebrüllt, daß alle ihn respektieren, und daß er der König ist. Ja, er hat getobt, »ich bin der König«, und Madame Rosa hat das schriftlich niedergelegt, zusammen mit den Brücken und den Talsperren und allem. Hinterher hat sie zu mir gesagt, daß Monsieur N'Da Amédée völlig *meschugge* ist, das ist jüdisch und heißt verrückt, daß er aber ein gefährlicher Verrückter ist, und daß man ihn am besten gehen läßt, um keine Scherereien zu haben. Anscheinend hatte er schon Menschen umgebracht, aber das waren Schwarze unter sich, wo keine Identität hatten, weil sie keine Franzosen sind wie die amerikanischen Schwarzen, und die Polizei sich nur um die kümmert, wo eine Existenz haben. Eines Tages hat er sich mit Algeriern oder Korsen verkloppt, und sie hat seinen Eltern einen Brief schreiben müssen, der niemand Freude macht. Man darf nicht glauben, daß die Zuhalter keine Probleme haben wie alle andern auch.

Monsieur N'Da Amédée ist immer mit zwei Leibwächtern gekommen, denn er war nicht sehr sicher und mußte beschützt werden. Diesen Leibwächtern hätte man ganz schnell den lieben Gott ohne Beichte gegeben, so hinterhältige Visagen hatten die und haben einem Angst eingejagt. Einer war Boxer, und er hatte so viele Schläge aufs Maul bekommen, daß nichts mehr an seinem Platz war, ein Auge hat nicht in der richtigen Höhe gesessen, die Nase war platt und die Augenbrauen ausgerissen durch die Unterbrechungen des Kampfrichters, und auch das andere Auge hat bei ihm nicht so genau an der richtigen Stelle gesessen, als ob das eine durch den Schlag, den man dem andern versetzt hat, herausgesprungen wäre. Aber er hatte kräftige Fäuste und nicht nur das, er hatte auch Arme, die man anderswo nicht findet. Madame Rosa hatte mir gesagt, daß, wenn man viel träumt, man schneller groß wird, und die Fäuste von diesem Monsieur Boro hatten bestimmt ihr ganzes Leben lang geträumt, so gewaltig waren sie. Der andere Leibwächter hatte noch ein unversehrtes Gesicht, aber das war schade. Ich mag die Leute nicht, die Gesichter haben, wo sich ständig was ändert und nach allen Seiten hin bewegt und die nie zweimal hintereinander dieselbe Visage haben. Ein falscher Fuffziger nennt man das, und natürlich hatte er bestimmt seine Gründe, wer hat die nicht, und jeder möchte sich am liebsten verstecken, aber der hier, das kann ich Ihnen versichern, der hat so gefälscht ausgesehen, daß einem die Haare auf dem Kopf zu Berg standen, wenn man nur an das denkt, was er alles verstecken mußte. Wenn Sie verstehen, was ich meine? Darüber hinaus hat er mich die ganze Zeit angelächelt, und es ist gar nicht wahr, daß die Schwarzen auf ihrem Brot Kinder essen, das ist wieder so ein Gerücht von Orleans, aber ich hatte immer das Gefühl, daß er mich appetitlich gefunden hat, und schließlich sind sie ja in Afrika Kannibalen gewesen, das kann man ihnen nicht abgewöhnen. Wenn ich an ihm vorbeigegangen bin, hat er mich immer gepackt, auf seine Knie gesetzt und zu mir gesagt, daß er einen kleinen Jungen hätte, der so alt ist wie ich, und daß er ihm sogar eine Cowboy-Ausrüstung gekauft hätte, die ich immer so gern gehabt hätte. Ein richtiges Miststück eben. Vielleicht war ein guter Kern in ihm, wie in jedem, wenn man danach sucht, aber ich hatte Schiß vor ihm, mit seinen Augen, die nie zweimal hintereinander in dieselbe Richtung guckten. Er hat es anscheinend gewußt, denn einmal hatte er mir sogar Pistazien mitgebracht, so gut hat er gelogen. Pistazien, das will überhaupt nichts heißen, das ist grad ein Franc, alles inklusive. Wenn er geglaubt hat, sich damit einen Freund zu machen, hat er sich geirrt, das dürfen Sie mir glauben. Ich erzähle dieses Detail, weil ich in dieser von meinem Willen unabhängigen Situation wieder einen Wutanfall bekommen habe.

Monsieur N'Da Amédée ist immer sonntags zum Diktieren gekommen. Weil, an diesem Tag schlagen sich die Frauen nicht durch, da herrscht die Ruhe der Beichtväter, und es waren immer eine oder zwei im Haus, die ihr Kind holen kamen, um es in einem Park an die frische Luft zu bringen oder es zum Mittagessen einzuladen. Ich kann Ihnen nur sagen, daß die Frauen, die sich durchschlagen, manchmal die besten Mütter von der Welt sind, denn für sie ist das eine Abwechslung von den Kunden, und außerdem bekommen sie durch ein Kind eine Zukunft. Natürlich gibt es welche, die einen fallenlassen und von denen man nie wieder hört, aber das soll nicht heißen, daß sie tot sind und keine Entschuldigung haben. Manchmal haben sie ihre Kinder erst am nächsten Tag zurückgebracht, um sie so lange wie möglich bei sich zu haben, bevor sie wieder mit der Arbeit angefangen haben. Am Sonntag waren also nur die Kinder im Haus, die ständig da waren, und das waren vor allem ich und Banania, der seit einem Jahr nicht mehr bezahlt hat, aber das war dem völlig Wurscht, und er hat sich wie zu Hause gefühlt. Es gab auch noch den Moses, aber der war schon bei einer jüdischen Familie auf Probe, die nur sichergehen wollte, daß er nicht erblich war, wie ich schon einmal die Ehre gehabt habe, denn das ist das erste, woran man denken muß, bevor man sich an ein Kind hängt, wenn man später keine Schereien haben will. Dr. Katz hatte ihm zwar eine Bescheinigung geschrieben, aber diese Leute wollten sich das erst mal genau anschauen, bevor sie zugriffen. Banania war noch glücklicher als gewöhnlich, er hatte gerade seinen Piepmatz entdeckt, und das war das erste, was ihm passiert ist. Ich habe Zeug gelernt, von dem ich absolut nichts begriffen habe, aber Monsieur Hamil hatte es mir eigenhändig aufgeschrieben, und da war das nicht so wichtig. Ich kann Ihnen das noch aufsagen, weil ihm das Freude machen würde: *elli habb allah la ibri ghirhou soubban ad daim la iazoul* … Das heißt, daß der, der Gott liebt, nichts anderes will als ihn. Ich wollte viel mehr, aber Monsieur Hamil ließ mich meine Religion auswendig pauken, denn selbst wenn ich bis zu meinem Tod in Frankreich bliebe, wie Monsieur Hamil selber, mußte ich mich doch daran erinnern, daß ich eine Heimat hatte, und das ist besser als gar nichts. Meine Heimat war anscheinend so etwas wie Algerien oder Marokko, selbst wenn ich, was die Papiere angeht, nirgends zu finden war, Madame Rosa war da ganz sicher, die erzog mich nicht zum Vergnügen als Araber. Sie hat auch gesagt, daß das für sie nichts zu sagen hat, daß alle gleich sind, wenn man in der Scheiße steckt, und wenn die Juden und die Araber sich die Schädel einschlagen, dann darf man nicht glauben, daß die Juden und die Araber anders sind als die andern, und es ist gerade die Brüderlichkeit, die das bewirkt, außer vielleicht bei den Deutschen, wo das noch mehr ist. Ich habe vergessen Ihnen zu sagen, daß Madame Rosa ein großes Bild von Monsieur Hitler unter ihrem Bett liegen hatte, und wenn sie ganz unglücklich war und nicht mehr ein noch aus wußte, hat sie dann das Bild hervorgeholt, es betrachtet und sich sofort besser gefühlt, immerhin war das eine große Sorge weniger.

Ich kann das zur Entlastung von Madame Rosa als Jüdin sagen, sie war eine heilige Frau. Natürlich hat sie uns immer das Billigste zu essen gegeben, und sie ist mir mit dem Ramadan auf den Wecker gegangen, der was Furchtbares war. Zwanzig Tage lang nichts zu essen, Sie können sich denken, daß das für sie himmlisches Manna war, und sie hat ein triumphierendes Gesicht gemacht, wenn der Ramadan herangekommen ist und ich keinen Anspruch mehr auf die *gefillte Fisch* hatte, die sie selber zubereitete. Sie respektierte den Glauben der andern, die Wutz, aber ich habe gesehen, wie sie selber Schinken gegessen hat, und wenn ich zu ihr gesagt habe, daß sie kein Anrecht auf Schinken hat, dann hat sie nur gelacht, das war alles. Ich konnte sie nicht daran hindern zu triumphieren, wenn Ramadan war, und ich mußte in den Auslagen der Lebensmittelgeschäfte klauen, in einem Viertel, in dem ich nicht als Araber bekannt war.

Es war also eines Sonntags bei uns, und Madame Rosa hatte den ganzen Morgen über geweint, und sie hatte so unerklärliche Tage, wo sie die ganze Zeit über geweint hat. Man durfte sie nicht stören, wenn sie geweint hat, denn das waren ihre besten Augenblicke. Ach ja, ich erinnere mich auch, daß der kleine Vietnamese am Morgen eine Tracht Prügel bekommen hatte, weil er sich immer unterm Bett versteckt hat, wenn es an der Tür klingelte, er hatte innerhalb von drei Jahren schon zwanzigmal die Familie gewechselt, weil er niemand hatte und ihm das wirklich zum Hals raushing. Ich weiß nicht, was aus ihm geworden ist, aber ich werde ihn eines Tages mal besuchen gehen. Übrigens hat sich bei uns niemand wohl gefühlt, wenn es geklingelt hat, denn wir hatten immer Angst, ins Fürsorgeheim zu kommen. Madame Rosa hatte alle falschen Papiere, wo sie wollte, sie hatte sich mit einem jüdischen Freund zusammengetan, der sich für alle Zukunft mit nichts anderem mehr beschäftigte als damit, seit er lebendig zurückgekommen war. Ich erinnere mich nicht mehr, ob ich Ihnen das gesagt habe, aber sie wurde auch von einem Polizeikommissar beschützt, den sie großgezogen hatte, als seine Mutter gesagt hat, daß sie Friseuse in der Provinz ist. Aber es gibt immer Neidhämmel, und Madame Rosa hatte Angst, sie würde angezeigt werden. Sie war nämlich schon einmal morgens um sechs Uhr davon geweckt worden, daß es geschellt hat, und man hatte sie in ein Sportstadion gebracht und von dort in die jüdischen Heime in Deutschland. Und da ist also Monsieur N'Da Amédée gekommen mit seinen zwei Leibwächtern, um sich einen Brief schreiben zu lassen, darunter der, wo so stark nach einem falschen Fuffziger ausgesehen hat, daß keiner ihn haben wollte. Ich weiß nicht, warum ich ihn auf dem Kieker hatte, aber ich glaube, es war, weil ich so um die neun oder zehn Jahre alt war und schon jemanden gebraucht habe, den ich hassen konnte, wie jeder.

Monsieur N'Da Amédée hatte einen Fuß auf das Bett gestellt und er hatte eine dicke Zigarre, die überall ihre Asche hinwarf, ohne sich um die Unkosten zu kümmern, und er hat seinen Eltern sofort erklärt, daß er bald nach Niger zurückkommen würde, um in aller Ehre dort zu leben. Ich glaube jetzt, daß er selbst dran glaubte. Ich habe oft festgestellt, daß die Leute am Ende an das glauben, was sie sagen, sie brauchen das, um leben zu können. Ich sage das nicht, um Philosoph zu sein, ich glaube es wirklich.

Ich habe vergessen darauf hinzuweisen, daß der Polizeikommissar, der ein Hurenkind war, alles erfahren und alles verziehen hatte. Manchmal kam er sogar, um Madame Rosa zu umarmen, unter der Bedingung, daß sie das Maul hält. Genau das meint Monsieur Hamil, wenn er sagt, Ende gut, alles gut. Ich erzähle das, um etwas gute Laune zu verbreiten.

Während Monsieur N'Da Amédée sprach, saß sein linker Leibwächter in einem Sessel, den wir dort hatten, und hat sich die Fingernägel poliert, während der andere nicht aufpaßte. Ich wollte hinausgehen, um zu pinkeln, aber der zweite Leibwächter, der, von dem ich spreche, hat mich unterwegs geschnappt und mich auf seine Knie gesetzt. Er hat mich angeschaut und mir zugelächelt, er hat sogar seinen Hut nach hinten geschoben und folgendermaßen gesprochen:

»Du erinnerst mich an meinen Sohn, mein kleiner Momo. Er ist mit seiner Mama in Nizza am Meer in Ferien, und sie kommen morgen zurück. Morgen hat er Geburtstag, weil er an diesem Tag geboren ist, und er bekommt ein Fahrrad. Du kannst zu uns kommen, wenn du mit ihm spielen willst.«

Ich weiß nicht mehr, was in mich gefahren ist, aber seit Jahren hatte ich weder Vater noch Mutter und erst recht kein Fahrrad, und dann muß dieser Kerl kommen und mir auf den Wecker gehen. Na ja, Sie verstehen schon, was ich meine. Gut, *Insch' Allah*, aber das ist gar nicht wahr, ich sage das nur, weil ich ein guter Moslem bin. Das hat mich aufgewühlt, und ich bin in Wut geraten, aber ganz wüst. Es ist von innen gekommen, und dort ist es am schlimmsten. Wenn es von außen kommt, mit Fußtritten in den Arsch, kann man abhauen. Aber von innen ist es nicht möglich. Wenn mich das packt, will ich raus und überhaupt nicht mehr und nirgends mehr zurückkommen. Es ist, als hätte ich einen Bewohner in mir. Ich fange an zu schreien, schmeiße mich auf den Boden, schlage mir an den Kopf, um rauszukommen, aber das ist nicht möglich, das hat keine Beine, man hat innen nie Beine. Es tut mir gut, mal darüber zu sprechen, es ist, als käme es dadurch ein wenig raus. Wenn Sie verstehen, was ich meine?

Als ich dann erschöpft war und sie alle weggegangen sind, hat mich Madame Rosa sofort zu Dr. Katz geschleppt. Sie hatte eine Heidenangst, und sie hat zu ihm gesagt, ich hätte alle erblichen Anzeichen, und ich wäre imstande, ein Messer zu nehmen und sie im Schlaf umzubringen. Ich weiß überhaupt nicht, warum Madame Rosa immer Angst hat, im Schlaf umgebracht zu werden, als ob sie das am Schlafen hindern könnte. Dr. Katz ist wütend geworden, und er hat sie angeschrien, daß ich sanft wäre wie ein Lamm, und daß sie sich schämen soll, so zu sprechen. Er hat ihr Beruhigungsmittel verschrieben, die er in seiner Schublade hatte, und wir sind Hand in Hand heimgegangen, und ich habe gespürt, daß es ihr ein wenig unangenehm war, daß sie mich umsonst beschuldigt hatte. Aber man muß sie auch verstehen, denn das Leben war alles, was ihr geblieben war. Die Leute hängen mehr am Leben als an irgend sonstwas, es ist sogar lustig, wenn man an all die schönen Dinge denkt, die es auf der Welt gibt.

Zu Hause hat sie sich mit Beruhigungsmitteln vollgestopft, und sie hat den ganzen Abend mit einem glücklichen Lächeln starr vor sich hingesehen, weil sie nichts gespürt hat. Mir hat sie nie welche gegeben. Sie war eine Frau, die besser war als sonst jemand, und ich kann dieses Beispiel hier selbst illustrieren. Wenn Sie Madame Sophie nehmen, die auch ein Heimel für Hurenkinder hat, oder die, wo man die Comtesse nennt, weil sie eine Witwe Comte ist, in Barbès, also die nehmen manchmal bis zu zehn Kinder am Tag auf, und das erste, was sie tun, sie stopfen sie mit Beruhigungsmitteln voll. Madame Rosa hat es aus sicherer Quelle gewußt von einer afrikanischen Portugiesin, die sich in der Rue de la Truanderie durchgeschlagen hat und die ihren Sohn bei der Comtesse in einem so beruhigten Zustand weggenommen hatte, daß er sich nicht mehr aufrecht halten konnte, dermaßen ist er umgefallen. Wenn man ihn dann wieder hingestellt hat, ist er noch einmal umgefallen und noch einmal, und so konnte man stundenlang mit ihm spielen. Aber bei Madame Rosa war es das genaue Gegenteil. Wenn wir unruhig geworden sind oder wenn wir tagsüber Kinder hatten, die ernstlich gestört waren, denn das gibt es, dann stopfte sie sich selber mit Beruhigungsmitteln voll. Dann konnten wir toben oder uns gegenseitig die Zähne zeigen, das kratzte sie nicht im mindesten. Ich mußte für Ordnung sorgen, und das gefiel mir gut, denn das machte mich überlegen. Madame Rosa saß in ihrem Sessel in der Mitte, mit einer Wollkröte auf dem Bauch und einer Wärmflasche drin, den Kopf ein wenig geneigt, und sie hat uns mit einem gütigen Blick angesehen und uns manchmal sogar mit der Hand zugewinkt, als ob wir in einem vorüberfahrenden Zug sitzen würden. In solchen Augenblicken war nichts aus ihr herauszuholen, und ich habe dann das Kommando übernommen, um zu verhindern, daß die Vorhänge angezündet werden, denn wenn man jung ist, sind die das erste, was man anzündet.

Das einzige, was Madame ein wenig in Bewegung bringen konnte, wenn sie beruhigt war, das war, wenn es an der Tür schellte. Sie hatte eine Heidenangst vor den Deutschen. Das ist eine alte Geschichte, und das hat in allen Zeitungen gestanden, und ich will hier nicht in die Einzelheiten gehen, aber Madame Rosa hat sich nie davon erholt. Sie hat manchmal geglaubt, daß das immer noch gilt, vor allem in der Nacht, sie ist eine Person, die von ihren Erinnerungen lebte. Sie können sich denken, daß das heutzutage völlig idiotisch ist, wo das doch alles tot und begraben ist, aber die Juden sind sehr nachtragend, vor allem, wenn sie ausgerottet worden sind, es sind die, die am meisten zurückkommen. Sie hat mir oft von den Nazis und von den SS-Leuten erzählt, und ich bedaure ein wenig, daß ich zu spät geboren worden bin, um die Nazis und die SS-Leute mit Waffen und Gepäck zu kennen, denn man wußte wenigstens warum. Jetzt weiß man es nicht.

Das war zum Piepen komisch, diese Angst, die Madame Rosa vor dem Schellen hatte. Der beste Augenblick hierfür war ganz früh am Morgen, wenn der Tag noch auf den Zehenspitzen ging. Die Deutschen stehen früh auf, sie ziehen den frühen Morgen jedem anderen Augenblick des Tages vor. Einer von uns ist aufgestanden, auf den Flur rausgegangen und hat auf die Klingel gedrückt. Ein langes Läuten, damit es sofort wirkt. Ach, war das ein Spaß! Das mußte man gesehen haben. Madame Rosa muß damals schon so um die fünfundneunzig Kilo und etwas gewogen haben, und sie ist aus ihrem Bett gespritzt wie eine Irre und eine halbe Etage runtergepurzelt, bevor sie haltgemacht hat. Wir haben noch im Bett gelegen und so getan, als ob wir schlafen würden. Wenn sie dann gesehen hat, daß es nicht die Nazis waren, hat sie einen furchtbaren Zorn bekommen und uns Hurenkinder geschimpft, was sie nie grundlos getan hat. Einen Augenblick hat sie dagestanden mit erschreckten Augen und Lockenwicklern in den letzten Haaren, die sie noch auf dem Kopf hatte. Zuerst hat sie geglaubt, daß sie geträumt hat und daß es überhaupt nicht geklingelt hat, daß es nicht von draußen gekommen ist. Aber einer von uns mußte fast immer kichern, und wenn sie dann gemerkt hat, daß sie ein Opfer gewesen ist, hat sie ihrem Zorn freien Lauf gelassen und angefangen zu weinen.

Ich persönlich glaube, daß die Juden Leute sind wie die andern, aber man darf ihnen deswegen nicht böse sein.

Manchmal haben wir nicht einmal aufzustehen gebraucht, um auf die Klingel zu drücken, weil Madame Rosa das allein getan hat. Sie ist plötzlich auf einen Schlag wach geworden, hat sich auf den Hintern gesetzt, der noch größer war, als ich sagen kann, hat gelauscht, ist dann aus dem Bett gesprungen, hat ihr malvenfarbenes Umschlagtuch genommen, das sie mochte, und ist nach draußen gelaufen. Sie hat nicht einmal nachgeschaut, ob jemand da war, denn es hat in ihrem Innern weiter geklingelt, und dort ist es am schlimmsten. Manchmal ist sie nur ein paar Stufen runtergelaufen oder eine Etage, und manchmal ist sie bis in den Keller gelaufen, wie das erste Mal, wo ich die Ehre gehabt habe. Am Anfang habe ich sogar geglaubt, daß sie einen Schatz im Keller versteckt hat und daß es die Angst vor Dieben ist, die sie aufweckt. Ich habe immer davon geträumt, daß ich einen Schatz irgendwo versteckt habe, wo er gut geschützt ist und den ich jedesmal, wenn ich ihn bräuchte, entdecken könnte. Ich glaube, daß der Schatz das beste ist, was es in der Art gibt, wenn er einem wirklich gehört und in Sicherheit ist. Ich hatte die Stelle ausgemacht, wo Madame Rosa den Kellerschlüssel versteckt hat, und einmal bin ich runtergegangen, um nachzusehen. Ich habe nichts gefunden. Möbel, einen Nachttopf, Sardinen, Kerzen, kurzum, eine Menge Zeugs, als sollte jemand da wohnen. Ich habe eine Kerze angezündet und habe genau hingeschaut, aber da gab es nur Wände mit Steinen, die die Zähne zeigten. Darauf habe ich ein Geräusch gehört und bin zusammengezuckt, aber es war nur Madame Rosa. Sie hat im Eingang gestanden und mich angesehen. Nicht böse, im Gegenteil, sie sah eher schuldig aus, als ob sie sich entschuldigen müßte.

»Du darfst niemand etwas davon erzählen, Momo. Gib mir das.«

Sie hat die Hand ausgestreckt und mir den Schlüssel abgenommen.

»Madame Rosa, was ist das hier? Warum gehen Sie manchmal mitten in der Nacht hierher? Was ist das?«

Sie hat ihre Brille ein wenig zurechtgerückt und gelächelt.

»Das ist meine Zweitwohnung, Momo. Auf, komm.«

Sie hat die Kerze ausgeblasen, und dann hat sie mich an der Hand genommen, und wir sind wieder raufgegangen. Danach hat sie sich in ihren Sessel gesetzt, die Hand auf dem Herzen, denn sie konnte nicht mehr die sechs Etagen raufgehen, ohne tot zu sein.

»Schwör mir, daß du niemand davon erzählen wirst, Momo.«

»Ich schwöre es, Madame Rosa.«

»*Khairem?*«

Das heißt bei ihnen schon geschworen.

»*Khairem.*«

Darauf hat sie geflüstert und dabei über mich hinweggeschaut, als ob sie sehr weit hinter sich und vor sich sehen würde:

»Das ist mein Judenloch, Momo.«

»Ach so, dann ist es gut.«

»Verstehst du?«

»Nein, aber das macht nichts, ich bin's gewohnt.«

»Dorthin gehe ich, um mich zu verstecken, wenn ich Angst habe.«

»Angst wovor, Madame Rosa?«

»Man braucht keine Gründe, um Angst zu haben, Momo.«

Das habe ich nie vergessen, denn das ist das Wahrste, was ich je gehört habe.

Ich habe mich oft in den Wartesaal von Dr. Katz gesetzt, weil Madame Rosa immer wieder gesagt hat, daß er ein Mann ist, der Gutes tut, aber ich habe nichts gespürt. Vielleicht bin ich nicht lange genug geblieben. Ich weiß, daß es viele Leute gibt, die Gutes in der Welt tun, aber sie tun das nicht ständig und man muß den richtigen Augenblick erwischen. Es gibt keine Wunder. Am Anfang kam Dr. Katz heraus und hat mich gefragt, ob ich krank bin, aber dann hat er sich daran gewöhnt und mich in Ruhe gelassen. Übrigens haben auch die Zahnärzte Wartesäle, aber sie behandeln nur die Zähne. Madame Rosa hat gesagt, Dr. Katz wäre für die allgemeine Medizin, und es stimmt auch, daß es bei ihm von allen Sorten gab, Juden natürlich, wie überall, Nordafrikaner, um nicht zu sagen Araber, Schwarze und alle Arten von Krankheiten. Es gab bestimmt viele Geschlechtskrankheiten bei ihm, wegen der Gastarbeiter, die sich das holen, bevor sie nach Frankreich gehen, um voll in den Genuß der Krankenkasse zu kommen. Die Geschlechtskrankheiten sind in der Öffentlichkeit nicht ansteckend, und Dr. Katz hat sie akzeptiert, aber Diphterie, Scharlach, Masern und andere Sauereien, die man bei sich behalten muß, durfte man nicht mitbringen. Nur haben die Eltern nicht immer gewußt, worauf es ankommt, und so habe ich mir dort ein- oder zweimal die Grippe geholt und einen Keuchhusten, die nicht für mich bestimmt waren. Trotzdem kam ich wieder. Ich habe gern in einem Wartesaal gesessen und auf etwas gewartet, und wenn die Tür zur Praxis aufgegangen und Dr. Katz reingekommen ist, ganz in Weiß gekleidet, und mir über die Haare gestrichen hat, dann habe ich mich gleich wohler gefühlt, und dazu ist die Medizin ja da.

Madame Rosa hat sich sehr wegen meiner Gesundheit geängstigt, sie hat immer gesagt, daß ich von Frühreifestörungen befallen bin und bereits das habe, was sie den Feind der Menschengattung nannte, der ein paarmal am Tag zu wachsen anfing. Ihre größte Sorge nach der Frühreife waren die Onkels und Tanten, wenn die richtigen Eltern bei einem Autounfall umgekommen sind und die andern sich nicht richtig drum kümmern wollen, aber auch nicht zulassen, daß man sie in ein Fürsorgeheim gibt, weil man dann im Viertel glauben könnte, daß sie kein Herz haben. Dann sind die Kinder zu uns gekommen, vor allem wenn sie bestürzt waren. Madame Rosa hat ein Kind bestürzt genannt, wenn es von Bestürzung betroffen war, wie das Wort schon sagt. Das heißt, daß es wirklich nichts vom Leben wissen wollte, und uralt wurde. Das ist das Schlimmste, was einem Kind zustoßen kann, außer dem Rest.

Wenn man ihr für ein paar Tage oder für eine knappe

Woche einen Neuen gebracht hat, hat Madame Rosa ihn sich in jeder Beziehung angeschaut, vor allem aber, um zu sehen, ob er nicht bestürzt ist. Die hat ihm Grimassen geschnitten, um ihn zu erschrecken, oder sie hat einen Handschuh angezogen, bei dem jeder Finger ein Kasperle war, worüber die Kinder, die nicht bestürzt sind, immer lachen müssen, aber die andern, das ist so, als ob sie nicht von dieser Welt wären, und deshalb nennt man sie uralt. Madame Rosa konnte sie nicht aufnehmen, mit denen muß man sich ständig befassen, und sie hatte keine Hilfe. Einmal hatte ihr eine Marokkanerin, die sich in einem Haus in der Goutte d'Or durchgeschlagen hat, ein bestürztes Kind da gelassen, und dann war sie gestorben, ohne eine Adresse zu hinterlassen. Madame Rosa hat es einem Organismus geben müssen, mit falschen Papieren, um zu beweisen, daß es existiert und es hat sie richtig krank gemacht, denn es gibt nichts Traurigeres als einen Organismus.

Selbst bei den gesunden Kindern gab es Risiken. Sie können die unbekannten Eltern nicht zwingen, ihre Kinder zurückzunehmen, wenn es keine legalen Beweise gegen sie gibt. Es gibt nichts Schlimmeres als die Rabenmütter. Madame Rosa hat gesagt, daß das Gesetz bei den Tieren besser ist und daß es bei uns sogar gefährlich ist, ein Kind zu adoptieren. Wenn die richtige Mutter ihm hinterher Schwierigkeiten machen will, weil es glücklich ist, hat sie das Recht auf ihrer Seite. Deshalb sind die falschen Papiere die besten auf der Welt, und wenn da so eine Schlampe zwei Jahre später merkt, daß ihr Kind glücklich ist bei der andern und es wieder zu sich nehmen will, um es zu stören und zu verunsichern, dann kann sie es nie ausfindig machen, wenn man ihm ordnungsgemäße falsche Papiere hat ausstellen lassen, und dadurch hat es eine Chance, frei herumzulaufen.

Madame Rosa hat gesagt, daß es bei den Tieren viel besser ist als bei uns, weil sie das Naturgesetz haben, vor allem die Löwinnen. Sie war voll des Lobes über die Löwinnen. Wenn ich im Bett lag, habe ich es manchmal vor dem Einschlafen an der Tür klingeln gelassen, dann bin ich aufmachen gegangen, und da hat eine Löwin gestanden, die reinwollte, um ihre Jungen zu schützen. Madame Rosa hat gesagt, daß die Löwinnen berühmt sind dafür und daß sie sich eher töten lassen würden, als zurückzuweichen. Das ist das Gesetz des Dschungels, und wenn die Löwin ihre Jungen nicht verteidigen würde, hätte niemand Vertrauen zu ihr.

Ich ließ meine Löwin fast jede Nacht kommen. Sie kam rein, ist auf das Bett gesprungen und hat uns das Gesicht abgeleckt, denn auch die andern brauchten sie, und ich war der Älteste und mußte mich um sie kümmern. Leider haben die Löwen einen schlechten Ruf, denn sie müssen sich wie alle Welt ernähren, und wenn ich den andern verkündet habe, daß meine Löwin jetzt hereinkommt, haben sie zu heulen angefangen, und sogar Banania hat mitgemacht, und dabei weiß Gott, daß dem alles Wurscht war, wegen seiner sprichwörtlichen guten Laune. Ich hatte Banania gern, der von einer Familie von Franzosen angenommen worden ist, die Platz genug hatten, und eines Tages werde ich ihn besuchen gehen.

Schließlich hat Madame Rosa erfahren, daß ich immer eine Löwin reinlasse, während sie schlief. Sie hat zwar gewußt, daß es nicht echt war und daß ich nur von den Naturgesetzen geträumt habe, aber ihre Nerven wurden immer nervöser, und der Gedanke, daß wilde Tiere in der Wohnung sind, hat sie in nächtliche

Schrecken versetzt. Sie ist schreiend wach geworden, weil, was bei mir ein Traum war, wurde bei ihr ein Alptraum, und sie hat immer gesagt, daß die Alpträume das sind, was die Träume immer werden, wenn sie älter werden. Wir haben uns zwei völlig verschiedene Löwinnen eingebildet, aber da kann man nichts machen.

Ich weiß überhaupt nicht, wovon Madame Rosa im allgemeinen wohl träumen konnte. Ich sehe nicht ein, was das einbringt, wenn man hinterrücks träumt, und in ihrem Alter konnte sie nicht mehr vorwärts träumen. Vielleicht hat sie von ihrer Jugend geträumt, als sie schön war und noch keine Gesundheit hatte. Ich weiß nicht, was ihre Eltern gemacht haben', aber es war in Polen. Dort hatte sie auch angefangen sich durchzuschlagen und dann in Paris in der Rue de Fourcy, der Rue Blondel, der Rue des Cygnes und so ziemlich überall, und dann war sie in Marokko und Algerien gewesen. Sie sprach sehr gut Arabisch, ohne Vorurteile. Sie war sogar bei der Fremdenlegion in Sidi Bel Abbès gewesen, aber als sie nach Frankreich zurückgekommen ist, hat sie den Karren in den Dreck gefahren, weil sie die Liebe kennenlernen wollte, und der Kerl hat ihr alle Ersparnisse abgenommen und sie bei der französischen Polizei als Jüdin verraten. An dieser Stelle brach sie immer ab, wenn sie davon erzählte, und sie sagte: »Diese Zeit ist vorbei«, sie hat gelächelt, es war für sie eine schöne Zeit, die sie erlebt hat.

Als sie aus Deutschland zurückgekommen ist, hat sie sich noch ein paar Jahre lang durchgeschlagen, aber als sie mal fünfzig war, hatte sie angefangen dick zu werden, und sie war nicht mehr appetitlich genug. Sie hat gewußt, daß die Frauen, die sich durchschlagen, große

Schwierigkeiten haben, ihre Kinder bei sich zu behalten, weil das Gesetz das aus moralischen Gründen verbietet, und da ist sie auf den Gedanken gekommen, eine Pension ohne Familie aufzumachen für Kinder, die auf die krumme auf die Welt gekommen sind. Man nennt das in unserer Sprache ein Heimel. Sie hat das Glück gehabt, auf diese Weise einen Polizeikommissar großzuziehen, der ein Hurenkind war und sie beschützt hat, aber sie war jetzt fünfundsechzig Jahre alt, und man mußte auf alles gefaßt sein. Vor allem vor dem Krebs hatte sie Angst, der kennt kein Pardon nicht. Ich habe gesehen, daß sie abgebaut hat, und manchmal haben wir uns stumm angesehen und gemeinsam Angst gehabt, denn wir hatten sonst nichts auf der Welt. Deshalb war alles, was sie in ihrem Zustand brauchte, eine Löwin, die frei in der Wohnung lebt. Ich hab's also so eingerichtet, daß ich mit offenen Augen im Dunkeln liegengeblieben bin, die Löwin ist gekommen, hat sich neben mich gelegt und mir das Gesicht geleckt, ohne jemand was zu sagen. Wenn Madame Rosa aus Angst wach geworden ist, reinkam und Licht angemacht hat, hat sie gesehen, daß wir friedlich dagelegen haben. Aber sie hat unter die Betten gesehen, und das war sogar drollig, wenn man bedenkt, daß die Löwen das einzige auf der Welt waren, was ihr nicht passieren konnte, weil es in Paris gewissermaßen keine gibt, denn die wilden Tiere sind nur in der Natur zu finden.

Da habe ich zum erstenmal verstanden, daß sie ein wenig gestört war. Sie hatte viel Unglück gehabt, und jetzt mußte sie bezahlen, weil man im Leben für alles bezahlen muß. Sie hat mich sogar zu Dr. Katz geschleppt und hat zu ihm gesagt, ich würde wilde Tiere frei in der Wohnung herumlaufen lassen, und das wäre sicherlich ein Zeichen. Ich habe jedenfalls begriffen, daß es zwischen ihr und Dr. Katz etwas gab, worüber man in meiner Gegenwart nicht sprechen durfte, aber ich wußte überhaupt nicht, was es war und warum Madame Rosa Angst hatte.

»Herr Doktor, der wird bestimmt gewalttätig, da bin ich sicher.«

»Reden Sie kein dummes Zeug, Madame Rosa. Sie haben nichts zu befürchten. Unser kleiner Momo ist ein empfindsames Kind. Das ist keine Krankheit, und glauben Sie einem alten Arzt, es sind nicht die Krankheiten, was am schwersten zu heilen ist.«

»Warum hat er dann ständig Löwen im Kopf?«

»Es ist gar kein Löwe, es ist eine Löwin.«

Dr. Katz hat gelächelt und mir ein Pfefferminzbonbon gegeben.

»Es ist eine Löwin. Und was tun Löwinnen? Sie schützen ihre Jungen ...«

Madame Rosa hat geseufzt.

»Sie wissen genau, warum ich Angst habe, Herr Doktor.«

Dr. Katz hat sich hochrot geärgert.

»Halten Sie den Mund, Madame Rosa. Sie sind völlig ungebildet. Sie verstehen nichts von diesen Dingen und bilden sich weiß Gott was ein. Das ist Aberglaube aus einer anderen Zeit. Das habe ich Ihnen schon tausendmal gesagt, und jetzt halten Sie bitte den Mund.«

Er hat noch etwas sagen wollen, aber da hat er mich angesehen, und dann ist er aufgestanden und hat mich rausgeschickt. Ich habe an der Tür horchen müssen.

»Herr Doktor, ich habe solche Angst, daß er erblich ist.«

»Jetzt machen Sie aber einen Punkt, Madame Rosa. Außerdem wissen Sie ja nicht einmal, wer sein Vater war, beim Beruf dieser armen Frau. Jedenfalls habe ich

Ihnen erklärt, daß das gar nichts zu sagen hat. Da spielen tausend andere Faktoren mit. Aber es ist ganz eindeutig, daß er ein sehr empfindsames Kind ist und daß er Liebe braucht.«

»Ich kann ihm doch nicht jeden Abend das Gesicht ablecken, Herr Doktor. Wo hat er nur solche Ideen her? Und warum hat man ihn nicht in der Schule behalten wollen?«

»Weil Sie ihm eine Geburtsurkunde haben ausstellen lassen, die seinem wirklichen Alter in keiner Weise Rechnung getragen hat. Sie mögen den Kleinen doch.«

»Ich habe nur Angst, daß er mir weggenommen wird. Obwohl man bei ihm nichts beweisen kann. Ich schreibe alles auf ein Stück Papier oder behalte es im Kopf, weil die Mädchen immer Angst haben, daß es bekannt wird. Die Prostituierten, die einen schlechten Lebenswandel haben, dürfen ihre Kinder eben nicht selber erziehen, weil ihnen die elterliche Sorge entzogen worden ist. Damit kann man sie jahrelang erpressen, lieber akzeptieren sie alles, als ihre Kinder zu verlieren. Es gibt Zuhälter, das sind richtige Loddel, weil keiner mehr seine Arbeit richtig machen will.«

»Sie sind eine brave Frau, Madame Rosa. Ich werde Ihnen Beruhigungspillen verschreiben.«

Ich hatte überhaupt nichts erfahren. Ich war noch sicherer als vorher, daß die Jüdin Geheimnisse vor mir hatte, aber ich war gar nicht so scharf darauf, es zu erfahren. Je mehr man weiß, um so schlechter ist es. Mein Freund Mahoute, der auch ein Hurenkind ist, hat gesagt, daß bei uns das Geheimnis normal wäre, wegen dem Gesetz der großen Zahl. Er hat gesagt, daß eine Frau, wo alles richtig macht, wenn die einen Geburtsunfall hat und beschließt, ihn zu behalten, daß sie immer von einer Untersuchung durch die Verwaltung bedroht ist, und es gibt nichts Schlimmeres, das kennt kein Pardon nicht. Es ist immer die Mutter, die in unserem Fall daran glauben muß, weil der Vater durch das Gesetz der großen Zahl geschützt ist.

Madame Rosa hatte in einem Koffer ein Stück Papier, das mich als Mohammed auswies und drei Kilo Kartoffeln, ein Pfund Karotten, hundert Gramm Butter, einen Fisch, dreihundert Francs, in der islamischen Religion zu erziehen. Es hat ein Datum drauf gestanden, aber das war nur der Tag, an dem sie mich in Verwahrung genommen hatte, und das hat nicht gesagt, wann ich geboren war.

Ich habe mich um die andern Kinder gekümmert, vor allem, um ihnen den Hintern abzuputzen, denn Madame Rosa konnte sich nicht gut bücken, wegen ihrem Gewicht. Sie hatte keine Taille, und der Hintern ging bei ihr direkt in die Schultern über. Wenn sie ging, war es ein richtiger Umzug.

Jeden Samstagnachmittag hat sie ihr blaues Kleid angezogen, mit einem Fuchs und Ohrringen, hat sich noch roter als gewöhnlich geschminkt und sich in ein französisches Café gesetzt, in die Coupole am Montparnasse, wo sie ein Stück Kuchen gegessen hat.

Ich habe nie Kindern über vier Jahre den Hintern abgeputzt, weil ich meinen Stolz habe und es welche gab, die absichtlich geschissen haben. Aber ich kenne diese Ärsche, und ich habe ihnen beigebracht, auf diese Weise zu spielen, ich meine, sich gegenseitig den Hintern abzuputzen, ich habe ihnen erklärt, daß das lustiger ist als jeder für sich. Das hat sehr gut geklappt, und Madame Rosa hat mich beglückwünscht und zu mir gesagt, daß ich mich allmählich durchsetze. Ich habe nicht mit den andern Kindern gespielt, sie waren zu klein für mich, höchstens um unsere Piephähne zu vergleichen, und Madame Rosa wurde wütend, weil sie einen Horror vor Piephähnen hatte wegen all dem, was sie schon im Leben gesehen hatte. Nachts hatte sie nach wie vor Angst vor den Löwen, es ist schon kaum zu glauben, wenn man an all die andern echten Gründe denkt, Angst zu haben, daß sie sich so in die Löwen verbiß.

Madame Rosa hatte es am Herz, und ich machte die Einkäufe wegen der Treppe. Die Stockwerke waren für sie das schlimmste. Sie pfiff immer mehr beim Atmen, und ich habe für sie ebenfalls Asthma bekommen, und Dr. Katz hat gesagt, daß es nichts Ansteckenderes gibt als die Psychologie. Das ist so ein Ding, das man noch nicht kennt. Ich war jeden Morgen glücklich, wenn ich gesehen habe, daß Madame Rosa aufwachte, denn ich hatte nächtliche Ängste, richtigen Schiß, ohne sie dazustehen.

Der größte Freund, den ich damals hatte, war ein Regenschirm namens Arthur, den ich von Kopf bis Fuß angezogen habe. Ich hatte ihm einen Kopf gemacht aus einem grünen Lumpen, den ich um den Griff zu einer Kugel zusammengerollt habe, und ein sympathisches Gesicht, mit einem Lächeln und runden Augen, mit dem Lippenstift von Madame Rosa. Es ist mir nicht so sehr darum gegangen, daß ich jemand hatte, den ich liebhaben konnte, sondern um den Clown zu spielen, denn ich hatte kein Taschengeld, und ich bin manchmal in die französischen Viertel gegangen, dorthin, wo es welches gibt. Ich hatte einen zu großen Überzieher, der mir bis auf die Fersen gegangen ist, ich habe eine Melone aufgesetzt und mir das Gesicht mit Farben beschmiert, und wir waren beide lustig, mein Regenschirm Arthur und ich. Ich habe auf dem Bürgersteig den Spaßvogel gespielt, und ich habe tatsächlich am Tag bis zu zwanzig Francs zusammenbekommen, aber man mußte aufpassen, weil die Polizei immer ein Auge auf die Minderjährigen hat, die frei herumlaufen. Arthur war angezogen wie ein Einbeiniger mit einem blauweißen Baskettballschuh, einer Hose, einer karierten Weste auf einem Kleiderbügel, den ich ihm mit Schnüren festgebunden hatte, und dazu hatte ich ihm einen runden Hut auf den Kopf genäht. Ich hatte Monsieur N'Da Amédée gebeten, mir Kleider für meinen Regenschirm zu leihen, und wissen Sie, was er gemacht hat? Er ist mit mir ins Pull d'Or gegangen, am Boulevard de Belleville, der schickste Laden, und ich habe aussuchen dürfen, was ich wollte. Ich weiß nicht, ob sie in Afrika alle so sind, aber wenn ja, dann scheint es ihnen dort an nichts zu fehlen.

Wenn ich meine Nummer auf dem Bürgersteig abgezogen habe, habe ich mich in den Hüften gewiegt, mit Arthur getanzt und Piepen eingesammelt. Es gab Leute, die sind wütend geworden und haben gesagt, daß es nicht erlaubt ist, ein Kind so zu behandeln. Ich weiß gar nicht, wer mich behandelt hat, aber es gab auch welche, die haben sich Kummer gemacht. Komisch eigentlich, wo es doch nur zum Spaß gewesen ist.

Arthur ist ab und zu kaputtgegangen. Ich habe den Kleiderbügel festgenagelt, und dadurch hat er Schultern bekommen, und er hat ein leeres Hosenbein gehabt, wie das bei einem Regenschirm normal ist. Monsieur Hamil war nicht einverstanden, er hat gesagt, daß Arthur einem Fetisch gleicht, und das wäre gegen unsere Religion. Ich bin nicht gläubig, aber es stimmt schon, wenn man ein etwas komisches Ding hat, das wie sonst nichts aussieht, dann hat man Hoffnung, daß es etwas ausrichten kann. Ich bin mit Arthur im Arm eingeschlafen, und morgens habe ich nachgesehen, ob Madame Rosa noch geatmet hat.

Ich bin nie in einer Kirche gewesen, weil das gegen die wahre Religion ist, und mich da einzumischen, war das letzte, was ich wollte. Aber ich weiß, daß die Christen ein Heidengeld bezahlt haben, um einen Christus zu bekommen, und bei uns ist es verboten, das menschliche Antlitz darzustellen, um Gott nicht zu beleidigen, was man sehr gut verstehen kann, denn damit braucht man sich nicht zu brüsten. Ich habe also Arthurs Gesicht ausgelöscht, ich habe nur eine grüne Kugel gelassen, wie aus Angst, und ich war mit meiner Religion im reinen. Einmal, als mich die Polizei am Arsch hatte, weil ich eine Menschenansammlung verursacht hatte, als ich den Komiker spielte, habe ich Arthur fallen lassen, und er hat sich in alle Winde zerstreut, Hut, Kleiderbügel, Weste, Schuh und alles. Ich habe ihn zusammenraffen können, aber er war nackt, wie Gott ihn geschaffen hat. Das Komische ist nur, daß Madame Rosa nichts gesagt hatte, als Arthur angezogen war und ich mit ihm geschlafen habe, doch als er die Kutte abgelegt hatte und ich ihn mit unter die Bettdecke nehmen wollte, hat sie geschimpft und gesagt, daß es das nicht gibt, mit einem Regenschirm im Bett zu schlafen. Das soll mal einer verstehen.

Ich hatte mir ein paar Sous auf die hohe Kante gelegt und habe Arthur wieder neu ausstaffiert, auf dem Flohmarkt, wo sie ganz gute Sachen haben.

Doch das Glück hatte uns verlassen.

Bis dahin kamen meine Geldanweisungen zwar unregelmäßig, manchmal wurde auch mal ein Monat übersprungen, aber immerhin, sie kamen. Auf einen Schlag hat es dann aufgehört.

Zwei Monate, drei Monate, nichts. Ich habe zu Madame Rosa gesagt, und es war so sehr meine Meinung, daß meine Stimme sogar gezittert hat:

»Madame Rosa, Sie brauchen keine Angst zu haben. Sie können auf mich zählen. Ich lasse Sie nicht einfach sitzen, weil Sie kein Geld mehr bekommen.«

Dann habe ich Arthur genommen, bin aus dem Haus gegangen und habe mich auf den Bürgersteig gesetzt, um nicht vor allen Leuten zu heulen.

Ich muß sagen, daß wir in einer üblen Lage waren. Madame Rosa würde bald von der Altersgrenze betroffen werden, und das hat sie auch selber gewußt. Die Treppe mit ihren sechs Etagen war für sie der Feind Nummer eins geworden. Eines Tages würde er sie umbringen, das war sicher. Ich wußte, daß es sich nicht mehr lohnte, sie umzubringen, man brauchte sie ja nur anzusehen. Ihre Brüste, ihr Bauch und ihr Hintern waren nicht mehr voneinander zu unterscheiden, wie bei einem Faß. Wir hatten immer weniger Kinder in Pension, weil die Mädchen kein Vertrauen mehr zu Madame Rosa hatten, wegen ihrem Zustand. Sie haben gesehen, daß sie sich um niemand mehr kümmern konnte, und sie haben lieber mehr bezahlt und sind zu Madame Sophie oder zur alten Aicha in der Rue d'Alger gegangen. Sie verdienen viel Geld, und das hat ihnen gar nichts ausgemacht. Die Huren, die Madame Rosa noch persönlich gekannt hat, waren wegen dem Generationswechsel verschwunden. Weil sie von der Mundpropaganda gelebt hatte und sie auf dem Strich nicht mehr empfohlen wurde, ist ihr Ruf allmählich flöten gegangen. Als sie noch ihre Beine hatte, ist sie in die Kneipen am Pigalle oder an den Hallen gegangen, wo die Mädchen sich durchschlagen, und hat etwas Reklame für sich gemacht, wobei sie die Qualität der Unterkunft, die kulinarische Küche und alles lobte. Jetzt konnte sie nicht mehr. Ihre Freundinnen waren fort, und sie hatte keine Empfehlungen mehr. Es gab außerdem auch die Pille zum Schutz vor der Kindheit, man mußte also wirklich wollen. Wenn man ein Kind hatte, gab es keine Entschuldigung mehr, man wußte, was man tat.

Ich war schon so an die zehn, und es lag nun an mir, Madame Rosa zu helfen. Ich mußte auch an meine Zukunft denken, denn wenn ich allein bleiben würde, käme ich ohne Federlesens ins Fürsorgeheim. Ich konnte die ganze Nacht kein Auge zumachen und habe die ganze Zeit Madame Rosa betrachtet, um zu sehen, ob sie nicht sterben würde.

Ich habe versucht, mich durchzuschlagen. Ich habe mich schön angemalt und mir von Madame Rosas Parfüm hinter die Ohren gemacht wie sie, und nachmittags habe ich mich mit Arthur in die Rue Pigalle gestellt oder in die Rue Blanche, die auch gut war. Es gibt dort immer Frauen, die sich den ganzen Tag durchschlagen, und eine oder zwei sind immer zu mir gekommen und haben gesagt:

»Ist der aber niedlich, der kleine Mann. Arbeitet deine Mama hier?«

»Nein, ich habe noch niemand.«

Sie haben mich dann zu einer Pfefferminzlimonade in die Kneipe in der Rue Macé eingeladen. Aber ich mußte aufpassen, denn die Polizei macht Jagd auf die Zuhälter und sie selber mußten sich auch in acht nehmen, denn sie dürfen nicht auf Kundenfang gehen. Es waren immer dieselben Fragen.

»Wie alt bist du denn, mein Engel?«

»Zehn Jahre.«

»Hast du eine Mama?«

Ich habe nein gesagt, und es hat mir leid getan wegen Madame Rosa, aber was soll man tun? Besonders eine war ganz lieb zu mir, und die hat mir manchmal auch einen Geldschein in die Tasche gesteckt, wenn sie vorbeigekommen ist. Sie hatte einen Minirock an und Stiefel, die bis obenhin gegangen sind, und sie war viel jünger als Madame Rosa. Sie hatte sehr nette Augen, und einmal hat sie um sich geschaut, und wir sind in die Kneipe gegangen, die jetzt nicht mehr da ist, weil man eine Bombe hineingeworfen hat, ins Panier.

»Du darfst dich nicht auf dem Bürgersteig herumtreiben, das ist nicht der richtige Ort für ein Kind.«

Sie hat mir übers Haar gestrichen, um meine Frisur zu richten. Aber ich habe genau gewußt, daß sie das nur getan hat, um mich zu streicheln.

»Wie heißt du denn?«

»Momo.«

»Und wo sind deine Eltern, Momo?«

»Ich habe niemand, was glauben Sie denn? Ich bin frei.«

»Aber du mußt doch jemand haben, der sich um dich kümmert?«

Ich habe an meiner Orangeade gesogen, weil ich Zeit gebraucht habe.

»Ich könnte vielleicht mit ihnen sprechen, ich würde mich gern um dich kümmern. Ich würde dir ein schönes Zimmer geben, du wärst wie ein kleiner König, und es würde dir an nichts fehlen.«

»Mal sehen.«

Ich habe meine Orangeade ausgetrunken und bin von der Polsterbank runtergerutscht.

»Da, nimm das für Bonbons, mein kleiner Schatz.«

Sie hat mir einen Geldschein in die Tasche gesteckt. Hundert Francs. Wie ich die Ehre habe.

Ich bin zwei- oder dreimal wieder hingegangen, und jedesmal hat sie mich strahlend angelächelt, aber von weitem und ganz traurig, weil ich ihr nicht gehört habe.

Dummerweise war die Kassiererin vom Panier eine Freundin von Madame Rosa aus der Zeit, wo sie sich zusammen durchgeschlagen haben. Sie hat der Alten Bescheid gesagt, und fragen Sie nicht, was die mir für eine Eifersuchtsszene gemacht hat. Nie habe ich die Jüdin in einem solchen Zustand gesehen, sie hat richtig geheult. »Dazu habe ich dich nicht großgezogen«, hat sie mindestens zehnmal gesagt und dazu geweint. Ich habe ihr hoch und heilig versprechen müssen, nicht mehr dorthin zu gehen und nie ein Kuppler zu werden. Sie hat gesagt, das wären alles Zuhalter, und lieber würde sie sterben. Aber mir ist nichts eingefallen, was ich mit zehn Jahren sonst hätte tun können.

Was ich eigentlich immer komisch gefunden habe, ist, daß die Tränen im Programm vorgesehen waren. Das heißt, daß man dafür vorgesehen worden ist zu weinen. Darauf mußte man erst einmal kommen. Kein Konstrukteur, der auf sich hält, hätte das getan.

Die Zahlungsanweisungen sind immer noch nicht gekommen, und Madame Rosa hat angefangen, das Sparbuch zu plündern. Sie hatte ein paar Notgroschen auf die hohe Kante gelegt für ihre alten Tage, aber sie hat genau gewußt, daß es bei ihr nicht mehr lange dauert. Sie hatte zwar noch keinen Krebs, aber der Rest ist rasch verfallen. Sie hat mir sogar zum erstenmal von meiner Mutter erzählt und von meinem Vater, denn es hat anscheinend zwei gegeben. Sie waren eines Abends gekommen, um mich abzuliefern, und meine Mutter hatte zu flennen angefangen und ist fortgelaufen. Madame Rosa hatte mich als Mohammed und Moslem eingetragen, und sie hatte versprochen, daß es mir wie die

Made im Speck ergehen würde. Und dann, dann ... Sie hat geseufzt, und das war alles, was sie gewußt hat, nur daß sie mir nicht in die Augen gesehen hat, als sie das gesagt hat. Ich habe zwar nicht gewußt, was sie mir verheimlicht hat, aber nachts habe ich richtig Angst davor bekommen. Ich habe nie etwas anderes aus ihr herausbekommen, selbst als die Zahlungsanweisungen nicht mehr gekommen sind und sie keinen Grund mehr hatte, nett zu mir zu sein. Ich habe nur gewußt, daß ich mit Sicherheit einen Vater und eine Mutter hatte, denn in dieser Hinsicht ist mit der Natur nicht zu spaßen. Aber sie waren nie wieder gekommen, und Madame Rosa hat ein schuldiges Gesicht gemacht und geschwiegen. Ich will Ihnen gleich sagen, daß ich meine Mutter nie wiedergesehen habe, damit keine falschen Gemütsbewegungen aufkommen. Einmal, als ich ganz eindringlich darauf bestanden habe, hat Madame Rosa eine so kümmerliche Lüge erfunden, daß es ein richtiges Vergnügen war.

»Also, wenn du mich fragst, hatte deine Mutter ein bürgerliches Vorurteil, weil sie aus einer guten Familie war. Sie wollte nicht, daß du einmal erfährst, was für einen Beruf sie ausgeübt hat. Deshalb ist sie schluchzend mit gebrochenem Herzen fortgegangen, um nie wieder zurückzukommen, weil das Vorurteil dir einen traumatischen Schock versetzt hätte, wie die Medizin das verlangt.«

Und sie hat selber zu flennen angefangen, Madame Rosa, niemand hat so die schönen Geschichten gemocht wie sie. Ich glaube, daß Dr. Katz recht gehabt hat, als ich ihm das erzählt habe. Er hat gesagt, die Huren, das ist nur eine Ansichtssache. Und auch Monsieur Hamil, der Victor Hugo gelesen und länger gelebt hat als jeder andere Mensch seines Alters, hat das gesagt, als er mir lächelnd erklärt hat, daß nichts weiß oder schwarz ist und daß das Weiß oft auch ein Schwarz ist, das sich versteckt und das Schwarz manchmal das Weiß ist, das reingewaschen worden ist. Und er hat sogar noch gesagt und dabei Monsieur Driss angesehen, der ihm seinen Pfefferminztee gebracht hat: »Glauben Sie meiner alten Erfahrung.« Monsieur Hamil ist ein großer Mann, aber die Umstände haben ihm nicht erlaubt, es zu werden.

Schon seit Monaten sind keine Zahlungsanweisungen mehr gekommen, und für Banania hatte Madame Rosa nie auch nur den Schimmer seines Geldes gesehen, außer als er angekommen ist, denn sie hat sich zwei Monate im voraus bezahlen lassen. Banania ist jetzt kostenlos auf die vier zugegangen, und er hat sich so ungeniert benommen, als ob er bezahlt hätte. Madame Rosa hat eine Familie für ihn gefunden, denn dieser Junge ist schon immer ein Glückspilz gewesen. Moses war noch in Beobachtung und hat in der Familie gegessen, die ihn seit sechs Monaten beobachtet hat, um sicherzugehen, daß er von guter Qualität war und keine Epilepsie oder Wutanfälle bekommt. Vor den Wutanfällen haben die Familien besonders Angst, wenn sie ein Kind wollen, das ist das erste, was man vermeiden muß, wenn man adoptiert werden will. Mit den Kindern für die Tagespension und um Madame Rosa zu beköstigen, brauchen wir zwölfhundert Francs im Monat, und dazu müssen die Medikamente und der Kredit gerechnet werden, den man ihr nicht gab. Allein um Madame Rosa zu beköstigen, waren mindestens fünfzehn Francs pro Tag nötig, wenn man ihr keine Scheußlichkeiten vorsetzen wollte, selbst um sie abnehmen zu lassen. Ich erinnere mich, daß ich ihr das ganz offen gesagt habe, daß sie abnehmen müsse, um weniger zu essen, aber das ist sehr schwer für eine alte Frau, die allein auf der Welt ist. Sie braucht mehr von sich als die andern. Wenn man niemand um sich hat, der einen lieb hat, dann wird das Fett. Ich habe wieder angefangen, nach Pigalle zu gehen, wo immer noch diese Dame war, Maryse, die sich in mich verliebt hatte, weil ich noch ein Kind war. Aber ich hatte eine Heidenangst, weil der Kuppler mit Gefängnis bestraft wird und wir uns heimlich treffen mußten. Ich habe sie in einer Toreinfahrt erwartet, sie hat mich geküßt, sich gebückt und gesagt: »mein hübscher Schatz, wie gern hätte ich einen Sohn wie dich«, und dann hat sie mir ihren Verdienst für eine Nummer zugeschoben. Ich habe auch Banania dazu benutzt, um in den Läden zu klauen. Ich habe ihn allein gelassen mit seinem Lächeln, damit er die Leute entwaffnet, und es ist um ihn herum immer zu einem Menschenauflauf gekommen wegen der gerührten und zärtlichen Gefühle, die er ausgelöst hat. Wenn sie vier oder fünf Jahre alt sind, sind die Schwarzen gut gelitten. Manchmal habe ich ihn gekniffen, damit er zu heulen anfängt, und die Leute haben mit ihren Gefühlen um ihn herumgestanden, während ich unterdessen nützliche Dinge zum Essen geklaut habe. Ich hatte einen Überzieher an, der mir bis zu den Fersen gegangen ist, mit selbstgemachten Taschen, die Madame Rosa mir genäht hatte, und niemand hat etwas gesehen. Der Hunger kennt kein Pardon nicht. Um rauszukommen, habe ich Banania auf den Arm genommen, mich hinter irgendeine Hausfrau gestellt, die gerade bezahlt hat, und jeder hat geglaubt, ich würde dazugehören. Banania hat dabei die Hure gespielt. Die Kinder sind sehr gut angesehen, wenn sie noch nicht gefährlich sind. Sogar ich habe freundliche Worte bekommen, und man hat mich angelächelt, die Leute haben immer ein beruhigtes Gefühl, wenn sie ein Kind sehen, das noch nicht im Strolchenalter ist. Ich habe dunkle Haare, blaue Augen und keine Judennase wie die Araber, ich hätte alles mögliche sein können, ohne mein Gesicht ändern zu müssen.

Madame Rosa hat weniger gegessen, das hat ihr gut getan und uns auch. Außerdem hatten wir wieder mehr Kinder, es war die schöne Jahreszeit, und die Leute sind immer mehr weit fort in die Ferien gefahren. Ich war nie so froh gewesen, Ärsche abzuwischen, weil das dazu beigetragen hat, die Töpfe am Kochen zu halten, und wenn ich die Finger voller Scheiße hatte, habe ich nicht einmal die Ungerechtigkeit gespürt.

Leider sind bei Madame Rosa Veränderungen aufgetreten wegen der Naturgesetze, die sich von allen Seiten an sie rangemacht haben, an die Beine, die Augen, die bekannten Organe wie das Herz, die Leber, die Arterien und alles, was man bei ganz abgenutzten Personen finden kann. Und weil sie keinen Fahrstuhl hatte, ist es vorgekommen, daß sie zwischen den Etagen steckengeblieben ist, und wir haben runtergehen und sie schieben müssen, sogar Banania, der allmählich wachgeworden ist nach dem Leben hin und gespürt hat, daß es in seinem Interesse war, seine Butterstulle zu verteidigen.

Bei einer Menschenperson sind die wichtigsten Stücke das Herz und der Kopf, und für die muß man am meisten bezahlen. Wenn das Herz aussetzt, kann man nicht mehr so weitermachen wie vorher, und wenn der Kopf sich von allem loslöst und nicht mehr richtig geht, verliert die Person die Befugnisse und hat nichts mehr vom Leben. Ich glaube, wenn man leben will, muß man schon ganz jung anfangen, weil man nachher seinen ganzen Wert verliert und niemand einem Geschenke macht.

Manchmal habe ich Madame Rosa Sachen gebracht, die ich ohne jeden Nutzen aufgelesen habe, Sachen, die zu nichts taugen, die aber Freude machen, weil niemand sie will und man sie weggeworfen hat. So gibt es zum Beispiel Leute, die haben zu Hause Blumen zum Geburtstag oder sogar ganz grundlos, nur um die Wohnung zu schmücken, und dann, wenn sie vertrocknet sind und nicht mehr glänzen, schmeißen sie sie in den Mülleimer, und wenn man morgens früh aufsteht, kann man sie an sich nehmen, und das war meine Spezialität, man nennt das Abfälle. Manchmal haben die Blumen Reste von Farben und leben noch ein bißchen, und ich habe Blumensträuße daraus gemacht, ohne mich um die Altersfragen zu kümmern und sie Madame Rosa geschenkt, die sie in Vasen ohne Wasser gestellt hat, weil das sowieso unnötig war. Oder ich habe ganze Arme voll Mimosen auf den Blumenkarren geklaut, in den Markthallen, und ich bin damit nach Hause gekommen, damit es nach Glück riechen soll. Unterwegs habe ich von den Blumenschlachten in Nizza geträumt und von den Mimosenwäldern, die in großer Anzahl um diese ganz weiße Stadt herum wachsen, die Monsieur Hamil in seiner Jugend gekannt hat und von der er mir manchmal noch erzählte, denn er war nicht mehr derselbe.

Unter uns haben wir vor allem Jüdisch und Arabisch gesprochen oder Französisch, wenn Fremde da waren oder wenn wir nicht verstanden werden wollten, aber jetzt vermischte Madame Rosa alle Sprachen ihres Lebens, und sie hat Polnisch mit mir gesprochen, was ihre älteste Sprache war, die ihr wieder gekommen ist, denn was bei den Alten am meisten bleibt, ist ihre Jugend.

Jedenfalls kam sie mit Ausnahme der Treppe noch einigermaßen zurecht. Aber es war wirklich kein Alltagsleben mehr mit ihr, und man hat ihr sogar Spritzen in den Hintern geben müssen. Es war schwierig, eine Krankenschwester zu finden, die noch jung genug war, um die sechs Etagen zu machen, und keine war billig genug. Ich habe mich mit Mahoute abgesprochen, der sich ganz legal gespritzt hat, weil er Zucker hatte und sein Gesundheitszustand es ihm erlaubte. Er war ein braver Kerl, der sich selber gemacht hat, der aber hauptsächlich schwarz und Algerier war. Er hat Transistorradios und andere Erzeugnisse seiner Diebstähle verkauft, und in der übrigen Zeit hat er versucht, sich in Marmottan, wo er seine Auftritte hatte, entwöhnen zu lassen. Er ist heraufgekommen, um Madame Rosa ihre Spritze zu geben, aber das ist beinahe schlecht ausgegangen, weil er sich in der Ampulle geirrt und Madame Rosa die Ration Heroin in den Arsch gejagt hat, die er sich an dem Tage genehmigen wollte, an dem er mit seiner Entwöhnung fertig wäre.

Ich habe sofort gesehen, daß da etwas Widernatürliches passiert ist, denn ich hatte die Jüdin noch nie so verzückt gesehen. Zuerst war sie unheimlich erstaunt, und dann hat sie richtig das Glück gepackt. Ich habe sogar Angst gehabt, weil ich geglaubt habe, sie würde nicht mehr zurückkommen, derart war sie im Himmel. Ich jedenfalls spucke auf Heroin. Die Kinder, die sich spritzen, gewöhnen sich alle ans Glück, und das kennt kein Pardon nicht, weil das Glück bekannt ist für seine Fehlleistungen. Wenn man sich spritzt, muß man wirklich versuchen, glücklich zu sein, und auf solche Ideen kommen nur die Oberdeppen. Ich habe nie Zucker genommen, ich habe höchstens manchmal mit Freunden zusammen die Marie geraucht, aus Höflichkeit, und dabei ist man mit zehn Jahren in dem Alter, wo einem die Großen eine Menge Dinge beibringen. Aber ich lege keinen so großen Wert darauf, glücklich zu sein, mir ist das Leben lieber. Das Glück ist ein schönes Miststück, eine üble Sau, und man müßte ihm mal beibringen, was Leben heißt. Wir gehören nicht zur selben Partei, das Glück und ich, wir haben nichts miteinander zu schaffen. Ich habe noch nie Politik gemacht, denn das nutzt immer jemand, aber das Glück, dafür müßte es Gesetze geben, um es daran zu hindern, den Schweinehund zu spielen. Ich sage es nur, wie ich es denke, und vielleicht habe ich unrecht, auf jeden Fall würde ich nicht hingehen und mich spritzen, um glücklich zu sein. Scheiße. Ich rede lieber nicht vom Glück, weil ich nicht wieder einen Wutanfall bekommen will, aber Monsieur Hamil sagt, daß ich Anlagen für das Unaussprechliche habe. Er sagt, daß man im Unaussprechlichen suchen muß und daß man dort findet.

Die beste Art, sich in die Scheiße zu setzen, und genau das hat Mahoute getan, ist die, daß man sagt, man hat sich noch nie gespritzt, und dann bekommt man von den Kerlen sofort eine kostenlose Gratisspritze verpaßt, denn niemand will sich allein im Unglück fühlen. Es ist nicht zu glauben, wie viele Kerle mir meine erste Spritze haben verpassen wollen, aber ich bin nicht da, um den andern beim Leben zu helfen, ich habe schon genug mit Madame Rosa. Mit dem Glück lasse ich mich nicht eher ein, als bis ich alles versucht habe, um aus der Scheiße zu kommen.

Mahoute – das ist ein Name, der nichts sagen will, und deshalb hat man ihn so genannt – hat Madame Rosa also mit Siedlerstolz gefixt, so heißt das Heroin bei uns, weil es in der Gegend Frankreichs angebaut wird, wo es die Siedlungen gibt. Madame Rosa hat sich erst unheimlich gewundert, dann ist sie in einen Zustand der Zufriedenheit geraten, der einem richtig wehgetan hat, wenn man das sah. Was meinen Sie, eine fünfundsechzigjährige Jüdin, das hat der gerade noch gefehlt. Ich bin schnell zu Dr. Katz gelaufen, denn bei der Scheiße gibt es noch die Überdosis, wie man das nennt, und dann kommt man ins künstliche Paradies. Dr. Katz ist nicht gekommen, denn er darf keine sechs Etagen mehr steigen, außer in Todesfällen. Er hat einen jungen Arzt angerufen, den er kannte, und der ist eine Stunde später gekommen. Madame Rosa hat in ihrem Sessel gesessen und gesabbelt und gesabbelt. Der Doktor hat mich angeguckt, als ob er noch nie einen Zehnjährigen gesehen hätte.

»Was ist denn das hier? Ein Kindergarten oder was?« Er hat mir leid getan mit seinem verärgerten Gesicht, als ob's das nicht gäbe. Mahoute hat auf dem Boden gesessen und geheult, denn er hatte sein Glück Madame Rosa in den Arsch gespritzt.

»Aber wie ist denn so was möglich? Wer hat denn dieser alten Dame das Heroin besorgt?«

Ich habe ihn angesehen, mit den Händen in den Hosentaschen, und ihm zugelächelt, aber ich habe nichts zu ihm gesagt, wozu denn, er war ein junger Kerl von dreißig Jahren, der noch alles zu lernen hatte.

Wenige Tage danach ist mir was Glückliches passiert. Ich hatte eine Besorgung zu machen in einem großen Kaufhaus an der Opera, wo im Schaufenster ein Zirkus war, damit die Eltern, ohne daß sie was kaufen müssen, mit ihren Kindern kommen. Ich war schon zehnmal dort gewesen, aber an diesem Tag war ich zu früh gekommen, der Rolladen war noch runtergelassen, und ich habe eingehend mit einem afrikanischen Straßenkehrer diskutiert, den ich nicht gekannt habe, der aber schwarz war. Er kam aus Aubervilliers, denn dort gibt es auch welche. Wir haben eine Zigarette geraucht, und ich habe ihm einen Augenblick zugeschaut, wie er den Bürgersteig gefegt hat, denn das war das beste, was ich tun konnte. Hinterher bin ich wieder zu dem Kaufhaus zurückgegangen und habe mich dort gut unterhalten. Das Schaufenster war von Sternen eingefaßt, die größer waren als in der Natur, und die sind an- und ausgegangen, so wie man mit den Augen zwinkert. Mitten drin war der Zirkus mit den Clowns und den Kosmonauten, die auf den Mond geflogen und wieder zurückgekommen sind und den Passanten zugewinkt haben, und mit den Akrobaten, die mit einer Leichtigkeit in die Luft geflogen sind, die ihnen ihr Beruf verliehen hat, und dazu die weißen Tänzerinnen auf dem Rücken von Pferden im Gazeröckchen und die Lastträger aus den Hallen voller Muskelpakete, die unglaubliche Gewichte ohne Anstrengung heben können, weil sie keine Menschen nicht waren und Mechanismen hatten. Es gab sogar ein Kamel, das getanzt hat, und einen Zauberer mit einem Hut, aus dem im Gänsemarsch Kaninchen herausgekommen sind, die einmal um die Piste marschiert und dann wieder in den Hut zurückgegangen sind, um immer wieder von vorn anzufangen, es war ein fortgesetztes Schauspiel, und das konnte gar nicht aufhören, es war einfach stärker. Die Clowns waren ganz bunt und angezogen wie es bei ihnen Gesetz ist, blaue Clowns und weiße und regenbogenfarbene und solche, wo eine Nase hatten mit einer roten Birne, die aufleuchtete. Dahinter war die Zuschauermenge, das waren aber keine richtigen Zuschauer, sondern nur so zum Spaß, und die haben ständig geklatscht, dafür waren sie gemacht. Der Kosmonaut ist aufgestanden, um zu grüßen, als er auf dem Mond angekommen ist und seine Rakete hat gewartet, damit er sich Zeit nehmen konnte, und wenn man dann geglaubt hat, daß man alles gesehen hat, sind lustige Elefanten aus ihrem Schuppen gekommen und haben sich am Schwanz gehalten und sind um die Piste marschiert, der letzte war noch ein Kind und ganz rosig, als wäre er gerade erst auf die Welt gekommen. Aber für mich waren die Clowns die Könige. Sie sind mit nichts und niemand zu vergleichen. Sie haben alle unmögliche Gesichter, mit Augen wie Fragezeichen, und sie waren so saublöd, daß sie immer gutgelaunt waren. Ich habe sie betrachtet und gedacht, daß Madame Rosa bestimmt auch sehr lustig gewesen wäre, wenn sie ein Clown wäre, aber sie war keiner, und gerade das war so hundsgemein. Sie hatten Hosen an, die immer heruntergefallen und wieder hochgerutscht sind, weil, sie waren zwerchfellerschütternd und sie hatten Musikinstrumente, die Funken sprühen, und anstelle von dem, was diese Instrumente im gewöhnlichen Leben von sich geben, sind Wasserfälle herausgekommen. Die Clowns waren zu viert, und der König war ein weißer mit einem spitzen Hut und einer Pluderhose und einem Gesicht, das noch weißer war als der Rest. Die andern haben Bücklinge vor ihm gemacht und militärisch gegrüßt, und er hat ihnen Fußtritte in den Arsch gegeben, er hat sein ganzes Leben lang sonst nichts gemacht, und er konnte gar nicht aufhören, selbst wenn er gewollt hätte, denn er war dazu eingerichtet. Er hat es nicht bös gemeint, das war bei ihm ganz mechanisch. Es gab auch einen gelben Clown mit grünen Flecken und einem immer glücklichen Ausdruck, selbst wenn er aufs Gesicht fiel, er hat eine Nummer auf einem Seil abgezogen, die immer danebengegangen ist, aber er hat das eher lustig gefunden, denn er war Philosoph. Er hatte eine rote Perücke, die sich vor Entsetzen auf seinem Kopf aufgerichtet hat, wenn er den ersten Fuß auf das Seil gesetzt hat, dann den andern und so fort, bis alle Füße auf dem Seil waren und er nicht mehr vor noch zurück konnte und vor Angst zu schlottern angefangen hat, denn es gibt nichts Komischeres als einen Clown, der Angst hat. Sein Kumpel war ganz blau und nett, mit einer Minigitarre, und er hat den Mond angesungen, und man hat gesehen, daß er ein gutes Herz hatte, doch er konnte nichts dafür. Der letzte war in Wirklichkeit zwei, denn er hatte einen Doppelgänger, und was der eine tat, mußte der andere auch tun, und sie haben versucht, das abzustellen, aber es gab keine Möglichkeit dazu, sie waren miteinander verbunden. Das Beste aber war, daß es mechanisch war und gutmütig, und man hat von vornherein gewußt, daß sie nicht gelitten haben, daß sie nicht alt wurden und daß es keinen Unglücksfall gab. Es war völlig anders als alles, und das in jeder Hinsicht. Selbst das Kamel wollte einem Gutes tun, ganz im Gegensatz wie sein Name sagt. Es hat übers ganze Maul gelächelt und ist herumgeschwänzelt wie eine alte Schachtel. Alle waren glücklich in diesem Zirkus, an dem nichts Natürliches war. Der Clown auf dem Eisendraht war total in Sicherheit, und in zehn Tagen habe ich ihn nicht ein einziges Mal fallen gesehen, und selbst wenn er fallen würde, wußte ich, daß er sich nicht weh tun konnte. Es war eben wirklich etwas ganz anderes. Ich war so glücklich, daß ich sterben wollte, weil das Glück, das muß man packen, solange es da ist.

Ich habe den Zirkus betrachtet und mich wohl gefühlt, als ich eine Hand auf der Schulter gespürt habe. Ich habe mich schnell umgedreht, denn ich habe sofort geglaubt, daß es ein Bulle ist, aber es war eine eher junge Biene, fünfundzwanzig Jahre im Höchstfall. Sie hat verdammt nicht schlecht ausgesehen, blond, mit großen Haaren, und sie hat gut und frisch gerochen.

»Warum weinst du denn?«

»Ich weine nicht.«

Sie hat meine Wange berührt.

»Und das, was ist das? Sind das keine Tränen?«

»Nein. Ich weiß gar nicht, wo das herkommt.«

»Gut, ich sehe, daß ich mich geirrt habe. Ist dieser Zirkus mal schön!«

»Es ist das beste, was ich in der Art gesehen habe.«

»Wohnst du hier?«

»Nein, ich bin kein Franzose. Ich bin wahrscheinlich Algerier, wir wohnen in Belleville.«

»Und wie heißt du?«

»Momo.«

Ich habe überhaupt nicht verstanden, warum sie hinter mir her war. Mit zehn Jahren war ich noch zu nichts nutze, selbst als Araber. Sie hat ihre Hand auf meiner Wange gelassen, und ich bin etwas zurückgewichen. Man muß sich immer vorsehen. Sie wissen das vielleicht nicht, aber es gibt Fürsorgerinnen, die sehen ganz unschuldig und harmlos aus, und dann verpassen sie einem eine Meldung mit einer Untersuchung durch die Verwaltung. Eine Untersuchung durch die Verwaltung ist das schlimmste. Madame Rosa war halbtot, wenn sie nur daran gedacht hat. Ich bin noch etwas weiter zurückgewichen, aber nicht zu sehr, gerade so weit, daß ich die Zeit hatte, abzuhauen, falls sie mich gesucht hätte. Aber sie war verdammt hübsch, und sie hätte bestimmt Erfolg gehabt, wenn sie gewollt hätte, bei einem ernsthaften Kerl, der sich um sie kümmern würde. Sie hat angefangen zu lachen.

»Du brauchst keine Angst zu haben.«

Denkste. »Du brauchst keine Angst zu haben«, das ist doch ein schwachsinniger Krampf. Monsieur Hamil sagt immer, daß die Angst unser sicherster Verbündeter ist und daß uns ohne sie weiß Gott was alles zustoßen würde, glauben Sie meiner alten Erfahrung. Monsieur Hamil ist sogar in Mekka gewesen, so Angst hat er gehabt.

»Du solltest in deinem Alter nicht allein auf der Straße herumlaufen.«

Da habe ich lachen müssen. Ich habe königlich lachen müssen. Aber ich habe nichts gesagt, denn es war nicht meine Sache, sie aufzuklären.

»Du bist der schönste Junge, den ich je gesehen habe.«

»Sie sind auch nicht übel.«

Sie hat gelacht.

»Danke.«

Ich weiß nicht, was in mich gefahren ist, aber ich habe Hoffnung geschöpft. Nicht, daß ich versucht habe, mich unter die Haube zu bringen, ich würde Madame Rosa nicht sitzenlassen, solange sie noch fähig war. Bloß, ich mußte schließlich auch mal an die Zukunft denken, die einem früher oder später immer auf den Kopf fällt, und manchmal habe ich nachts davon geträumt. Jemand mit Ferien am Meer und der mich nichts fühlen lassen würde. Gut, ich habe Madame Rosa ein bißchen betrogen, aber das war nur in meinem Kopf, wenn ich am liebsten krepiert wäre. Ich habe sie voller Hoffnung angesehen, und mein Herz hat geklopft. Die Hoffnung ist etwas, das immer stärker ist als alles, selbst bei den Alten, wie bei Madame Rosa oder Monsieur Hamil. Verrückt.

Aber sie hat nichts mehr gesagt. Es ist dabei geblieben. Die Leute sind mutwillig. Sie hat mich angesprochen, hat mir einen Floh ins Ohr gesetzt, hat mich freundlich angelächelt, hat dann geseufzt und ist weggegangen. Eine richtige Nutte.

Sie hat einen Regenmantel angehabt und eine Hose. Man hat ihre blonden Haare sogar von hinten gesehen. Sie war schmal, und an der Art, wie sie gegangen ist, hat man gesehen, daß sie die sechs Etagen leicht hätte rauflaufen können, und zwar ein paarmal am Tag mit Paketen.

Ich bin hinter ihr hergeschlichen, weil ich nichts besseres zu tun hatte, einmal ist sie stehengeblieben, sie hat sich umgedreht, und wir haben beide unseren Spaß gehabt. Einmal habe ich mich in einem Eingang versteckt, aber sie hat sich nicht umgedreht und ist nicht zurückgekommen. Ich habe sie beinahe verloren. Sie ist schnell gegangen, und ich glaube, daß sie mich vergessen hatte, weil sie was zu tun hatte. Sie ist in einen Torweg gegangen, und ich habe gesehen, wie sie im Erdgeschoß an einer Tür geklingelt hat. Und dann kam's. Die Tür ist aufgegangen, und zwei Kinder sind rausgekommen und ihr um den Hals gefallen. Sieben oder acht Jahre alt. Mann Gottes, ich kann Ihnen sagen.

Ich habe mich in den Torweg gesetzt und bin eine Zeitlang dort sitzen geblieben. Es war mir so egal, ob ich hier war oder sonstwo. Es gab zwar zwei oder drei Dinge, die ich hätte tun können, wie zum Beispiel der Drugstore am Etoile mit den Zeichentrickfilmen, weil, mit Zeichentrickfilmen kann man sich über alles hinwegsetzen. Oder ich hätte nach Pigalle gehen können zu den Nutten, die mich so mochten, um mir ein paar Kröten zu verdienen. Aber ich hatte plötzlich die Nase voll, und alles war mir egal. Ich wollte überhaupt nicht mehr dasein. Ich habe die Augen zugemacht, aber das reicht nicht, ich war immer noch da, das geht automatisch, wenn man lebt. Ich habe wirklich nicht verstanden, warum sie mir Avancen gemacht hat, diese Nutte. Ich muß schon sagen, daß ich ein bißchen blöd bin, wenn's ums Begreifen geht, ich suche und suche ständig zu verstehen, dabei hat Monsieur Hamil recht, wenn er sagt, daß schon eine ganze Zeitlang niemand mehr etwas versteht und daß man sich nur wundern kann. Ich bin mir wieder den Zirkus ansehen gegangen, und ich habe wieder eine oder zwei Stunden gewonnen, aber was ist das schon an so einem ganzen Tag. Ich bin in ein Café für Damen gegangen, habe zwei Stücke Kuchen gefuttert, Schokoladenéclairs, die esse ich am liebsten, dann habe ich gefragt, wo man hier pinkeln kann, und als ich wieder raufgekommen bin, bin ich geradewegs zur Tür geflitzt und adieu. Danach habe ich an einem Stand im Kaufhaus *Printemps* ein Paar Handschuhe geklaut und sie dann in einen Mülleimer geworfen. Das hat mir gutgetan.

Auf dem Heimweg habe ich in der Rue de Ponthieu etwas wirklich Wunderliches gesehen. Ich glaube nicht so groß an die wunderlichen Dinge, denn ich sehe nicht, was an ihnen anders ist.

Ich hatte Angst, wieder nach Hause zu kommen. Madame Rosas Anblick tat einem weh, und ich habe gewußt, daß sie mir von heute auf morgen fehlen würde. Ich habe die ganze Zeit daran gedacht, und manchmal habe ich mich nicht getraut heimzugehen. Ich hätte gern irgendwas Großes in einem Laden geklaut und mich erwischen lassen, um aufzufallen. Oder mich in einer Filiale fangen lassen und mich dann mit der Maschinenpistole bis zur letzten Kugel verteidigt. Aber ich habe gewußt, daß sowieso niemand auf mich achten würde. Ich war also in der Rue de Ponthieu, und ich habe so eine oder zwei Stunden totgeschlagen, indem ich den Kerlen im Innern einer Kneipe beim Fußballspielen zugeguckt habe. Ich habe zwar gewußt, daß Madame Rosa verzweifelt war, sie hatte immer Angst, daß mir was passiert. Sie ist fast nicht mehr aus dem Haus gegangen, weil wir sie nicht mehr raufgebracht haben. Am Anfang haben wir unten zu viert oder fünft auf sie gewartet, und alle Kinder haben sich ans Werk gemacht, wenn sie zurückgekommen ist, und wir haben sie geschoben. Aber jetzt machte sie sich immer rarer, sie hatte nicht mehr genug Beine und Herz, und ihr Atem hätte nicht mal für eine Person gereicht, die nur ein Viertel von ihr war. Vom Krankenhaus wollte sie nichts wissen, weil sie einen dort ganz zu Ende sterben lassen, anstatt einem eine Spritze zu geben. Sie hat gesagt, daß man in Frankreich gegen den sanften Tod ist und daß man einen zwingt, so lange zu leben, wie man noch schnaufen kann. Madame Rosa hatte eine Heidenangst vor der Folter, und sie hat immer gesagt, daß sie sich abtreiben lassen täte, wenn sie wirklich genug hätte. Sie warnte uns davor, daß wir alle legal ins Fürsorgeheim kommen würden, wenn das Krankenhaus sie in seine Gewalt bekommt, und sie hat angefangen zu weinen, als sie daran gedacht hat, daß sie vielleicht mit dem Gesetz im reinen sterben würde. Das Gesetz ist dafür gemacht, um die Leute zu beschützen, die etwas vor den andern zu schützen haben. Monsieur Hamil hat gesagt, daß die Menschheit nur ein Komma ist im großen Buch des Lebens, und wenn ein alter Mann eine solche Dummheit sagt, dann weiß ich nicht, was ich dem hinzufügen könnte. Die Menschheit ist kein Komma, weil, wenn Madame Rosa mich mit ihren jüdischen Augen ansieht, ist sie kein Komma, dann ist sie sogar das große Buch des Lebens, und das will ich gar nicht sehen. Ich bin zweimal für Madame Rosa in der Moschee gewesen, aber das hat nichts geändert, weil das für die Juden nicht gilt. Deshalb ist es mir so schwergefallen, nach Belleville heimzugehen und Auge in Auge Madame Rosa gegenüberzustehen. Sie sagte ständig »Oi! Oi!« das ist der jüdische Schmerzensschrei, wenn es ihnen irgendwo weh tut, bei den Arabern ist das ganz anders, wir sagen »Khai! Khai!«, und die Franzosen sagen »Oh! Oh!«, wenn sie nicht glücklich sind, denn man darf sich da nichts vormachen, bei denen kommt das auch vor. Ich sollte zehn Jahre alt werden, denn Madame Rosa hatte beschlossen, daß ich mich daran gewöhnen muß, ein Geburtsdatum zu haben, und das fiel auf heute. Sie hat gesagt, daß das wichtig ist, um mich normal zu entwickeln, und daß alles andere, der Name des Vaters, der Mutter, reiner Snobismus ist.

Ich hatte mich in eine Einfahrt gesetzt, um abzuwarten, daß es vorbeigeht, aber die Zeit ist noch viel älter als alles, und sie vergeht sehr langsam. Wenn die Leute Schmerzen haben, werden ihre Augen größer und bekommen mehr Ausdruck als vorher. Madame Rosa hatte Augen, die größer wurden, und sie wurden immer mehr wie bei den Hunden, wenn man sie schlägt, ohne zu wissen warum. Ich habe das deutlich vor mir gesehen, und dabei war ich in der Rue de Ponthieu, in der Nähe der Champs-Elysée, wo es Luxusläden gibt. Ihre Vorkriegshaare fallen immer mehr aus, und wenn sie den Mut hatte zu kämpfen, hat sie immer gewollt, daß ich eine neue Perücke für sie finden soll mit richtigen Haaren, damit sie wie eine Frau aussieht. Ihre alte Perücke hat allmählich ebenfalls zum Kotzen ausgesehen. Ich muß sagen, daß sie glatzköpfig wurde wie ein Mann, und das hat den Augen wehgetan, weil die

Frauen dafür nicht vorgesehen sind. Sie hat wieder eine rote Perücke gewollt, das war die Farbe, die am besten zu ihrem Schönheitstyp paßte. Ich habe nicht gewußt, wo ich so was für sie klauen sollte. In Belleville gibt es keine Boutique für alte häßliche Weiber, wie man die Schönheitsinstitute nennt. Auf den Elysées trau ich mich nicht reinzugehen. Man muß da fragen, messen und überhaupt Scheiße.

Ich habe mich ganz elend gefühlt. Ich hatte Lust auf eine Coca. Ich habe versucht mir zu sagen, daß ich gar nicht an diesem Tag geboren war, so wenig wie an einem andern, und daß diese Geschichten mit dem Geburtsdatum auf jeden Fall nur Kollektivkonventionen sind. Ich habe an meine Freunde gedacht, an Mahoute oder an Shah, die an einer Tankstelle schufteten. Wenn man ein Kind ist, muß man mehrere sein, wenn man was gelten will.

Ich habe mich auf den Boden gelegt, die Augen zugemacht und mich im Sterben geübt, aber der Zementboden war kalt, und ich hatte Angst, mir eine Krankheit zu holen. Ich kenne Kerle, die sich mit ganzen Haufen Scheiße herumschlagen müssen, aber ich werde das Leben nicht am Arsch lecken, um glücklich zu sein. Ich will das Leben nicht schön machen, ich scheiße ihm was. Wir haben nichts füreinander übrig. Wenn ich mal die gesetzliche Volljährigkeit habe, werde ich vielleicht Terrorist, mit Flugzeugentführung und Geiselnahmen wie am Fernsehen, um irgendwas zu verlangen, ich weiß noch nicht was, aber bestimmt keinen Obstkuchen. Was Richtiges halt. Im Augenblick könnte ich Ihnen nicht sagen, was ich fordern sollte, denn ich habe keine Berufsausbildung bekommen.

Ich habe mit dem Arsch auf dem Zementboden gesessen und Flugzeuge entführt und Geiseln genommen, die die Hände in die Luft gestreckt haben, und mich gefragt, was ich mit dem Geld machen würde, denn man kann nicht alles kaufen. Ich werde für Madame Rosa Immobilien kaufen, damit sie ruhig sterben kann, mit den Füßen im Wasser und einer neuen Perücke. Die Hurenkinder und ihre Mütter schicke ich in Luxuspaläste nach Nizza, wo sie vor dem Leben geschützt wären und später Staatschefs werden könnten, die auf Besuch nach Paris kommen, oder Mitglieder der Parlamentsmehrheit, die ihre Unterstützung zum Ausdruck bringen oder sogar wichtige Faktoren des Erfolgs. Ich kann mir außerdem einen neuen Fernsehapparat kaufen, den ich in einem Schaufenster gesehen habe.

An alles das habe ich gedacht, aber ich hatte gar keine sonderliche Lust, Geschäfte zu machen. Ich habe den blauen Clown kommen gelassen, wir haben uns eine Zeitlang zusammen amüsiert. Dann habe ich den weißen Clown kommen gelassen, und er hat sich neben mich gesetzt und mir auf seiner winzigen Geige ein Stillschweigen vorgespielt. Ich wäre gern hinübergegangen, um für immer bei ihnen zu bleiben, aber ich konnte Madame Rosa nicht allein in dem Scheißhaufen sitzen lassen. Wir hatten einen neuen milchkaffeebraunen Vietnamesen anstelle des alten gekriegt, den eine Schwarze von den Antillen, die Französin war, absichtlich von einem Kerl bekommen hatte, dessen Mutter Jüdin war und den sie selber großziehen wollte, weil sie eine Liebesgeschichte draus gemacht hatte, und das war persönlich. Sie hat pünktlich auf Heller und Pfennig bezahlt, denn Monsieur N'Da Amédée hat ihr genug Geld gelassen, um ein anständiges Leben zu führen. Er hat vierzig Prozent von den Einnahmen genommen, denn es war ein sehr gefragter Strich, wo man keine Pause gekannt hat und man mußte die Jugoslawen bezahlen, die ein richtiges Unglück sind wegen der Syndikate. Es gab sogar Korsen, die da mitmischten, denn bei denen wuchs allmählich eine neue Generation heran.

Neben mir hat eine Lattenkiste gestanden mit unnötigen Gegenständen drin, und ich hätte sie anstecken können, und das ganze Haus wäre abgebrannt, aber niemand hätte gewußt, daß ich es war und auf jeden Fall war das nicht klug. Ich erinnere mich sehr gut an diesen Augenblick in meinem Leben, denn er war genauso wie die andern. Bei mir ist es immer das Alltagsleben, aber ich habe Augenblicke, wo ich mich noch schlechter fühle. Es hat mir nirgends etwas weh getan, aber es war, als ob ich weder Arme noch Beine gehabt hätte, obgleich ich alles hatte, was ich brauchte. Sogar Monsieur Hamil könnte es nicht erklären.

Ich muß sagen, ohne jemanden ärgern zu wollen, daß Monsieur Hamil immer blöder wurde, wie das bei den Alten manchmal passiert, die ihr Konto bald voll und keine Entschuldigung mehr haben. Sie wissen genau, was sie erwartet, und man sieht an ihren Augen, daß sie rückwärts schauen, um sich in der Vergangenheit zu verstecken wie Strauße, die Politik machen. Er hatte immer noch sein Buch von Victor Hugo bei der Hand, aber er war durcheinander und hat geglaubt, daß es der Koran ist, weil, er hatte beide. Er hat sie in kleinen Stücken auswendig gekannt, und er hat gesprochen wie man atmet, aber er hat sie immer verwechselt. Wenn ich mit ihm in die Moschee gegangen bin, wo wir einen sehr guten Eindruck gemacht haben, denn ich habe ihn wie einen Blinden geführt, und bei uns sind die Blinden sehr gut angesehen, dann hat er sich ständig geirrt, und statt zu beten, hat er *Waterloo, Waterloo du eintönig Land* rezitiert, worüber sich die anwesenden Araber gewundert haben, denn das paßte nicht hierher. Er hatte sogar Tränen in den Augen wegen der religiösen Inbrunst. Er war sehr schön mit seiner grauen Jellaba und seiner weißen Galmona auf dem Kopf, und er hat gebetet, um gut aufgenommen zu werden. Aber er ist nie gestorben, und es ist möglich, daß er Weltmeister aller Klassen wird, denn in seinem Alter gibt es kaum jemand, wo das von sich sagen kann. Was beim Menschen am jüngsten stirbt, sind die Hunde. Mit zwölf Jahren kann man nicht mehr mit ihnen rechnen und muß sie erneuern. Das nächste Mal, wenn ich einen Hund habe, nehme ich ihn schon in der Wiege, dann bleibt mir noch viel Zeit, bis ich ihn verliere. Nur die Clowns haben keine Probleme mit dem Leben und dem Tod, weil, sie zeigen sich der Welt nicht auf dem Familienwege. Sie sind ohne Naturgesetze erfunden worden und sterben nie, denn das wäre nicht lustig. Ich kann sie neben mir sehen, wenn ich will. Ich kann jeden neben mir sehen, wenn ich will, King Kong oder Frankenstein oder Herden verwundeter rosa Vögel, außer meiner Mutter, denn dafür habe ich nicht genug Phantasie.

Ich bin aufgestanden, denn ich hatte genug von der Einfahrt, und habe auf die Straße geschaut, um mal zu sehen. Rechts hat ein Polizeiauto gestanden mit einsatzbereiten Bullen. Ich möchte auch gern Bulle werden, wenn ich großjährig bin, um vor nichts und niemand Angst zu haben und zu wissen, was man zu tun hat. Wenn man Bulle ist, wird einem von der Behörde befohlen. Madame Rosa hat gesagt, daß viele Hurensöhne in den Fürsorgeheimen Bullen werden und Grenzschutz und so, und niemand kann ihnen mehr was anhaben.

Ich bin rausgegangen, um zu sehen, die Hände in den Hosentaschen, und ich bin an das Polizeiauto herangegangen, wie man sie nennt. Ich hatte ein wenig Schiß. Sie waren nicht alle im Auto, einige hatten sich am Boden verteilt. Ich habe *Enpassant par la Lorraine* gepfiffen, weil ich nicht einheimisch aussehe, und einer hatte mir auch schon zugelächelt.

Die Bullen sind das Größte, was es auf der Welt gibt. Ein Junge, der einen Bullenvater hat, das ist dasselbe, als ob er zweimal mehr Vater hätte als die andern. Sie lassen die Araber gelten und sogar die Schwarzen, wenn sie was Französisches haben. Es sind alles Hurensöhne, die durch die Fürsorge gegangen sind, und denen kann keiner ein X für ein U vormachen. Als Sicherheitskraft gibt es nichts Besseres, ich sage Ihnen das, wie ich es denke. Sogar die Soldaten können ihnen nicht das Wasser reichen, außer vielleicht der General. Madame Rosa hat eine Heidenangst vor den Bullen, aber das ist wegen dem Heim, wo sie ausgerottet worden ist, und das zählt nicht als Argument, weil sie auf der falschen Seite war. Oder ich gehe nach Algerien und werde dort Polizist, wo man sie am meisten braucht. In Frankreich gibt es viel weniger Algerier als in Algerien, also haben sie hier weniger zu tun. Ich bin noch ein oder zwei Schritte auf das Auto zugegangen, wo sie alle auf Unruhen und bewaffnete Überfälle gewartet haben, und mein Herz hat geschlagen. Ich habe immer das Gefühl, daß das Gesetz mir nicht gut gesinnt ist, ich spüre, daß ich gar nicht hätte da sein dürfen. Aber sie haben lange gefackelt, vielleicht waren sie müde. Einer hat sogar durchs Fenster geschlafen, ein anderer hat gemütlich eine geschälte Banane gegessen neben einem Transistorradio, und alle waren entspannt. Draußen hat ein blonder Bulle gestanden mit einem Radio mit einer langen Antenne in der Hand, und der schien sich überhaupt keine Sorgen zu machen über das, was vorging. Ich hatte Schiß, aber es ist gut, Angst zu haben, wenn man weiß warum, denn gewöhnlich habe ich eine Heidenangst, ohne jeden Grund, so wie man atmet. Der Bulle mit der Antenne hat mich gesehen, aber er hat keine Maßnahmen ergriffen, und ich bin pfeifend an ihm vorbeigegangen wie einer von hier.

Es gibt Bullen, die sind verheiratet und haben Kinder, ich weiß, daß es das gibt. Ich habe mal mit Mahoute darüber diskutiert, weil ich wissen wollte, wie das ist, wenn man einen Bullenvater hat, aber dem Mahoute ist das auf den Schlips gegangen, er hat gesagt, daß das Träumen doch nichts einbringt und hat mich stehen gelassen. Mit Drogensüchtigen zu diskutieren lohnt sich nicht, weil, die haben keine Wißbegierde nicht.

Ich habe mich noch eine Zeitlang rumgedrückt, um nicht nach Hause zu müssen, und habe dabei gezählt, wie viele Schritte es pro Bürgersteig gibt, und es ist eine Riesenmenge herausgekommen, ich habe nicht mal Platz für die Zahlen gehabt. Es war noch Sonne übriggeblieben. Eines Tages werde ich mal aufs Land gehen, um zu sehen, wie das aussieht. Auch das Meer könnte mich interessieren, Monsieur Hamil erzählt immer mit großer Hochachtung von ihm. Ich weiß nicht, was ohne Monsieur Hamil aus mir geworden wäre, der mir alles beigebracht hat, was ich weiß. Er ist mit einem Onkel nach Frankreich gekommen, als er ein Kind war, und er ist sehr früh jung geblieben, als sein Onkel gestorben ist, und trotzdem hat er es zu was gebracht. Jetzt wird er zwar immer blöder, aber das liegt daran, daß man nicht dafür vorgesehen ist, so alt zu werden. Die Sonne hat ausgesehen wie ein gelber Clown, der auf dem Dach sitzt. Eines Tages werde ich nach Mekka gehen, Monsieur Hamil sagt, daß es dort mehr Sonne gibt als sonst irgendwo, das ist so wegen der Geographie. Aber ansonsten liegt Mekka, glaube ich, auch nicht so sehr anderswo. Ich möchte ganz weit fort an einen Ort gehen, der voll von was anderem ist, und ich versuche nicht einmal, ihn mir vorzustellen, um ihn mir nicht zu verderben. Man könnte die Sonne, die Clowns und die Hunde behalten, weil es in der Art nichts Besseres gibt. Aber alles übrige wäre gänzlich unbekannt und nur zu diesem Zweck eingerichtet. Aber ich glaube, daß auch das bald genauso wäre. Manchmal ist es sogar lustig, wie sehr die Dinge an ihrem Platz festhalten.

Es war fünf Uhr, und ich habe mich allmählich darangemacht, nach Hause zu gehen, als ich eine Blonde gesehen habe, die ihr Miniauto auf dem Bürgersteig im Parkverbot geparkt hat. Ich habe sie sofort wiedererkannt, denn ich bin nachtragend wie eine Zecke. Es war die Nutte, die mich vorher hängen gelassen hatte, nachdem sie mir zuerst Avancen gemacht hatte und der ich umsonst nachgestiegen war. Ich war verdammt überrascht, als ich sie gesehen habe. Paris ist voller Straßen, und man braucht viel Zufall, um da jemand zu begegnen. Die Kleine hatte mich nicht gesehen, ich war auf dem anderen Bürgersteig und bin schnell über die Straße gegangen, um erkannt zu werden. Aber sie hatte es eilig, oder vielleicht hat sie nicht mehr dran gedacht, es war schon vor zwei Stunden. Sie ist in das Haus Nummer 39 gegangen, das innen auf einen Hof ging mit einem anderen Haus. Ich habe nicht mal Zeit gehabt, gesehen zu werden. Sie hat einen Kamelhaarmantel angehabt, eine Hose und viele Haare auf dem Kopf und alle blond. Sie hatte mindestens fünf Meter Parfüm hinter sich gelassen. Sie hatte ihr Auto nicht abgeschlossen, und zuerst habe ich ihr etwas aus dem Auto klauen wollen, damit sie sich an mich erinnert, aber ich hatte so die Flemm, wegen meinem Geburtstag und allem, daß ich sogar darüber verwundert war, daß ich soviel Platz bei mir habe. Es war einfach zuviel für mich allein. Pah, habe ich mir gesagt, es lohnt ja gar nicht, etwas zu klauen, sie wird nicht einmal wissen, daß ich es war. Ich hätte gern gehabt, daß sie mich sieht, aber sie sollte ja nicht glauben, daß ich eine Familie suchte, Madame Rosa konnte noch eine Zeitlang dauern, wenn man sich etwas anstrengt. Moses war endlich untergekommen, und sogar Banania war in Verhandlungen, ich brauchte mir keine Sorgen zu machen. Ich hatte keine bekannten Krankheiten, ich war nicht schwer erziehbar, und das ist das erste, worauf die Leute sehen, wenn sie jemand suchen. Man kann das verstehen, denn es gibt Leute, die nehmen einen voll Vertrauen auf, und dann stehen sie plötzlich mit einem Kind da, das Alkoholiker gehabt hat und zurückgeblieben ist, während es erstklassige gibt, die niemand gefunden haben. Wenn ich wählen könnte, hätte ich auch das Beste genommen und nicht eine alte Jüdin, die nicht mehr konnte und die mir weh tat, und am liebsten wäre ich jedesmal, wenn ich sie in diesem Zustand gesehen habe, krepiert. Wenn Madame Rosa eine Hündin wäre, hätte man sie schon gespritzt, aber zu den Hunden ist man immer viel netter als zu den Menschenpersonen, die man nicht schmerzlos sterben lassen darf. Ich sage Ihnen das, weil man nicht glauben darf, daß ich Mademoiselle Nadine, wie sie später geheißen hat, nachgelaufen bin, damit Madame Rosa ruhig sterben kann.

Der Eingang des Gebäudes führte im Innern zu einem zweiten kleineren Gebäude, und wie ich da hineingegangen bin, habe ich Schüsse gehört, und Bremsen haben geknirscht, und eine Frau hat geschrien, und ein

Mann hat gejammert – »Tötet mich nicht! Tötet mich nicht!«, und ich bin sogar zusammengezuckt, so nahe war das. Sofort hat es eine Garbe aus der Maschinenpistole gegeben, und der Mann hat geschrien »Nein!«, wie immer, wenn man ohne Vergnügen stirbt. Dann ist es ganz entsetzlich still geworden, und was jetzt kommt, werden Sie mir nicht glauben. Das Ganze hat nämlich wieder von vorn angefangen, mit demselben Kerl, der nicht getötet werden wollte, weil er seine Gründe hatte, und mit der Maschinenpistole, die nicht auf ihn gehört hat. Er hat dreimal von vorne angefangen, gegen seinen Willen zu sterben, als wäre er ein Halunke, wie es nicht erlaubt ist, und als müßte man ihn wegen dem Exempel dreimal sterben lassen. Wieder ist es stillgeworden, und in dieser Zeit ist er tot geblieben, und dann haben sie sich ein viertes Mal auf ihn gestürzt und dann ein fünftes Mal, und schließlich hat er mir sogar leid getan. Danach haben sie ihn in Ruhe gelassen, und eine Frauenstimme hat gesagt »mein Liebling, mein armer Liebling«, aber mit einer so aufgeregten Stimme und mit ihren echtesten Gefühlen, und ich habe dagestanden und war platt wie 'ne Briefmarke, und dabei weiß ich nicht einmal, was das heißen soll. Es war niemand im Eingang außer mir und eine Tür mit einer roten Lampe, die geleuchtet hat. Ich habe mich kaum von meiner Aufregung erholt, als das ganze Gedöhns wieder angefangen hat mit »mein Liebling, mein armer Liebling«, aber jedesmal in einem anderen Ton, und sie haben das immer wieder aufgelegt. Der Kerl ist bestimmt fünf- oder sechsmal in den Armen seiner Alten gestorben, so wohl hat ihm das getan zu spüren, daß da jemand war, dem das Kummer gemacht hat. Ich habe an Madame Rosa gedacht, die niemand hatte, der »mein Liebling, mein armer Liebling« zu ihr sagte, weil sie gewissermaßen keine Haare mehr hatte und so um die fünfundneunzig Kilo gewogen hat, jedes einzelne davon häßlicher als das andere. Die Alte hatte inzwischen nur deshalb den Mund gehalten, um darauf einen solchen Verzweiflungsschrei auszustoßen, daß ich an die Tür gestürzt und wie ein Mann in den Raum geschossen bin. Scheiße, es war eine Art Kino, nur daß alle rückwärts gegangen sind. Als ich hereingekommen bin, ist die Alte auf der Leinwand auf den Körper des Leichnams gefallen, um auf ihm zu sterben, und gleich darauf ist sie aufgestanden, aber umgekehrt herum, wobei sie alles rückwärts gemacht hat, als wäre sie auf dem Hinweg lebendig und auf dem Rückweg eine Puppe. Dann ist alles erloschen, und das Licht ist angegangen.

Die Biene, die mich sitzen gelassen hatte, stand mitten im Saal vor dem Mikrophon, vor Sesseln, und als alles hell geworden ist, hat sie mich gesehen. In den Ecken haben drei oder vier Kerle gesessen, aber sie waren nicht bewaffnet. Ich muß saublöd ausgesehen haben, mit aufgesperrtem Mund, weil mich alle so angeschaut haben. Die Blonde hat mich wiedererkannt und hat mich groß angelächelt, was mich wieder etwas aufgemöbelt hat, ich hatte sie also beeindruckt.

»Aber da ist ja mein Freund!«

Wir waren überhaupt keine Freunde, aber ich wollte keinen Streit anfangen. Sie ist zu mir gekommen und hat Arthur angeschaut, aber ich habe genau gewußt, daß sie sich für mich interessiert hat. Manchmal muß ich wirklich über die Frauen lachen.

»Was ist denn das?«

»Das ist ein alter Regenschirm, den ich in Schale geschmissen habe.«

»Er ist lustig mit seinem Anzug, man könnte ihn glatt für einen Fetisch halten. Ist das dein Kumpel?«

»Sie halten mich wohl für einen Halbdackel, einen Zurückgebliebenen? Das ist kein Kumpel, sondern ein Regenschirm.«

Sie hat Arthur genommen und so getan, als ob sie ihn anschaut. Die andern auch. Das erste, was niemand will, wenn man ein Kind adoptiert, ist, daß es ein Zurückgebliebener ist. Das heißt ein Kind, das beschlossen hat, unterwegs stehenzubleiben, weil ihm das alles nicht zusagt. Es hat dann behinderte Eltern, die nicht wissen, was sie mit ihm anfangen sollen. Zum Beispiel ein Kind von fünfzehn, das sich aber benimmt wie eines von zehn. Gewinnen kann man dabei sowieso nicht. Wenn ein Kind zehn Jahre alt ist wie ich und sich benimmt wie fünfzehn, dann wird es in der Schule vor die Tür gesetzt, weil es gestört ist.

»Er ist schön mit seinem grünen Gesicht. Warum hast du ihm ein grünes Gesicht gemacht?«

Sie roch so gut, daß ich an Madame Rosa gedacht habe, so verschieden war das.

»Das ist kein Gesicht, das ist ein Lumpen. Gesichter sind für uns verboten.«

»Wieso verboten?«

Sie hatte sehr lustige, recht nette blaue Augen, und sie hat sich vor Arthur hingekauert, aber das war wegen mir.

»Ich bin Araber. In unserer Religion sind Gesichter nicht erlaubt.«

»Du meinst, ein Gesicht darzustellen?«

»Das ist für Gott eine Beleidigung.«

Sie warf mir einen Blick zu, als ob nichts wäre, aber ich habe doch gesehen, daß ich Eindruck auf sie gemacht habe.

»Wie alt bist du?«

»Das habe ich Ihnen doch schon gesagt, als wir uns das erste Mal gesehen haben. Zehn Jahre. Bin ich heute geworden. Aber das Alter zählt nicht. Ich habe einen Freund, der ist fünfundachtzig, und der ist immer noch da.«

»Wie heißt du denn?«

»Das haben Sie mich schon einmal gefragt. Momo.«

Danach hat sie arbeiten müssen. Sie hat mir erklärt, das wäre ein Synchronisationsstudio, wie sie das nennen. Die Leute auf der Leinwand haben den Mund aufgemacht, als ob sie sprechen wollten, aber es waren die Personen im Saal, die ihnen ihre Stimme gegeben haben. Es war wie bei den Vögeln, sie haben ihnen ihre Stimme direkt in den Hals gestopft. Wenn es das erste Mal nicht geklappt hat und die Stimme nicht im richtigen Augenblick reinging, mußte wieder von vorne angefangen werden. Und gerade das hat schön ausgesehen: alles ist rückwärts gelaufen. Die Toten sind wieder lebendig geworden und haben rückwärts wieder ihren Platz in der Gesellschaft eingenommen. Man drückt auf einen Knopf, und alles hat sich entfernt. Die Autos sind verkehrtherum rückwärts gefahren, und die Hunde sind rückwärts gelaufen, und die Häuser, die zu Staub und Asche zerfallen sind, sind wieder aufgestanden und haben sich auf einen Schlag vor ihren Augen wieder aufgebaut. Die Kugeln sind aus den Körpern wieder herausgekommen und in die Maschinenpistolen zurückgegangen, und die Mörder haben sich zurückgezogen und sind rückwärts aus dem Fenster gesprungen. Wenn man Wasser ausgeleert hat, ist es wieder aufgestanden und ins Glas zurückgegangen. Das Blut, das geflossen ist, ist in den Körper zurückgekommen, und nirgends mehr hat es eine Spur von Blut gegeben, die

Wunde hat sich wieder geschlossen. Ein Kerl, der ausgespuckt hatte, hat seine Spucke wieder in den Mund genommen. Die Pferde sind rückwärts galoppiert, und ein Kerl, der aus dem siebten Stockwerk runtergefallen war, hat sich wieder gefangen und ist ins Fenster zurückgegangen. Es war eine richtig verkehrte Welt und die schönste Sache, die ich in meinem Hurenleben gesehen habe. Einmal habe ich sogar Madame Rosa jung und frisch gesehen, mit allen ihren Beinen, und ich habe sie noch mehr rückwärts gehen gelassen, und sie ist noch hübscher geworden. Mir sind darüber die Tränen in die Augen gestiegen.

Ich bin eine Zeitlang dageblieben, weil ich sonst nirgendwo dringend war, und es war eine richtige Augenweide. Vor allem hat es mir gefallen, als die Alte auf der Leinwand umgebracht worden ist, sie ist dann einen Augenblick lang tot liegen geblieben, um einem Kummer zu machen, und dann ist sie wie von einer unsichtbaren Hand vom Boden aufgehoben worden, hat angefangen rückwärts zu gehen und das echte Leben wiedergefunden. Der Kerl, zu dem sie »mein Liebling, mein armer Liebling« gesagt hat, schien ein ganz schönes Miststück zu sein, aber das war nicht mein Bier. Die anwesenden Personen haben gleich gesehen, daß dieses Kino mein ganzes Glück war, und sie haben mir erklärt, daß man alles von hinten greifen und dann so bis zum Anfang zurückgehen kann, und einer von ihnen, einer mit einem Bart, hat gelacht und gesagt »bis zum Paradies auf Erden«. Dann hat er noch gesagt: »Leider ist es dann immer dasselbe, wenn es wieder anfängt.« Die Blonde hat zu mir gesagt, daß sie Nadine heißt und daß das ihr Beruf ist, die Leute mit einer menschlichen Stimme im Kino sprechen zu lassen. Ich hatte zu gar nichts Lust, so zufrieden war ich.

Stellen Sie sich vor, ein Haus brennt ab und stürzt ein, und dann erlischt es und steht wieder auf. Man muß das mit seinen eigenen Augen gesehen haben, um daran zu glauben, weil die Augen der andern, das ist nicht dasselbe.

Und dort habe ich auch ein richtiges Erlebnis gehabt. Ich kann nicht sagen, daß ich zurückgegangen bin und meine Mutter gesehen habe, aber ich habe mich auf dem Boden sitzen gesehen, und ich habe vor mir Beine mit Stiefeln bis an die Schenkel gesehen und einen Minirock aus Leder, und ich habe mich ungeheuer angestrengt, um hochzublicken und ihr Gesicht zu sehen, denn ich habe gewußt, daß es meine Mutter war, aber es war zu spät, die Erinnerungen können nicht hochblicken. Es ist mir sogar gelungen, noch weiter hinterrücks zu gehen. Ich spüre zwei warme Arme um mich herum, die mich wiegen, ich habe Bauchweh, die Person, die mich warm hält, geht summend auf und ab, aber ich habe immer noch Bauchweh, und dann muß ich haufeln, und der Haufen fällt auf den Boden, und durch die Erleichterung tut mir nichts mehr weh, und die Person, die mich warm hält, küßt mich und lacht mit einem leisen Lachen, das ich höre, höre, höre ...

»Gefällt dir das?«

Ich habe in einem Sessel gesessen, und auf der Leinwand war nichts mehr. Die Blonde war ganz nahe zu mir gekommen, sie haben Licht gemacht.

»Nicht schlecht.«

Dann habe ich wieder den Kerl ansehen dürfen, der eine Ladung aus der Maschinenpistole in den Wanst bekommen hat, weil er vielleicht Kassierer bei der Bank oder von einer rivalisierenden Bande war, und der geschrien hat »tötet mich nicht, tötet mich nicht!« wie ein Armleuchter, denn das nutzt ja doch nichts, man muß seine Pflicht tun. Ich habe es gern im Kino, wenn der Tote sagt »bitte, meine Herren, tun Sie Ihre Pflicht«, bevor er stirbt, das zeigt, daß er Verständnis hat, das bringt doch nichts ein, wenn man den Leuten auf den Wecker geht und sie bei ihren guten Gefühlen packen will. Aber der Kerl hat nicht den richtigen Ton gefunden, der gefallen hat, und sie haben ihn wieder zurückgehen lassen müssen, um von vorn anzufangen. Zuerst hat er die Hände hochgestreckt, um die Kugeln aufzuhalten, und dann hat er gebrüllt »nein, nein« und »tötet mich nicht, tötet mich nicht!« mit der Stimme von dem Kerl im Saal, der das am Mikrophon getan hat, in voller Sicherheit. Dann ist er hingefallen und hat sich gekrümmt, denn das macht im Kino immer Spaß, und dann hat er sich nicht mehr gerührt. Die Gangster haben noch eine Salve draufgesetzt, um sicherzugehen, daß er ihnen nicht mehr schaden kann. Und dann, als es schon hoffnungslos war, hat alles wieder angefangen rückwärts zu laufen, und der Kerl hat sich in die Lüfte erhoben, als hätte ihn Gottes Hand gepackt und wieder auf die Füße gestellt, um sich seiner noch bedienen zu können.

Danach haben wir noch andere Stücke gesehen, und manche haben sie zehnmal rückwärts laufen lassen müssen, damit alles seine Richtigkeit hatte. Auch die Wörter sind in Gang gekommen und haben die Dinge hinterrücks gesagt, und das hat geheimnisvolle Töne ergeben, wie in einer Sprache, die niemand kennt und die vielleicht etwas bedeutet.

Wenn nichts auf der Leinwand war, habe ich mir zum Spaß Madame Rosa glücklich vorgestellt, mit allen ihren Vorkriegshaaren, und sie hat sich nicht einmal durchschlagen müssen, weil es die verkehrte Welt war.

Die Blonde hat mir die Wange getätschelt, und ich

muß sagen, daß sie mir sympathisch war, und das war schade. Ich habe an ihre beiden Kinder gedacht, die ich gesehen hatte, und das war eben schade.

»Es scheint dir wirklich sehr zu gefallen.«

»Ich habe viel Spaß gehabt.«

»Du kannst wiederkommen, wenn du willst.«

»Ich habe nicht allzu viel Zeit, ich kann Ihnen nichts versprechen.«

Sie hat mir vorgeschlagen, mit ihr ein Eis essen zu gehen, und ich habe nicht nein gesagt. Ich habe ihr auch gefallen, und als ich sie bei der Hand genommen habe, damit wir schneller gehen, hat sie gelächelt. Ich habe ein Schokolade-Erdbeer-Pistazien-Eis bestellt, aber danach habe ich es bedauert, ich hätte besser ein Vanilleeis nehmen sollen.

»Das mag ich sehr, wenn man alles zurücklaufen lassen kann. Ich wohne bei einer Dame, die bald sterben wird.«

Sie hat ihr Eis nicht angerührt und mich angesehen. Sie hatte so blonde Haare, daß ich einfach mit der Hand dranfahren mußte, und dann habe ich gelacht, weil es lustig war.

»Sind deine Eltern nicht in Paris?«

Ich habe nicht gewußt, was ich sagen sollte, und ich habe noch mehr Eis gefuttert. Es ist wirklich das Liebste, was ich auf der Welt mag.

Sie hat nicht weitergefragt. Ich komme immer in Schwulitäten, wenn mich jemand fragt, was macht dein Papa, wo ist denn deine Mama, das ist so ein Gesprächsthema, das mir fehlt.

Sie hat ein Stück Papier genommen und einen Füllhalter und hat etwas geschrieben, was sie dreimal unterstrichen hat, damit ich das Blatt nicht verliere.

»Hier ist mein Name und meine Adresse. Du kannst

kommen, wann du willst. Ich habe einen Freund, der sich um Kinder kümmert.«

»Ein Psychiater«, habe ich gesagt.

Das hat ihr glatt die Sprache verschlagen.

»Warum sagst du das? Um die Kinder kümmern sich die Pädiater.«

»Nur wenn sie Babys sind. Danach sind es die Psychiater.«

Sie hat nichts gesagt und mich angesehen, als ob ich ihr Angst gemacht hätte.

»Von wem hast du denn das?«

»Ich habe einen Kumpel, den Mahoute, und der weiß genau Bescheid, weil er eine Entwöhnungskur macht. Er macht sie in Marmottan.«

Sie hat ihre Hand auf meine gelegt und sich über mich gebeugt.

»Du hast zu mir gesagt, daß du zehn Jahre alt bist, nicht wahr?«

»Ein wenig, ja.«

»Du weißt eine ganze Menge für dein Alter … Na, versprichst du mir, daß du uns besuchen kommst?«

Ich habe mein Eis geschleckt. Ich hatte richtig die Flemm, und die guten Dinge sind noch besser, wenn man die Flemm hat. Ich habe das oft bemerkt. Wenn man am liebsten abkratzen möchte, schmeckt einem die Schokolade noch besser als sonst.

»Sie haben ja schon jemand.«

Sie scheint mich nicht verstanden zu haben, so wie sie mich angesehen hat.

Ich habe mein Eis geschleckt und ihr dabei stumm in die Augen gesehen, rachsüchtig.

»Ich habe Sie vorhin gesehen, als wir uns beinahe kennengelernt haben. Sie sind nach Hause gegangen und Sie haben schon zwei Kinder. Sie sind blond wie Sie.«

»Bist du mir gefolgt?«

»Na ja, Sie haben doch so getan als ob.«

Ich weiß nicht, was plötzlich in sie gefahren ist, aber Sie dürfen mir glauben, daß da allerhand los war in der Art, wie sie mich angesehen hat. Wissen Sie, als ob sie viermal mehr in den Augen hätte als vorher.

»Hör mal, mein kleiner Mohammed ...«

»Man nennt mich eigentlich Momo, weil Mohammed zu lang ist.«

»Hör zu, mein Liebling, du hast jetzt meinen Namen und meine Adresse, verlier sie nicht, und besuch mich, wenn du willst ... Wo wohnst du denn?«

Also das kam nicht in Frage. Wenn eine solche Biene bei uns aufkreuzen und erfahren würde, daß das eine Absteige für Hurenkinder ist, das wäre eine Schande. Nicht, daß ich mit ihr rechnete, ich wußte, daß sie schon jemanden hatte, aber die Hurensöhne sind für die anständigen Leute sofort Kuppler, Zuhalter, Verbrechertum und Kinderkriminalität. Wir haben einen verdammt schlechten Ruf bei den anständigen Leuten, glauben Sie meiner alten Erfahrung. Die nehmen einen nie, weil es da etwas gibt, das Dr. Katz den Einfluß des Familienmilieus nennt, und in dieser Hinsicht sind die Huren das schlimmste für sie. Außerdem haben sie Angst vor Geschlechtskrankheiten bei den Kindern, die alle erblich sind. Ich habe nicht nein sagen wollen, aber ich habe ihr eine falsche Adresse gegeben. Ich habe ihren Zettel genommen und ihn in die Tasche gesteckt, man weiß ja nie, aber es gibt keine Wunder. Sie hat angefangen, mir Fragen zu stellen, ich habe weder ja noch nein gesagt, ich habe noch ein Eis gefuttert, Vanilleeis, das ist alles. Vanilleeis ist die beste Sache auf der Welt.

»Du wirst meine Kinder kennenlernen, und wir werden alle aufs Land fahren, nach Fontainebleau ... Wir haben dort ein Haus ...«

»Also dann, auf Wiedersehen.«

Ich bin auf einen Schlag aufgestanden, weil ich nichts von ihr verlangt hatte und bin mit Arthur fortgelaufen.

Ich habe mir einen kleinen Spaß daraus gemacht, den Autos Angst zu machen, indem ich im letzten Augenblick davor gelaufen bin. Die Leute haben Angst, ein Kind zu überfahren, und es war für mich ein Genuß zu spüren, daß ihnen das etwas ausmacht. Sie bremsen furchtbar, um einem nicht weh zu tun, und das ist immerhin besser als nichts. Ich hätte ihnen sogar gern noch mehr Angst gemacht, aber ich hatte keine Möglichkeit dazu. Ich war mir noch nicht sicher, ob ich zur Polizei oder zu den Terroristen gehen sollte, ich werde mir das später noch überlegen, wenn es soweit ist. Auf jeden Fall braucht man eine organisierte Bande, denn allein läuft nichts, dazu ist man zu klein. Außerdem macht mir das Töten gar nicht so viel Spaß, im Gegenteil. Nein, ich wäre gern ein Kerl wie Victor Hugo. Monsieur Hamil sagt, daß man mit den Wörtern alles machen kann, ohne die Leute zu töten, und wenn ich Zeit habe, werde ich sehen. Monsieur Hamil sagt, daß das am tollsten ist. Wenn Sie meine Meinung wissen wollen, wenn die bewaffneten Kerle so sind, dann nur, weil man sie nicht erkannt hat, als sie noch Kinder waren, und sie sind gänzlich unbekannt geblieben. Es gibt zu viele Kinder, als daß man auf sie aufmerksam wird, es gibt sogar welche, die verhungern müssen, damit man auf sie aufmerksam wird, oder man muß eine ganze Bande sein, um gesehen zu werden. Madame Rosa hat gesagt, daß es Millionen Kinder gibt, die auf der Welt verrecken, und daß es sogar welche gibt, die dabei fotografiert werden. Madame Rosa sagt, daß der Pimmel der Feind der menschlichen Gattung ist, und daß Jesus der einzige anständige Kerl unter den Ärzten ist, weil er nicht aus einem Pimmel gekommen ist. Sie hat gesagt, daß das ein Ausnahmefall ist. Madame Rosa sagt, daß das Leben sehr schön sein kann, daß man es aber noch nicht wirklich gefunden hat, und daß man bis dahin halt leben muß. Monsieur Hamil hat mir auch viel Gutes über das Leben erzählt und vor allem über die Perserteppiche.

Als ich zwischen den Autos hindurchgelaufen bin, um ihnen angst zu machen, denn ein überfahrenes Kind, also glauben Sie mir, das macht niemand Spaß, war ich von großer Bedeutung, denn ich habe gespürt, daß ich sie in unendliche Schwierigkeiten bringen konnte. Ich habe mich natürlich nicht überfahren lassen wollen, nur um sie in Teufels Küche zu bringen, aber ich habe damit verdammt Eindruck auf sie gemacht. Ein Kumpel von mir, Claudio heißt er, hat sich so überfahren lassen, als er den Armleuchter gespielt hat, und dann hat er Anrecht auf drei Monate Krankenhausbehandlung gehabt, zu Hause hingegen, wenn er da ein Bein verloren hätte, hätte sein Vater ihn noch losgeschickt, um es zu suchen.

Es war schon Nacht, und Madame Rosa hat vielleicht angefangen, Angst zu bekommen, weil ich noch nicht da war, ich bin schnell gelaufen, denn ich hatte mir einen schönen Tag gemacht ohne Madame Rosa, und ich hatte ein schlechtes Gewissen.

Ich habe sofort gesehen, daß sie während meiner Abwesenheit noch stärker verfallen war, vor allem oben, am Kopf, wo es ihr noch schlechter gegangen ist als anderswo. Sie hatte oft zum Spaß zu mir gesagt, daß es dem Leben nicht besonders gut bei ihr gefällt, und jetzt sah man das. Alles, was sie hatte, hat ihr weh getan. Schon seit einem Monat konnte sie nicht mehr einkaufen gehen wegen der Etagen, und sie hat zu mir gesagt, wenn ich nicht wäre, wo ihr Sorgen macht, hätte sie überhaupt kein Interesse mehr am Leben.

Ich habe ihr erzählt, was ich in diesem Saal gesehen habe, wo man wieder zurückkonnte, aber sie hat nur geseufzt und wir haben eine Kleinigkeit zu Abend gegessen. Sie hat gewußt, daß sie rasch verfallen ist, aber sie konnte noch sehr gut kochen. Das einzige, was sie um nichts in der Welt wollte, war Krebs, und da hatte sie Schwein, weil, das war nämlich das einzige, was sie nicht hatte. Ansonsten war sie so angeschlagen, daß ihr sogar die Haare nicht mehr ausgefallen sind, weil die Mechanik, die sie ausfallen läßt, ebenfalls im Eimer war. Schließlich bin ich Dr. Katz rufen gegangen, und er ist gekommen. Er war gar nicht so alt, aber er konnte sich die Treppen nicht mehr erlauben, weil, die gehen ans Herz. Wir hatten zwei oder drei Kinder auf die Woche da, von denen zwei am nächsten Tag weggehen sollten und der dritte nach Abidjan, wo seine Mutter sich in einen Sex-Laden zurückziehen wollte. Sie hatte zwei Tage vorher ihre letzte Nummer gefeiert, nach zwanzig Jahren Hallen-Strich, und sie hat zu Madame Rosa gesagt, daß sie nachher ganz aufgewühlt war, sie hatte das Gefühl, daß sie auf einen Schlag alt geworden war. Wir haben Dr. Katz geholfen, die Treppen raufzugehen, indem wir ihn von allen Seiten gestützt haben, und er hat uns rausgeschickt, um Madame Rosa zu untersuchen. Als wir zurückgekommen sind, war Madame Rosa glücklich, es war kein Krebs, Dr. Katz war ein großer Arzt, und er hatte gute Arbeit getan. Dann hat er uns alle angesehen, aber wenn ich alle sage, meine ich nur die Reste, und ich wußte, daß ich hier bald allein sein würde.

Es gab ein Gerücht von Orleans, daß die Jüdin uns hungern läßt. Ich erinnere mich nicht einmal mehr an die Namen von den andern Kindern, die da waren, außer von einem Mädchen, das Edith hieß, Gott weiß warum, denn sie war nicht älter als vier Jahre.

»Wer ist der Älteste von euch?«

Ich habe zu ihm gesagt, daß es wie immer Momo ist, denn ich bin nie jung genug gewesen, um Schwulitäten aus dem Weg zu gehen.

»Gut, Momo, ich verschreibe ihr ein Rezept, und du gehst in die Apotheke.«

Wir sind auf den Treppenabsatz rausgegangen, und dort hat er mich angesehen, wie man es immer tut, wenn man einem Kummer machen muß.

»Weißt du, Kleiner, Madame Rosa ist sehr krank.«

»Aber sie haben doch gesagt, daß sie keinen Krebs hat?«

»Krebs hat sie nicht, aber glaub mir, es geht ihr wirklich sehr schlecht, sehr schlecht.«

Er hat mir erklärt, daß Madame Rosa die Krankheiten von mehreren Personen hätte, und daß man sie ins Krankenhaus schaffen muß, in einen großen Saal. Ich erinnere mich sehr gut, daß er von einem großen Saal gesprochen hat, als ob man viel Platz brauchen würde für alle Krankheiten, die sie hatte, aber ich glaube, daß er das gesagt hat, um das Krankenhaus in ermutigenden Farben zu beschreiben. Ich habe die Namen nicht verstanden, die Monsieur Katz zufrieden aufzählte, denn man hat natürlich gesehen, daß er viel bei ihr erfahren hatte. Jedenfalls habe ich soviel verstanden, daß Madame Rosa zu angespannt ist, und daß es sie von einem Augenblick zum andern treffen kann.

»Das schlimmste aber ist die Senilität oder die Verkalkung wenn dir das lieber ist.«

Mir war gar nichts lieber, aber meine Meinung war ja nicht gefragt. Er hat mir erklärt, daß sich Madame Rosa in ihre Arterien zurückgezogen hat, daß sich ihre Kanalisation verstopft, und daß es nicht mehr dort zirkuliert, wo es soll.

»Blut und Sauerstoff ernähren ihr Gehirn nicht mehr genügend. Bald kann sie nicht mehr denken und lebt dann wie ein Gemüse vor sich hin. Das kann noch lange dauern, und sie kann noch jahrelang intelligente Lichtblicke haben, diese Krankheit kennt kein Pardon nicht, mein Kleiner, kein Pardon nicht.«

Ich mußte fast über ihn lachen, wie er immer wieder sagte »kennt kein Pardon nicht, kennt kein Pardon nicht«, als würde es etwas geben, was Pardon kennt.

»Aber es ist kein Krebs, nicht wahr?«

»Unter keinen Umständen. Du kannst beruhigt sein.«

Das war immerhin eine gute Nachricht, und ich habe zu flennen angefangen. Ich habe mich wahnsinnig gefreut, daß wir dem Schlimmsten entgangen waren. Ich habe mich ins Treppenhaus gesetzt und wie ein Kalb geweint. Kälber weinen zwar nie, aber das ist halt so ein Ausdruck, deshalb.

Dr. Katz hat sich neben mich gesetzt und mir eine Hand auf die Schulter gelegt. Er hat wegen dem Bart Monsieur Hamil geglichen.

»Du darfst nicht weinen, mein Kleiner, es ist ganz natürlich, daß die Alten sterben. Du hast noch das ganze Leben vor dir.«

Er hat wohl versucht, mir angst zu machen, dieser Schuft? Ich habe immer gemerkt, daß die Alten sagen »du bist jung, du hast noch das ganze Leben vor dir« mit einem gütigen Lächeln, als ob ihnen das Freude machen würde.

Ich bin aufgestanden. Ich habe ja gewußt, daß ich

noch das ganze Leben vor mir hatte, aber deshalb wollte ich mich nicht krank ärgern.

Ich habe Dr. Katz die Treppe runtergeholfen und bin dann schnell wieder raufgelaufen, um Madame Rosa die gute Nachricht zu verkünden.

»Alles in Ordnung, Madame Rosa, jetzt steht es eindeutig fest, Sie haben keinen Krebs. Der Doktor ist sich seiner Sache ganz sicher.«

Ihr Lächeln war riesengroß, denn sie hat fast keine Zähne mehr im Mund. Wenn Madame Rosa lächelt, ist sie weniger alt und häßlich als gewöhnlich, denn sie hat sich ein sehr junges Lächeln bewahrt, das ihr zu Schönheitspflege verhilft. Sie hat ein Foto, auf dem sie fünfzehn Jahre alt war, vor der Ausrottung der Deutschen, und man konnte nicht glauben, daß daraus eines Tages Madame Rosa werden würde, wenn man es betrachtet hat. Und doch war es dasselbe am anderen Ende, es war schwer, sich so was vorzustellen, Madame Rosa mit fünfzehn Jahren. Sie hatten nichts miteinander zu tun. Madame Rosa hatte mit fünfzehn Jahren schönes rotes Haar und ein Lächeln, als hätte sie noch jede Menge guter Sachen vor sich, dort, wo sie hinging. Ich habe richtig Bauchweh bekommen davon, sie mit fünfzehn Jahren zu sehen und dann jetzt, in ihrem Zustand. Das Leben hat ihr eben mitgespielt. Manchmal stelle ich mich vor einen Spiegel und versuche mir vorzustellen, wie ich mal aussehe, wenn mir das Leben mitgespielt hat, ich mache das mit meinen Fingern, indem ich an meinen Lippen ziehe und Grimassen schneide.

So habe ich Madame Rosa die beste Nachricht ihres Lebens gebracht, daß sie keinen Krebs hätte.

Abends haben wir die Flasche Champagner aufgemacht, die Monsieur N'Da Amédée uns geschenkt hatte, um zu feiern, daß Madame Rosa nicht den schlimmsten Feind des Volkes hatte, wie er das nannte, denn Monsieur N'Da Amédée wollte auch Politik machen. Sie hat sich für den Champagner wieder schön gemacht, und sogar Monsieur N'Da Amédée hat sich anscheinend gewundert. Dann ist er weggegangen, aber es ist noch etwas in der Flasche geblieben. Ich habe Madame Rosas Glas voll gemacht, wir haben Prost gesagt, und ich habe die Augen zugemacht und habe die Jüdin rückwärts laufen gelassen, bis sie fünfzehn Jahre alt war wie auf dem Foto, und es ist mir sogar gelungen, sie so zu küssen. Wir haben den Champagner ausgetrunken, ich habe auf dem Schemel gesessen, neben ihr, und habe versucht, eine gute Figur zu machen, um sie aufzumuntern.

»Madame Rosa, Sie werden bald in die Normandie fahren, Monsieur N'Da Amédée hat Ihnen Piepen dafür gegeben.«

Madame Rosa sagt immer, daß die Kühe die glücklichsten Personen auf der Welt sind, und sie träumt davon, in der Normandie zu leben, wo die Luft gut ist. Ich glaube, daß ich mir noch nie so sehr gewünscht habe, ein Bulle zu sein, als wie ich auf dem Schemel gesessen bin und ihre Hand gehalten habe, so schwach habe ich mich gefühlt. Dann hat sie nach ihrem rosa Morgenmantel verlangt, aber wir haben sie nicht hineingekriegt, weil es war ihr Hurenmorgenmantel, und sie war seit fünfzehn Jahren viel zu fett geworden. Ich glaube, daß man die alten Huren nicht genügend respektiert, statt sie zu verfolgen, wenn sie jung sind. Wenn ich könnte, ich würde mich nur um die alten Huren kümmern, weil, die jungen haben Zuhalter, aber die alten haben niemand. Ich würde nur die aufnehmen, wo alt sind und häßlich und die zu nichts mehr taugen, ich wäre ihr Zuhalter, ich würde mich um sie kümmern und würde Gerechtigkeit herrschen lassen. Ich wäre der größte Bulle und Zuhalter von der Welt und bei mir gäb's das nicht mehr, daß eine alte verlassene Hure in der sechsten Etage ohne Aufzug weinen muß.

»Und was hat der Doktor noch gesagt? Werde ich sterben?«

»Nicht speziell, nein, Madame Rosa, er hat nicht speziell gesagt, daß Sie mehr als sonst jemand sterben werden.«

»Was fehlt mir?«

»Er hat nicht gezählt, er hat gesagt, daß Ihnen so ziemlich alles fehlt.«

»Und meine Beine?«

»Er hat nichts Spezielles über die Beine gesagt, außerdem wissen Sie genau, daß man nicht an den Beinen stirbt, Madame Rosa.«

»Und was fehlt mir am Herz?«

»Darüber hat er nichts gesagt.«

»Was hat er von dem Gemüse gesagt?«

Ich habe den Unschuldsengel gespielt.

»Wieso, Gemüse?«

»Ich habe gehört, daß er was von Gemüse gesagt hat.«

»Sie müssen viel Gemüse futtern, für die Gesundheit, Madame Rosa. Sie haben uns doch auch immer Gemüse zu futtern gegeben. Manchmal haben Sie uns sogar nichts anderes zu futtern gegeben.«

Sie hatte die Augen voller Tränen, und ich bin Arschpapier holen gegangen, um sie abzuwischen.

»Was soll ohne mich aus dir werden, Momo?«

»Aus mir wird überhaupt nichts, und außerdem ist es noch nicht soweit.«

»Du bist ein schöner kleiner Junge, Momo, und das ist gefährlich. Du mußt dich in acht nehmen. Versprich mir, daß du dich nicht mit deinem Arsch durchschlagen wirst.«

»Ich verspreche es.«

»Schwör es.«

»Ich schwöre es, Madame Rosa. In dieser Hinsicht können Sie beruhigt sein.«

»Momo, vergiß nie, daß der Arsch das Heiligste beim Menschen ist. Selbst wenn ich sterbe und du nur noch deinen Arsch auf der Welt hast, laß dir nicht dranfahren.«

»Ich weiß, Madame Rosa, das ist ein Frauenberuf, ein Mann muß darauf halten, daß er respektiert wird.«

Wir sind eine Stunde so dagesessen und haben uns an der Hand gehalten und davon hat sie etwas weniger Angst gehabt.

Monsieur Hamil hat raufkommen wollen, um sie zu besuchen, als er erfahren hat, daß Madame Rosa krank war, aber mit seinen fünfundachtzig Jahren ohne Aufzug, da hat das Naturgesetz nicht mitgemacht. Sie hatten sich dreißig Jahre früher gut gekannt, als Monsieur Hamil seine Teppiche verkauft hat und Madame Rosa den ihren, und es war ungerecht, daß sie jetzt durch einen Aufzug voneinander getrennt waren. Er hat ihr ein Gedicht von Victor Hugo aufschreiben wollen, aber er sieht nicht mehr, und ich habe es im Auftrag von Monsieur Hamil auswendig lernen müssen. Es fing an mit *Soubhân ad daîn lâ iazoul*, was soviel heißt wie nur der Ewige hat kein Ende, ich bin schnell in die sechste Etage hinaufgelaufen, solange es noch da war und habe es Madame Rosa vorgetragen, aber ich bin zweimal steckengeblieben und habe zweimal die sechs Etagen rauf und runter laufen müssen, um Monsieur Hamil nach den Stücken von Victor Hugo zu fragen, die mir gefehlt haben.

Ich habe mir gesagt, daß das eine gute Sache wäre, wenn Monsieur Hamil Madame Rosa heiraten würde, denn sie haben das Alter dazu, und sie können zusammen verfallen, was immer Freude macht. Ich habe mit Monsieur Hamil darüber gesprochen, man könnte ihn mit einem Tragsessel in die sechste Etage hinauftragen, für den Heiratsantrag, und sie dann beide aufs Land schaffen und sie dort auf einem Acker zurücklassen, bis sie sterben. Ich habe ihm das natürlich nicht so auseinandergeschraubt, weil man so nicht zum Verbrauch anregt, ich habe nur darauf hingewiesen, daß es viel angenehmer ist, wenn man zu zweit ist und Bemerkungen austauschen kann. Ich habe noch zu Monsieur Hamil gesagt, daß er bis zu siebenhundert Jahre alt werden kann, denn vielleicht hat ihn das Leben vergessen, und weil er sich früher ein- oder zweimal für Madame Rosa interessiert hatte, war das der richtige Augenblick, die Gelegenheit beim Schopfe zu greifen. Sie brauchten beide Liebe, und weil das in ihrem Alter nicht mehr möglich war, mußten sie ihre Kräfte vereinen. Ich habe sogar das Foto von Madame Rosa genommen, wo sie fünfzehn Jahre alt war, und Monsieur Hamil hat es durch seine Spezialbrille, die er hat, um mehr zu sehen als die andern, bewundert. Er hat das Foto weit von sich gehalten und dann ganz nahe, und er hat wohl trotzdem etwas gesehen, weil, er hat gelächelt, und dann hat er Tränen in den Augen gehabt, aber nicht besonders, nur weil er ein Greis war. Bei den Greisen läuft es immer.

»Sehen Sie, wie schön Madame Rosa war, vor den Ereignissen. Sie sollten sie heiraten. Gut, ich weiß, Sie können natürlich auch das Foto ansehen, um sich an sie zu erinnern.«

»Ich hätte sie vielleicht vor fünfzig Jahren geheiratet, wenn ich sie gekannt hätte, mein kleiner Mohammed.«

»In fünfzig Jahren hätten sie sich einander angeödet. Jetzt können Sie sich viel besser leiden und um sich anzuöden, haben Sie keine Zeit mehr.«

Er hat vor seiner Tasse Kaffee gesessen, er hatte seine Hand auf das Buch von Victor Hugo gelegt, und er schien glücklich zu sein, weil er ein Mensch war, der keine großen Ansprüche hatte.

»Mein kleiner Mohammed, ich könnte keine Jüdin heiraten, selbst wenn ich noch imstande wäre, so was zu tun.«

»Sie ist überhaupt keine Jüdin mehr und auch sonst nichts, Monsieur Hamil, es tut ihr nur überall weh. Und Sie selber sind so alt, daß es jetzt an Allah ist, an Sie zu denken, und nicht an Ihnen, an Allah zu denken. Sie haben ihn in Mekka besucht, jetzt soll er sich mal bemühen. Warum wollen Sie sich nicht mit fünfundachtzig verheiraten, wo Sie doch nichts mehr riskieren?«

»Und was würden wir tun, wenn wir verheiratet wären?«

»Sie machen sich Kummer umeinander, Scheiße. Dafür heiraten doch alle.«

»Ich bin viel zu alt, um zu heiraten«, sagte Monsieur Hamil, als ob er nicht für alles zu alt wäre.

Ich habe Madame Rosa nicht mehr anzusehen getraut, derart ist sie verfallen. Die anderen Kinder hatten sich alle fortnehmen lassen, und wenn eine Hurenmutter gekommen ist, um wegen einer Pension zu verhandeln, hat sie gleich gesehen, daß die Jüdin nur noch ein Wrack war, und sie hat ihr ihr Kind nicht überlassen wollen. Das schlimmste ist, daß Madame Rosa sich immer roter angestrichen hat, und manchmal hat sie mit den Augen Kundenfang gemacht und mit den Lippen so Zeug, als ob sie noch auf dem Strich wäre. Also das war wirklich zuviel, das wollte ich einfach nicht sehen.

Ich bin auf die Straße runtergegangen und habe mich den ganzen Tag draußen herumgetrieben, und Madame Rosa ist allein geblieben und hat niemand an Land gezogen mit ihren ganz roten Lippen und ihren verliebten Grimassen. Manchmal habe ich mich auf den Bürgersteig gesetzt und habe die Welt rückwärts laufen gelassen, wie in dem Synchronisationsstudio, aber noch viel weiter. Die Leute sind aus den Türen gekommen, und ich habe sie hinterrücks wieder hineingehen lassen, und dann habe ich mich auf die Fahrbahn gestellt und die Autos entfernt und niemand hat an mich herangekonnt. Ich war halt nicht in Hochform.

Zum Glück hatten wir Nachbarn, die uns geholfen haben. Ich habe Ihnen schon von Madame Lola erzählt, die in der vierten Etage gewohnt hat und sich im Bois de Boulogne als Transvestit durchgeschlagen hat, und bevor sie dort hingefahren ist, denn sie hat ein Auto, ist sie oft reingekommen, um uns zu helfen. Sie war erst fünfunddreißig Jahre alt und hatte noch viel Erfolg vor sich. Sie hat uns Schokolade, Räucherlachs und Champagner gebracht, weil das teuer war, und deshalb legen sich die Personen, wo sich mit dem Arsch oder der Möse durchschlagen, nie Geld auf die hohe Kante. Es war in der Zeit, wo das Gerücht von Orleans behauptet hat, daß die nordafrikanischen Arbeiter die Cholera haben, die sie sich nach Mekka holen gehen, und als erstes hat sich Madame Lola immer die Hände gewaschen. Sie hatte einen Abscheu vor der Cholera, die nicht hygienisch war und den Schmutz gern hatte. Ich kenne die Cholera nicht, aber ich glaube, daß das gar nicht so ekelhaft sein kann, wie Madame Lola sagt, das ist eine Krankheit, wo nichts dafür kann. Manchmal täte ich am liebsten die Cholera verteidigen, weil, schließlich ist es ja nicht ihre Schuld, daß sie so ist, sie hat doch nie beschlossen, die Cholera zu sein, das ist ganz allein auf sie zugekommen.

Madame Lola ist immer die ganze Nacht mit dem Auto durch den Bois de Boulogne gefahren, und sie hat gesagt, daß sie der einzige Senegalese in dem Beruf ist und daß sie viel Anklang findet, weil, wenn sie sich aufknöpft, hat sie nicht nur schöne Titten, sondern auch einen Pimmel. Sie hatte ihre Titten künstlich ernährt wie Hühnchen. Sie war so stämmig, wegen ihrer Boxervergangenheit, daß sie einen Tisch an einem Bein hochheben konnte, aber dafür ist sie nicht bezahlt worden. Ich habe sie gern gemocht, sie war jemand, der niemand sonst glich und keine Ähnlichkeit hatte. Ich habe schnell begriffen, daß sie sich für mich interessiert hat, um Kinder zu bekommen, die sie in ihrem Beruf nicht bekommen konnte, weil ihr nämlich das Notwendige gefehlt hat. Sie hat eine blonde Perücke getragen und Brüste, die bei den Frauen sehr gefragt sind und die sie jeden Tag mit Hormonen gefüttert hat, und wenn sie auf ihren hohen Absätzen gegangen ist, hat sie mit dem Hinterteil geschwänzelt und dazu schwule Gebärden gemacht, damit die Kunden wild geworden sind, aber das war wirklich eine Person, wo nicht war wie jeder, und man hatte volles Vertrauen zu ihr. Ich habe nie verstanden, warum die Leute immer nach dem Arsch eingeschätzt werden und man soviel Gedöns davon macht, wo das doch niemand weh tut. Ich habe ihr ein wenig den Hof gemacht, denn wir waren verdammt auf sie angewiesen, sie hat uns Geld zugesteckt und uns was gekocht und mit kleinen Gebärden und freudigem Gesicht die Soßen abgeschmeckt, und ihre Ohrringe haben dabei geschaukelt, und sie ist auf ihren hohen Absätzen herumscharwenzelt. Sie hat gesagt, als sie jung war, daß sie da im Senegal Kid Govella dreimal hintereinander geschlagen hat, daß sie aber als Mann immer unglücklich gewesen ist. Ich habe zu ihr gesagt »Madame Lola, Sie sind wie sonst nichts und niemand«, und darüber hat sie sich gefreut, sie hat mir geantwortet: »Ja, mein kleiner Momo, ich bin ein Traumgeschöpf«, und das stimmt, sie hat dem blauen Clown oder meinem Regenschirm Arthur geglichen, die auch ganz anders waren. »Du wirst sehen, mein kleiner Momo, wenn du mal groß bist, daß es äußere Respektzeichen gibt, die gar nichts zu sagen haben, wie die Eier, die eine Panne der Natur sind.« Madame Rosa hat in ihrem Sessel gesessen, und sie hat gesagt, daß sie aufpassen soll, weil ich noch ein Kind war. Nein, wirklich, sie war sympathisch, weil sie völlig verkehrtherum und gar nicht böse war. Wenn sie sich fertiggemacht hat, um abends aus dem Haus zu gehen mit ihrer blonden Perücke, ihren hohen Absätzen und ihren Ohrringen und ihrem schönen schwarzen Gesicht mit den Boxerspuren, dem weißen Pullover, der gut war für die Brüste, einem roten Schal um den Hals wegen dem Adamsapfel, der bei den Transvestiten sehr schlecht angesehen ist, ihrem seitlich geschlitzten Rock und den Strumpfbändern, dann war das einfach nicht wahr. Manchmal ist sie für ein oder zwei Tage nach Saint-Lazare verschwunden und dann ganz erschöpft und mit verschmierter Schminke zurückgekommen und hat sich ins Bett gelegt und ein Schlafmittel genommen, weil das einfach nicht stimmt, daß man sich schließlich an alles gewöhnt. Einmal ist die Polizei zu ihr gekommen und hat Drogen gesucht, aber das war ungerecht, neidische Freundinnen hatten sie fälschlich beschuldigt. Ich spreche hier von der Zeit, als Madame Rosa noch sprechen konnte und ganz richtig im Kopf war, außer manchmal, wenn sie sich mitten im Gespräch unterbrochen und mit offenem Mund vor sich hingestarrt hat und einem Gesicht, als ob sie nicht wüßte, wer sie ist und wo sie ist und was sie da tut. Dr. Katz hat das den Verwöhnungszustand genannt. Bei ihr war das noch stärker als bei allen andern, und das hat sie regelmäßig überkommen, aber sie hat ihren Karpfen auf jüdische Art noch sehr gut gemacht. Madame Lola ist jeden Tag gekommen, um nachzuhören, wie es geht, und wenn der Bois de Boulogne viel eingebracht hatte, hat sie uns Geld gegeben. Sie ist im Viertel sehr respektiert worden und die, wo sich was herausgenommen haben, haben eins aufs Maul bekommen.

Ich weiß nicht, was in der sechsten Etage aus uns geworden wäre, wenn es nicht die anderen fünf Etagen gegeben hätte, wo Mieter gewohnt haben, die nicht versucht haben, sich gegenseitig zu schaden. Sie hatten Madame Rosa nie bei der Polizei verpfiffen, wenn sie bis zu zehn Hurenkinder bei sich hatte, die im Treppenhaus einen Mordsspektakel gemacht haben.

In der zweiten Etage hat sogar ein Franzose gewohnt, der sich so verhalten hat, als ob er hier überhaupt nicht zu Hause wäre. Er war groß und hager mit einem Stock, und er hat ruhig da gelebt, ohne aufzufallen. Er hatte erfahren, daß Madame Rosa verfallen ist, und eines Tages ist er die vier Etagen raufgeklettert, die wir höher waren als er, und hat an die Tür geklopft. Er ist reingekommen, hat Madame Rosa gegrüßt, Madame, gestatten Sie, daß ich Ihnen meine Aufwartung mache, hat sich hingesetzt und dabei seinen Hut auf den Knien gehalten, sehr aufrecht, mit erhobenem Kopf, und er hat aus seiner Tasche einen Umschlag mit einer Briefmarke und seinem Namen drauf geholt.

»Ich heiße Louis Charmette, wie dieser Name zeigt.

Sie können selbst lesen. Es ist ein Brief meiner Tochter, die mir einmal im Monat schreibt.«

Er hat uns den Brief gezeigt, auf dem sein Name stand, als wenn er uns beweisen wollte, daß er einen Namen hatte.

»Ich bin Eisenbahnpensionär und ehemaliger Verwaltungsbeamter. Ich habe erfahren, daß Sie leidend sind, nachdem Sie zwanzig Jahre in diesem Haus gewohnt haben, und ich habe die Gelegenheit beim Schopfe ergriffen.«

Ich habe Ihnen erzählt, daß Madame Rosa, und zwar ohne daß das mit ihrer Kindheit zu tun hat, sehr viel erlebt hatte, und daß ihr davon der kalte Schweiß auf die Stirn trat. Es ist noch viel mehr Schweiß gekommen, wenn es etwas gegeben hat, was sie nicht mehr so richtig verstanden hat, und das ist immer der Fall, wenn man alt wird und alles zusammenkommt. Dieser Franzose also, der sich herbemüht hatte und die vier Etagen hochgestiegen war, um ihr seine Aufwartung zu machen, hatte eine definitive Wirkung auf sie gehabt, so als würde das bedeuten, daß sie jetzt sterben muß und daß er der offizielle Vertreter war. Vor allem, weil diese Person sehr korrekt angezogen war, mit einem schwarzen Anzug, einem Hemd und einer Krawatte. Ich glaube nicht, daß Madame Rosa gern gelebt hat, aber sie ist auch nicht gern gestorben, ich glaube, daß es weder um das eine noch um das andere gegangen ist, sie hatte sich daran gewöhnt. Ich glaube, daß es Besseres zu tun gibt als das.

Dieser Monsieur Charmette war sehr behutsam und ernst in der Art, wie er ganz aufrecht und unbeweglich dagesessen ist, und Madame Rosa hatte Angst. Sie haben lange miteinander geschwiegen, und dann haben sie nicht gewußt, was sie sich sagen sollen. Wenn Sie meine Meinung wissen wollen, dieser Monsieur Charmette war heraufgekommen, weil er ebenfalls allein war und bei Madame Rosa nachfragen wollte, um sich zu verbünden. Wenn man ein gewisses Alter hat, wird man immer weniger besucht, außer wenn man Kinder hat und das Naturgesetz sie dazu zwingt. Ich glaube, daß sie sich beide Angst gemacht haben und daß sie sich gegenseitig angesehen haben, als hätten sie sagen wollen, nach Ihnen bitte, nein, nach Ihnen bitte. Monsieur Charmette war älter als Madame Rosa, aber er hat hager gewirkt, und die Jüdin ist von allen Seiten übergequollen, und die Krankheit hatte bei ihr viel mehr Platz. Das ist für eine alte Frau, wo auch noch Jüdin hat sein müssen, immer viel schwerer als für einen Eisenbahnbeamten.

Sie hat in ihrem Sessel gesessen mit einem Fächer in der Hand, den sie von ihrer Vergangenheit zurückbehalten hatte, als man ihr noch Geschenke für Frauen gemacht hat, und nicht gewußt, was sie sagen soll, so überrascht war sie. Monsieur Charmette hat sie fest angesehen mit seinem Hut auf den Knien, als ob er gekommen wäre, um sie abzuholen, und der Kopf von der Jüdin hat gezittert, und sie hat geschwitzt vor Angst. Trotzdem ist es lustig, wenn man sich vorstellt, daß der Tod hereinkommen und sich hinsetzen kann mit dem Hut auf den Knien und Ihnen in die Augen sieht und sagt, daß die Zeit gekommen ist. Ich habe genau gesehen, daß es nur ein Franzose war, dem es an Landsleuten gefehlt hat und der die Gelegenheit beim Schopfe ergriffen hatte, um auf seine Gegenwart hinzuweisen, als sich die Nachricht in der öffentlichen Meinung verbreitet hat, bis zum Lebensmittelgeschäft von Monsieur Keibali, wo alle Nachrichten zusammenkommen, daß Madame Rosa nie mehr herunterkommen würde. Dieser Monsieur Charmette hatte schon ein umschattetes Gesicht, vor allem um die Augen herum, die als erstes hohl werden und allein in ihren Höhlen leben mit einem Ausdruck von Warum, mit welchem Recht, was stößt mir da zu. Ich erinnere mich noch sehr gut an ihn, ich erinnere mich, wie er ganz aufrecht vor Madame Rosa saß, mit seinem Rücken, den er nicht mehr krümmen konnte wegen der Gesetze des Rheumatismus, der mit dem Alter zunimmt, vor allem, wenn die Nächte kühl sind, was außerhalb der Jahreszeit oft der Fall ist. Er hatte im Lebensmittelgeschäft gehört, daß Madame Rosa es nicht mehr lange machen würde und daß sie an ihren Hauptorganen, die nicht mehr von öffentlichem Nutzen waren, befallen ist, und er ist der Meinung gewesen, daß eine solche Person ihn besser verstehen kann als die andern, die noch unversehrt sind, und er ist herauf gekommen. Die Jüdin ist in Panik geraten, es war das erste Mal, daß sie einen ganz steifen katholischen Franzosen bei sich empfangen hat, der in ihrer Gegenwart schwieg. Sie haben noch eine Zeitlang geschwiegen und noch etwas länger, und dann ist Monsieur Charmette ein wenig aus sich herausgegangen, er hat ernsthaft mit Madame Rosa zu sprechen angefangen über alles, was er in seinem Leben für die französische Eisenbahn getan hatte, und das war doch sehr viel für eine alte Jüdin in einem schon weit fortgeschrittenen Zustand, die so von Überraschung zu Überraschung gestolpert ist. Sie haben beide Angst gehabt, denn es stimmt nicht, daß die Natur alles gut einrichtet. Die Natur, die macht, was sie will, mit wem sie will, und sie weiß nicht einmal, was sie tut, manchmal sind es Blumen und Vögel und manchmal eine alte Jüdin in der sechsten Etage, die nicht mehr runterkann. Dieser Monsieur Charmette hat mir leid getan, denn man hat genau gesehen, daß auch er nichts und niemand war, trotz seiner Sozialversicherung. Ich finde, daß es vor allem die unentbehrlichen Artikel sind, die fehlen.

Es ist nicht die Schuld der Alten, wenn sie am Ende immer befallen werden, und ich stehe gar nicht so sehr auf den Naturgesetzen.

Es war eine tolle Sache, Monsieur Charmette zuzuhören, wie er von Zügen sprach, von Bahnhöfen und Abfahrtzeiten, als ob er hoffen würde, daß er noch einmal davonkäme, wenn er den richtigen Zug im richtigen Augenblick nehmen und dann gleich einen Anschlußzug finden würde, obwohl er genau wußte, daß er schon angekommen war und nur noch auszusteigen brauchte.

Das hat eine ganze Zeit lang so gedauert, und ich habe mir Sorgen gemacht wegen Madame Rosa, denn ich habe gesehen, daß sie durch einen so wichtigen Besuch völlig aus dem Häuschen geraten war, so als ob man gekommen wäre, um ihr die letzte Ehre zu erweisen. Ich habe für Monsieur Charmette die Schachtel Pralinen aufgemacht, die Madame Lola uns geschenkt hat, aber er hat sie nicht angerührt, denn er hatte Organe, die ihm den Zucker verboten haben. Schließlich ist er wieder hinuntergegangen in die zweite Etage und sein Besuch hat überhaupt nichts besser gemacht. Madame Rosa hat gesehen, daß die Leute immer freundlicher zu ihr geworden sind, und das ist nie ein gutes Zeichen.

Madame Rosa war jetzt immer länger geistesabwesend, und manchmal hat sie ganze Stunden zugebracht, ohne etwas zu spüren. Ich habe an das Schild gedacht, das Monsieur Reza, der Schuhmacher, an die Tür hängte, um zu sagen, daß man sich bei Abwesenheit anderswohin wenden soll, aber ich habe nie erfahren, an wen ich mich hätte wenden können, denn es gibt sogar welche, die holen sich in Mekka die Cholera. Ich habe mich auf den Schemel neben sie gesetzt, habe ihre Hand genommen und auf ihre Rückkehr gewartet.

Madame Lola hat uns nach besten Kräften geholfen. Sie ist todmüde von all den Anstrengungen in ihrer Spezialität aus dem Bois de Boulogne zurückgekommen und hat manchmal bis fünf Uhr nachmittags geschlafen. Am Abend ist sie zu uns raufgekommen, um uns zur Hand zu gehen. Ab und zu hatten wir noch Pflegekinder, aber nicht genug, um davon zu leben, und Madame Lola hat gesagt, daß der Hurenberuf immer mehr ausstirbt wegen der kostenlosen Konkurrenz. Die Huren, wo umsonst sind, werden von der Polizei nicht verfolgt, die sich nur an die hält, wo etwas wert sind. Wir haben einmal einen Fall von Erpressung gehabt, als ein Kuppler, der aber ein gewöhnlicher Zuhalter war, damit gedroht hat, ein Hurenkind bei der Fürsorge anzuzeigen, mit Aberkennung der elterlichen Sorge wegen Prostitution, wenn sie sich weigern würde, nach Dakar zu gehen, und wir haben den Kleinen zehn Tage lang behalten – Jules hat er geheißen, man hält das nicht für möglich –, aber dann hat sich alles eingerenkt, weil Monsieur N'Da Amédée sich darum gekümmert hat. Madame Lola hat den Haushalt versorgt und Madame Rosa geholfen, sich sauberzuhalten. Ich will ihr keine Kränze flechten, aber ich habe nie einen Senegalesen gesehen, der ein besseres Hausmütterchen abgegeben hätte als Madame Lola, es ist wirklich schade, daß die Natur sich dem widersetzt hat. Er ist ein Opfer der Ungerechtigkeit geworden, und viele glückliche Kinder sind verlorengegangen. Sie hatte nicht einmal das Recht, welche zu adoptieren, weil die

Transvestiten sind viel zu verschieden, und das kennt kein Pardon nicht. Madame Lola war manchmal ganz belämmert und beklemmt und hat die Rübe hängen gelassen.

Ich kann Ihnen sagen, daß das ganze Haus gut reagiert hat auf die Nachricht von Madame Rosas Tod, wo im richtigen Augenblick eintreten sollte, wenn alle ihre Organe ihre Anstrengungen in dieser Richtung vereinen würden. Da waren die vier Brüder Zaoum, die Möbelpacker waren und die stärksten Männer im Viertel für Klaviere und Schränke, und ich habe sie immer voller Bewunderung betrachtet, weil ich auch gern vier gewesen wäre. Sie sind gekommen und haben gesagt, daß wir mit ihnen rechnen könnten, um Madame Rosa jedesmal, wenn sie draußen gern ein paar Schritte gemacht hätte, rauf- und runterzutragen. Der Sonntag ist ein Tag, an dem niemand umzieht, und sie haben Madame Rosa genommen, haben sie runtergetragen wie ein Klavier, sie in ihr Auto gesetzt, und wir sind an die Marne gefahren, damit sie gute frische Luft atmen konnte. Sie war an diesem Tag völlig richtig im Kopf, und sie hat sogar angefangen, Zukunftspläne zu schmieden, denn sie wollte nicht religiös beerdigt werden. Zuerst habe ich geglaubt, daß diese Jüdin Angst vor Gott hat und daß sie hofft, sie kann ihm entkommen, wenn sie sich ohne Religion beerdigen läßt. Aber das war es gar nicht. Sie hatte keine Angst vor Gott, aber sie hat gesagt, daß es jetzt zu spät ist, was geschehen ist, ist geschehen, und daß ER nur zu kommen braucht, um sie um Verzeihung zu bitten. Ich glaube, daß Madame Rosa, wenn sie völlig richtig im Kopf war, im Ernst sterben wollte und nicht so, als ob es danach noch einen Weg zurückzulegen gäbe.

Auf dem Rückweg haben die Brüder Zaoum sie an die Hallen gefahren, in die Rue Saint-Denis, die Rue de

Fourcy, die Rue Blondel, die Rue de la Truanderie, und sie war ganz aufgeregt, vor allem, als sie in der Rue de Provence das kleine Hotel gesehen hat, als sie jung war und sie die Treppen noch vierzigmal am Tag steigen konnte. Sie hat uns gesagt, daß ihr das Freude macht, daß sie die Bürgersteige und die Ecken wiedersieht, wo sie sich durchgeschlagen hat, sie hat gespürt, daß sie ihren Vertrag gut erfüllt hatte. Sie hat gelächelt, und ich habe gesehen, daß ihr das wieder Mut eingeflößt hat. Sie hat dann von der guten alten Zeit erzählt, sie hat gesagt, daß das die schönste Zeit ihre Lebens gewesen ist. Als sie mit fünfzig Jahren aufgehört hat, hatte sie noch regelmäßige Stammkunden, aber sie war der Meinung, daß es in ihrem Alter nicht mehr ästhetisch ist, und so hatte sie den Entschluß gefaßt, sich wieder zu bessern. In der Rue Frochot haben wir haltgemacht, um einen zu trinken, und Madame Rosa hat ein Stück Kuchen gegessen. Danach sind wir wieder nach Hause gefahren, und die Brüder Zaoum haben sie in die sechste Etage raufgetragen wie eine Feder, und sie war so entzückt über diese Spazierfahrt, daß sie um ein paar Monate jünger geworden zu sein schien.

Vor der Tür hat Moses gesessen, der gekommen war, um uns zu besuchen. Ich habe grüß Gott zu ihm gesagt und habe ihn mit Madame Rosa allein gelassen, die in Form war. Ich bin wieder runtergegangen, in die Kneipe unten, um einen Kumpel zu treffen, der mir eine Lederjacke versprochen hatte, die aus einem Lager mit richtigen amerikanischen Heeresbeständen kam, nichts Gefälschtes, aber er war nicht da. Ich bin einen Augenblick bei Monsieur Hamil sitzen geblieben, der bei guter Gesundheit war. Er hat vor einer leeren Kaffeetasse gesessen und ruhig die Wand gegenüber angelächelt.

»Guten Tag, Monsieur Hamil, wie geht's?«

»Guten Tag, mein kleiner Victor, ich bin froh, daß ich dich höre.«

»Bald wird man Brillen für alles erfinden, Monsieur Hamil, dann können Sie wieder sehen.«

»Man muß an Gott glauben.«

»Eines Tages gibt es ganz tolle Brillen, wie es noch nie welche gegeben hat, und dann kann man wirklich sehen, Monsieur Hamil.«

»Ach ja, mein kleiner Victor, Ehre sei Gott, denn er hat mir erlaubt, so alt zu werden.«

»Monsieur Hamil, ich heiße nicht Victor. Ich heiße Mohammed. Victor, das ist Ihr anderer Freund.«

Er schien verwundert.

»Aber natürlich, mein kleiner Mohammed ... *Tawa kkaltou'ala al Havy elladri là iamoût* ... Ich habe mein Vertrauen in den Lebenden gesetzt, der nicht stirbt ... Wie habe ich dich genannt, mein kleiner Victor?«

Mensch, Scheiße.

»Sie haben mich Victor genannt.«

»Wie konnte ich nur. Ich bitte dich um Verzeihung.«

»Oh, das macht doch nichts, wirklich nicht, Name ist nur Schall und Rauch, das macht nichts. Wie geht es Ihnen seit gestern?«

Er schien in Sorge zu sein. Ich habe gesehen, daß er große Anstrengungen gemacht hat, um sich zu erinnern, aber seine Tage waren alle völlig gleich, seitdem er sein Leben nicht mehr damit zubrachte, von morgens bis abends Teppiche zu verkaufen, so daß es in seinem Kopf einförmig weiß auf weiß war. Er hatte seine Hand auf einem kleinen, abgenutzten Buch liegen, das Victor Hugo geschrieben hatte, und das Buch muß sehr daran gewöhnt gewesen sein, diese Hand zu spüren, die sich auf es stützte, wie das oft bei Blinden ist, wenn man ihnen über die Straße hilft.

»Seit gestern, fragst du?«

»Gestern oder heute, Monsieur Hamil, das macht nichts, es ist nur Zeit, die vergeht.«

»Also heute bin ich den ganzen Tag hiergewesen, mein kleiner Victor ...«

Ich habe das Buch angesehen, aber ich hatte nichts zu sagen, sie waren schon seit Jahren zusammen.

»Eines Tages werde ich auch ein Buch schreiben, Monsieur Hamil. Mit allem drin. Was hat Monsieur Victor Hugo Besseres geschrieben?«

Monsieur Hamil hat weit in die Ferne geschaut und gelächelt. Seine Hand hat sich auf dem Buch bewegt, als ob sie es liebkosen wollte. Seine Finger haben gezittert.

»Stell mir nicht zu viele Fragen, mein kleiner ...«

»Mohammed.«

»... Stell mir nicht zu viele Fragen, ich bin heute etwas abgespannt.«

Ich habe das Buch genommen, und Monsieur Hamil hat es gespürt, und er ist unruhig geworden. Ich habe mir den Titel angesehen und ich habe es ihm wieder zurückgegeben. Ich habe seine Hand draufgelegt.

»Da, Monsieur Hamil, es ist da, Sie können es spüren.«

Ich habe gesehen, wie seine Finger das Buch berührt haben.

»Du bist kein Kind wie die andern, mein kleiner Victor. Ich habe das schon immer gewußt.«

»Eines Tages werde ich auch die Elenden schreiben, Monsieur Hamil. Bringt Sie nachher jemand nach Hause?«

»*Insch' Allah.* Es ist bestimmt jemand da, denn ich glaube an Gott, mein kleiner Victor.«

Ich hatte ein wenig die Nase voll, denn immer kam nur der andere dran.

»Erzählen Sie mir etwas, Monsieur Hamil. Erzählen Sie mir, wie Sie Ihre große Reise nach Nizza gemacht haben, als Sie fünfzehn Jahre alt waren.«
Er hat geschwiegen.
»Ich? Ich habe eine große Reise nach Nizza gemacht?«
»Als Sie ganz jung waren.«
»Ich kann mich nicht erinnern. Ich kann mich überhaupt nicht erinnern.«
»Na schön, dann werde ich es Ihnen erzählen. Nizza, das ist eine Oase am Meer, mit Mimosenwäldern und Palmen, und es gibt dort russische und englische Prinzen, die sich mit Blumen bekämpfen. Es gibt auch Clowns, die auf den Straßen tanzen, und vom Himmel fällt Konfetti, und niemand wird vergessen. Eines Tages gehe ich auch nach Nizza, wenn ich jung bin.«
»Wieso, wenn du jung bist? Bist du alt? Wie alt bist du denn, mein Kleiner? Du bist doch der kleine Mohammed, nicht wahr?«
»Och, das weiß niemand und mein Alter auch nicht. Man hat mir kein Datum gegeben. Madame Rosa sagt, daß ich nie ein eigenes Alter haben werde, weil ich anders bin, und daß ich auch nie etwas anderes tun werde als anders zu sein. Erinnern Sie sich an Madame Rosa? Sie wird bald sterben.«
Aber Monsieur Hamil hatte sich im Innern verloren, weil das Leben die Leute leben läßt, ohne groß darauf zu achten, was mit ihnen los ist. In dem Haus von gegenüber hat eine Dame gewohnt, Madame Halaoui, die ist ihn immer holen gekommen, bevor die Kneipe zugemacht hat, und die hat ihn ins Bett gelegt, weil sie auch niemand hatte. Ich weiß nicht einmal, ob sie sich gekannt haben, oder ob das nur war, um nicht allein zu sein. Sie hatte einen Erdnußstand in Barbès und ihr Vater auch, als er noch gelebt hat. Darauf habe ich gesagt:

»Monsieur Hamil, Monsieur Hamil!« nur so, um ihn daran zu erinnern, daß noch jemand da war, der ihn gern hatte und der seinen Namen gekannt hat und daß er einen hatte.

Ich bin noch eine Zeitlang bei ihm geblieben und habe dabei die Zeit verstreichen lassen, die langsam dahingeht und die nicht französisch ist. Monsieur Hamil hat oft zu mir gesagt, daß die Zeit langsam aus der Wüste kommt und mit ihren Kamelkarawanen und daß sie es nicht eilig hat, weil sie die Ewigkeit transportiert. Aber es ist immer viel hübscher, wenn man sie erzählt, als wenn man sie auf dem Gesicht einer alten Person betrachtet, die sie sich jeden Tag etwas mehr stehlen läßt, und wenn Sie meine Meinung wissen wollen, dann muß man die Zeit bei den Dieben suchen.

Der Wirt von der Kneipe, den Sie sicherlich kennen, denn es ist Monsieur Driss, ist gekommen, um nach uns zu sehen. Monsieur Hamil hat manchmal pinkeln müssen, und man hat ihn aufs Klo führen müssen, bevor es drunter und drüber gegangen ist. Aber man darf nicht glauben, daß Monsieur Hamil nicht mehr zurechnungsfähig und nichts mehr wert war. Die Alten sind genauso viel wert wie alle andern auch, selbst wenn sie nachlassen. Sie fühlen wie Sie und ich, und manchmal leiden sie sogar noch mehr darunter, weil sie sich nicht mehr wehren können. Aber sie werden von der Natur angefallen, die eine ganz schöne Drecksau sein kann und sie langsam und allmählich krepieren läßt. Bei uns ist es noch hinterhältiger als in der Natur, denn es ist verboten, die Alten abzutreiben, wenn die Natur sie langsam erstickt und ihnen die Augen aus dem Kopf kommen. Das war bei Monsieur Hamil nicht der Fall, der noch viel älter werden und vielleicht mit hundertzehn Jahren sterben oder sogar Weltmeister werden konnte. Er hatte noch seine ganze Zurechnungsfähigkeit und sagte »Pipi«, wenn es nötig war und bevor es kommt, und Monsieur Driss hat ihn unter diesen Umständen am Ellbogen genommen und ihn selbst aufs Klo geführt. Bei den Arabern bezeugt man einem Menschen, wenn er sehr alt ist und bald entrümpelt wird, Respekt, das schlägt sich dann als Gewinn in den Büchern Gottes nieder, und es gibt keine kleinen Gewinne. Trotzdem war es für Monsieur Hamil traurig, daß er zum Pinkeln geführt werden mußte, und ich habe sie verlassen, denn ich finde, daß man Traurigkeit nicht suchen soll.

Ich war noch im Treppenhaus, als ich Moses weinen gehört habe, und ich bin im Galopp die Stufen rauf gelaufen, weil ich gedacht habe, daß Madame Rosa vielleicht ein Unglück zugestoßen ist. Ich bin reingerannt und habe zuerst geglaubt, daß das nicht wahr sein darf. Ich habe sogar die Augen zugemacht, um sie dann besser wieder aufmachen zu können.

Die Spazierfahrt von Madame Rosa in alle Gegenden, wo sie sich einmal durchgeschlagen hat, hatte eine solche Wunderwirkung auf sie gehabt, daß ihre ganze Vergangenheit in ihrem Kopf wieder lebendig geworden ist. Sie hat nackt mitten im Zimmer gestanden und hat sich gerade angezogen, um zur Arbeit zu gehen, wie früher, als sie sich noch durchgeschlagen hat. Also, ich habe noch nichts in meinem Leben gesehen, und ich habe daher kaum das Recht zu sagen, was entsetzlich ist und was nicht, aber Sie dürfen mir wirklich glauben, Madame Rosa nackig in Lederstiefeln und ein schwarzes Spitzenhöschen um den Hals, weil sie sich in der Richtung geirrt hatte, und Titten, wie man sie sich nicht vorstellen kann, wo auf dem Bauch gelegen haben, also

Sie dürfen mir glauben, daß das etwas ist, was man sonstwo nicht sehen kann, selbst wenn es das gibt. Zu allem Überfluß hat Madame Rosa versucht, mit dem Arsch zu schwänzeln wie in einem Sex-Laden, weil aber bei ihr der Arsch das Menschenmögliche überstieg ... *siyyid!* Ich glaube, es war das erste Mal, daß ich ein Gebet gemurmelt habe, das Gebet für die *Mahboûl*, aber sie hat weiter mit dem Arsch gewackelt, mit einem koketten Lächeln und einer Katze, wie ich sie niemand wünsche.

Ich habe gleich begriffen, daß das die Wirkung des Erinnerungsschocks war, den sie bekommen hatte, als sie alle Orte wiedergesehen hat, an denen sie glücklich gewesen ist, und manchmal macht das die Sache eben nicht besser, das zu begreifen, im Gegenteil. Sie hatte sich derart geschminkt, daß sie anderswo noch nackiger ausgesehen hat, und sie hat mit ihren Lippen kleine Bewegungen gemacht und ganz ekelhaft das Maul gespitzt. Moses hat in einer Ecke gesessen und geheult, aber ich habe nur gesagt: »Madame Rosa, Madame Rosa«, und ich bin rausgestürzt und die Treppe runtergesaust und fortgelaufen. Nicht um mich aus dem Staub zu machen, das gibt's bei mir nicht, sondern nur, um nicht mehr da zu sein.

Ich bin ein gutes Stück gelaufen, und als mich das erleichtert hat, habe ich mich in der Dunkelheit in eine Toreinfahrt gesetzt, hinter Mülleimer, die darauf gewartet haben, daß sie geleert werden. Ich habe nicht geflennt, denn das hat nicht mehr gelohnt. Ich habe die Augen zugemacht und mein Gesicht an den Knien versteckt, so habe ich mich geschämt, ich habe einen Augenblick gewartet, und dann habe ich einen Bullen kommen gelassen. Es war der stärkste Bulle, den man sich vorstellen kann. Er war millionenmal aufgeblasener als alle andern, und er hatte noch mehr bewaffnete Kräfte, um für Sicherheit zu sorgen. Er hatte sogar Panzer zur Verfügung, und bei ihm hatte ich nichts mehr zu befürchten, denn er würde meine Selbstverteidigung sicherstellen. Ich habe gespürt, daß ich unbesorgt sein konnte, daß er die Verantwortung übernommen hat. Er hat mir väterlich seinen allmächtigen Arm um die Schulter gelegt und mich gefragt, ob ich Wunden hätte, die von den Schlägen sind, die ich bekommen hätte. Ich habe ja gesagt, aber daß das nichts nützt, ins Krankenhaus zu gehen. Er ist eine Zeitlang dageblieben, seine Hand auf meiner Schulter, und ich habe gespürt, daß er sich um alles kümmern würde und daß er wie ein Vater zu mir sein würde. Es ist mir jetzt besser gegangen, und ich habe allmählich begriffen, daß es das beste für mich wäre, dort zu leben, wo es nicht echt ist. Als Monsieur Hamil noch bei uns war, hat er immer zu mir gesagt, daß die Dichter die andere Welt möglich machen, und plötzlich habe ich gelächelt, ich habe mich daran erinnert, daß er mich Victor genannt hatte, vielleicht war es Gott, der mir Versprechungen gemacht hat. Dann habe ich weiße und rosa Vögel gesehen, alle aufblasbar und mit einem Stück Seil am Ende, um mit ihnen weit fortzufliegen, und dann bin ich eingeschlafen.

Ich habe ein gutes Stück geschlafen, und danach bin ich in die Kneipe an der Ecke der Rue Bisson gegangen, wo es ganz schwarz ist, wegen der drei afrikanischen Wohngemeinschaften, die daneben sind. In Afrika ist es völlig anders, dort haben sie Stämme, und wenn man zu einem Stamm gehört, dann ist das, als ob es eine Gesellschaft gäbe, eine große Familie. Da war Monsieur Aboua, von dem ich Ihnen noch nichts erzählt habe, denn ich kann Ihnen nicht alles erzählen, und deshalb erwähne ich ihn jetzt, er spricht nicht einmal Französisch, und deshalb muß irgend jemand an seiner Stelle sprechen, um auf ihn aufmerksam zu machen. Ich bin eine Zeitlang dort geblieben mit Monsieur Aboua, der von der Elfenbeinküste zu uns gekommen ist. Wir haben uns bei der Hand gehalten und uns schief gelacht, ich war zehn Jahre alt und er zwanzig, und das war ein Unterschied, der ihm Spaß gemacht hat und mir auch. Der Wirt, Monsieur Soko, hat zu mir gesagt, daß ich nicht zu lange bleiben darf, er wollte keinen Ärger mit dem Jugendschutz, und bei einem Zehnjährigen lief er immer Gefahr, daß er Scherereien bekommt wegen der Drogensüchtigen, denn das ist das erste, woran man denkt, wenn man ein Kind sieht. In Frankreich ist die minderjährige Jugend geschützt, und man steckt sie ins Gefängnis, wenn sich niemand um sie kümmert.

Monsieur Soko hat selber Kinder, die er an der Elfenbeinküste gelassen hat, weil, er hat dort mehr Frauen als hier. Ich habe genau gewußt, daß ich mich nicht in einer Wirtschaft der öffentlichen Trunkenheit herumtreiben darf, aber ich kann Ihnen ganz ehrlich sagen, daß ich keine Lust hatte, nach Hause zu gehen. Der Zustand, in dem ich Madame Rosa zurückgelassen hatte, hat mir immer noch eine Gänsehaut über den Rücken gejagt, wenn ich nur daran gedacht habe. Es war schon schlimm genug, daß ich sie langsam sterben gesehen habe, ohne zu wissen warum, aber nackig mit einem Wutzenlächeln und ihren fünfundneunzig Kilos, die auf den Kunden gewartet haben, und einem Arsch, der nichts Menschliches mehr hat, das war etwas, das nach Gesetzen schrie, um ihrem Leiden ein Ende zu machen. Wissen Sie, alle Welt spricht davon, die Naturgesetze zu verteidigen, aber ich bin eher für die Ersatzteile. Auf jeden Fall kann man sein Leben nicht in der Kneipe zubringen, und ich bin wieder raufgegangen, und auf der

Treppe habe ich immer wieder zu mir gesagt, daß Madame Rosa vielleicht gestorben ist und daß folglich niemand mehr da ist, der leidet.

Ich habe sachte die Tür aufgemacht, um mir keine Angst einzujagen, und das erste, was ich gesehen habe, war Madame Rosa, ganz angezogen mitten in der Bude neben einem kleinen Köfferchen. Sie hat ausgesehen wie jemand auf dem Bahnsteig, der auf die Metro wartet. Ich habe schnell ihr Gesicht gemustert und gesehen, daß sie überhaupt nicht da war. Sie hat ausgesehen, als wenn sie völlig anderswo wäre, so glücklich war sie. Ihre Augen waren weit, weit fort, und sie hatte einen Hut auf, der ihr nicht sehr gut stand, weil er unmöglich war, aber immerhin hat er ein bißchen den oberen Teil versteckt. Sie hat sogar gelächelt, als ob man ihr eine gute Nachricht verkündet hätte. Sie hatte ein blaues Kleid mit Margeriten an, aus dem Schrank hatte sie wieder ihre Hurenhandtasche hervorgekramt, die sie aus Gefühlsgründen aufgehoben hatte und die ich gut gekannt habe, es waren noch Pariser drin, und sie hat durch die Wände geguckt, als ob sie den Zug für immer nehmen würde.

»Was machen Sie denn, Madame Rosa?«

»Sie kommen mich gleich abholen. Sie werden sich um alles kümmern. Sie haben gesagt, daß ich hier warten soll, daß sie mit Lastwagen kommen und uns mit dem Allernotwendigsten ins Sportstadion bringen.«

»Wer denn, sie?«

»Die französische Polizei.«

Ich habe überhaupt nichts mehr verstanden. Moses hat mir aus dem anderen Zimmer zugewinkt und sich dabei an den Kopf getippt. Madame Rosa hat ihre Hurenhandtasche in der Hand gehalten, und daneben hat ihr Köfferchen gestanden, und sie hat gewartet, als ob sie Angst hätte, zu spät zu kommen.

»Sie haben uns eine halbe Stunde Zeit gegeben und uns gesagt, daß wir nur einen Koffer mitbringen sollen. Man wird uns in einen Zug setzen und uns nach Deutschland transportieren. Ich werde keine Probleme mehr haben, sie werden sich um alles kümmern. Sie haben gesagt, daß sie uns kein Haar krümmen werden und daß wir Kost und Logis bekommen.«

Ich habe nicht gewußt, was ich sagen sollte. Es war schon möglich, daß sie die Juden wieder nach Deutschland transportieren, weil die Araber sie nicht haben wollten. Als Madame Rosa noch ganz richtig im Kopf war, hatte sie mir oft davon erzählt, wie Monsieur Hitler ein jüdisches Israel in Deutschland geschaffen hatte, um ihnen allen ein Heim zu geben und wie sie alle in diesem Heim aufgenommen worden sind, außer den guterhaltenen Zähnen, den Knochen, Kleidern und Schuhen, die man ihnen wegen der Verschwendung weggenommen hat. Aber es hat mir überhaupt nicht einleuchten gewollt, warum die Deutschen immer die einzigen sein sollen, die sich um die Juden kümmern und warum sie noch einmal Heime für sie schaffen sollen, wo doch jeder mal an die Reihe kommen und alle Völker Opfer bringen müßten. Madame Rosa hat mich immer gern daran erinnert, daß auch sie eine Jugend gehabt hatte. Ich habe das also alles gewußt, weil, ich habe ja bei einer Jüdin gewohnt, und bei den Juden erfährt man diese Dinge schließlich immer, aber ich habe nicht verstanden, warum sich die französische Polizei um Madame Rosa kümmern wollte, die häßlich und alt war und in keiner Hinsicht mehr irgendeinen Nutzen brachte. Ich habe auch gewußt, daß Madame Rosa in die Kindheit zurückfiel, wegen ihrer Gestörtheit, was an der debilen Senilität liegt, und Dr. Katz hatte mich ja schon gewarnt. Sie hat bestimmt geglaubt, daß sie noch jung ist, wie vorhin, als sie sich als Hure angezogen hatte, und sie hat hier mit ihrem Köfferchen gestanden, überglücklich, weil sie wieder zwanzig war, und auf das Klingeln gewartet, um wieder ins Sportstadion zu kommen und in das jüdische Heim in Deutschland, sie war wieder jung.

Ich habe nicht gewußt, was ich tun soll, denn ich habe sie nicht ärgern wollen, aber ich war sicher, daß die französische Polizei nicht kommen würde, um Madame Rosa wieder zwanzig Jahre jung zu machen. Ich habe mich in einer Ecke auf den Boden gesetzt und bin mit gesenktem Kopf da sitzen geblieben, um sie nicht zu sehen, das war alles, was ich für sie tun konnte. Zum Glück hat sie sich wieder gebessert und hat sich am meisten darüber gewundert, daß sie mit ihrem Köfferchen, ihrem Hut, ihrem blauen Kleid mit den Margeriten und mit ihrer Handtasche voller Erinnerungen dastand, aber ich habe gedacht, daß es das beste ist, ihr nicht zu sagen, was passiert war, ich habe ja gesehen, daß sie alles vergessen hatte. Es war die Amnestie, und Dr. Katz hatte mir schon gesagt, daß sie das immer öfter bekommen würde, bis zu dem Tag, wo sie sich für immer an nichts mehr erinnern würde und vielleicht noch jahrelang im Verwöhnungszustand leben würde.

»Was ist denn los, Momo? Warum stehe ich denn hier mit meinem Köfferchen zur Abreise?«

»Sie haben geträumt, Madame Rosa. Ein bißchen träumen hat noch nie jemand geschadet.«

Sie sah mich mißtrauisch an.

»Momo, du sollst mir die Wahrheit sagen.«

»Ich schwöre Ihnen, daß ich Ihnen die Wahrheit sage, Madame Rosa. Sie haben keinen Krebs. Dr. Katz ist sich seiner Sache unbedingt sicher. Sie können ganz unbesorgt sein.«

Sie schien ein wenig beruhigt zu sein, es war immerhin was Gutes, das nicht zu haben.

»Aber wieso stehe ich denn hier und weiß nicht, von wo und warum? Was ist mit mir los, Momo?«

Sie hat sich aufs Bett gesetzt und angefangen zu heulen. Ich bin aufgestanden, habe mich neben sie gesetzt und ihre Hand genommen, sie hatte das gern. Sie hat sofort gelächelt und mir die Haare ein wenig zurechtgestrichen, damit ich hübscher bin.

»Madame Rosa, was Sie haben, ist nur das Leben, und damit kann man sehr alt werden. Dr. Katz hat zu mir gesagt, daß Sie eine Person Ihres Alters sind, und er hat mir sogar eine Nummer dafür angegeben.«

»Die dritte Jugend?«

»Richtig.«

Sie hat eine Zeitlang nachgedacht.

»Ich verstehe das nicht, ich habe meine Wechseljahre schon lange hinter mir. Ich habe sogar damit gearbeitet. Habe ich vielleicht einen Tumor im Gehirn, Momo? Auch das kennt kein Pardon nicht, wenn es bösartig ist.«

»Er hat mir nicht gesagt, daß das kein Pardon nicht kennt. Er hat nichts von Dingen gesagt, die Pardon kennen oder nicht. Er hat überhaupt nichts von Pardon gesagt. Er hat nur gesagt, daß Sie das Alter haben, und er hat überhaupt nichts von Amnestie oder so gesagt.«

»Du meinst wohl Amnesie?«

Moses, der nichts hier zu suchen hatte, hat zu flennen angefangen, und das hatte mir gerade noch gefehlt.

»Was ist los, Moses? Belügt man mich? Verheimlicht man mir etwas? Warum weint er?«

»Scheiße, Scheiße und nochmals Scheiße, die Juden heulen immer, wenn sie unter sich sind, Madame Rosa, das sollten Sie doch wissen. Dafür hat man sogar eine Mauer gebaut. Scheiße.«

135

»Ist es vielleicht die Gehirnverkalkung?«

Ich hatte den Arsch wirklich voll, das kann ich Ihnen flüstern. Ich war derart bedient, daß ich am liebsten zu Mahoute gegangen wäre, um mir eine Hausmacherspritze verpassen zu lassen, nur um allen Scheiße zu sagen.

»Momo, ist es nicht die Gehirnverkalkung? Die kennt nämlich kein Pardon nicht.«

»Kennen Sie viele Dinge, die Pardon kennen, Madame Rosa? Sie gehen mir langsam auf den Wecker. Alle gehen mir auf den Wecker, beim Grab meiner Mutter!«

»Sag nicht solche Dinge, deine arme Mutter ist ... na ja, sie lebt vielleicht noch.«

»Das wünsche ich ihr nicht, Madame Rosa, selbst wenn sie noch lebt, ist sie immer noch meine Mutter.«

Sie hat mich ganz komisch angesehen, und dann hat sie gelächelt.

»Du bist sehr reif geworden, mein kleiner Momo. Du bist kein Kind mehr. Eines Tages ...«

Sie hat etwas zu mir sagen wollen, und dann hat sie sich unterbrochen.

»Was, eines Tages?«

Sie hat ein schuldbewußtes Gesicht gemacht.

»Eines Tages wirst du vierzehn Jahre alt sein und dann fünfzehn. Und dann wirst du nichts mehr von mir wissen wollen.«

»Reden Sie doch keinen Blödsinn, Madame Rosa. Ich lasse Sie nicht im Stich, das ist nicht meine Art.«

Das hat sie beruhigt, und sie ist sich umziehen gegangen. Sie hat ihren japanischen Kimono angezogen und hat sich hinter den Ohren parfümiert. Ich weiß nicht, warum sie sich hinter den Ohren parfümiert hat, vielleicht, damit man es nicht sieht. Danach habe ich ihr geholfen, sich in ihren Sessel zu setzen, denn sie hat sich kaum noch bücken können. Es ist ihr sehr gut gegangen für das, was sie hatte. Sie sah traurig und bekümmert aus, und ich war richtig froh, daß sie wieder in ihrem normalen Zustand war. Sie hat ein bißchen geweint, was bewies, daß es ihr wieder vollkommen gut gegangen ist.

»Du bist jetzt ein großer Junge, Momo, und das beweist, daß du manches verstehst.«

Das war verdammt nicht wahr, ich habe so manches überhaupt nicht verstanden, aber ich habe nicht streiten wollen, es war nicht der richtige Augenblick.

»Du bist ein großer Junge, hör also zu …«

Darauf hat sie einen kleinen Leerlauf gehabt und ist ein paar Sekunden lang steckengeblieben wie ein altes Auto, das innen tot ist. Ich habe gewartet, bis sie wieder in Fahrt gekommen ist und ihr dabei die Hand gehalten, denn sie war schließlich kein altes Auto. Dr. Katz hatte mir dreimal gesagt, als ich ihn wieder aufgesucht habe, daß es einen Amerikaner gibt, der siebzehn Jahre lang wie ein Gemüse im Krankenhaus gelegen hat, ohne das geringste zu wissen oder zu merken, und daß man ihn mit medizinischen Mitteln am Leben erhalten hat und daß das ein Weltrekord war. Die Weltmeister gibt es immer in Amerika. Dr. Katz hat noch gesagt, daß man nichts mehr für sie tun kann, daß sie aber bei guter Pflege im Krankenhaus noch für Jahre zu leben hätte.

Das Dumme war nur, daß Madame Rosa nicht in der Sozialversicherung war, weil sie Schwarzmarktpapiere hatte. Seit der Razzia durch die französische Polizei, als sie noch jung und nützlich war, wie ich die Ehre gehabt habe, hat sie nirgends mehr gemeldet sein wollen. Dabei kenne ich einen Haufen Juden in Belleville, wo Kennkarten und alles haben und alle möglichen Papiere, die sie verraten, aber Madame Rosa hat das Risiko nicht eingehen wollen, in gehöriger Form zu Papier gebracht zu werden, das dann alles beweist, denn sobald man weiß, wer Sie sind, können Sie sicher sein, daß man es Ihnen zum Vorwurf macht. Madame Rosa war überhaupt nicht patriotisch, und es war ihr schnuppe, ob die Leute Nordafrikaner waren oder Araber, Sudanesen oder Juden, weil sie keine Grundsätze hatte. Sie hat oft zu mir gesagt, daß alle Völker ihre guten Seiten haben, und deshalb gibt es Personen, die man Historiker nennt, die besondere Studien und Untersuchungen machen. Madame Rosa war also nirgends eingetragen, und sie hatte falsche Papiere, um zu beweisen, daß sie nichts mit sich selber zu tun hatte. Sie bekam nichts von der Krankenkasse.

Aber Dr. Katz hat mich beruhigt und hat zu mir gesagt, daß, wenn man einen noch lebenden Körper, der sich aber schon nicht mehr selber wehren kann, ins Krankenhaus bringt, dann kann man ihn nicht rausschmeißen, denn wo würde man da hinkommen.

An das alles habe ich gedacht, als ich Madame Rosa angesehen habe, während ihr Kopf auf Reise war. Man nennt das die beschleunigte debile Senilität, zuerst mit auf und ab und dann endgültig. Wegen der Einfachheit nennt man das auch kindisch oder ballaballa, weil man dann wieder wie ein Kind wird. Ich habe ihre Hand gestreichelt, um ihr Mut zu machen, wieder zurückzukommen, und ich habe sie nie so sehr gemocht, weil sie häßlich war und alt und bald keine menschliche Person mehr ist.

Ich habe nicht mehr gewußt, was ich tun soll. Wir hatten kein Geld, und ich war nicht in dem Alter, das man haben muß, um dem Gesetz gegen die Minderjährigen zu entgehen. Ich habe größer gewirkt als zehn

Jahre, und ich habe gewußt, daß ich den Huren gefalle, die niemand haben, aber die Polizei war gemein zu den Zuhaltern, und ich hatte Angst vor den Jugoslawen, die unbarmherzig sind mit der Konkurrenz.

Moses hat versucht, mir Mut zu machen, und mir gesagt, daß die jüdische Familie, die ihn aufgenommen hatte, ihn in jeder Hinsicht zufriedenstellt und daß ich mir aus der Patsche helfen könnte, wenn ich auch jemand finden würde. Er ist mit dem Versprechen gegangen, jeden Tag wiederzukommen, um mir zur Hand zu gehen. Man mußte Madame Rosa den Hintern abwischen, weil sie sich nicht mehr allein durchschlagen konnte. Selbst als sie noch ganz richtig war im Kopf, hatte sie in dieser Hinsicht Probleme gehabt. Sie hatte nämlich so viel Hintern, daß ihre Hand nicht bis zur richtigen Stelle gereicht hat. Das war ihr sehr unangenehm, daß wir ihr den Hintern abgeputzt haben, wegen ihrer Weiblichkeit, aber was soll's. Moses ist wieder gekommen wie versprochen, und da hat es diese nationale Katastrophe gegeben, von der ich die Ehre gehabt habe und die mich auf einen Schlag alt gemacht hat.

Es war ein Tag nach dem Tag, wo uns der Älteste der Zaoums ein Kilo Mehl, Öl und Fleisch zum Boulettenbacken gebracht hatte, denn es gab eine Menge Leute, die ihre guten Seiten gezeigt haben, seit Madame Rosa hinfällig war. Ich habe diesen Tag rot im Kalender angestrichen, weil das ein schöner Ausdruck ist.

Madame Rosa ist es besser im Oberstübchen gegangen und unten auch. Manchmal hat sie sich völlig abgeschlossen und manchmal ist sie offengeblieben. Eines Tages werde ich allen Mietern danken, die uns geholfen haben, wie Monsieur Waloumba, der am Boulevard Saint-Michel Feuer schluckt, um die Passanten auf seinen Fall aufmerksam zu machen, und der heraufgekommen ist, um eine sehr hübsche Nummer vor Madame Rosa abzuziehen in der Hoffnung, ihre Aufmerksamkeit wachzurufen.

Monsieur Waloumba ist ein Schwarzer aus Kamerun, der nach Frankreich gekommen ist, um zu kehren. Er hatte alle seine Frauen und seine Kinder aus wirtschaftlichen Gründen in seiner Heimat gelassen. Er hatte ein olympisches Talent zum Feuerschlucken, und seine Überstunden hat er dieser Aufgabe gewidmet. Er war bei der Polizei schlecht angeschrieben, weil er Menschenaufläufe verursacht hat, aber er hatte eine Erlaubnis zum Feuerschlucken, die einwandfrei war. Wenn ich gesehen habe, daß Madame Rosa angefangen hat, einen leeren Blick zu bekommen, den Mund aufzusperren und sich sabbernd in der andern Welt zu verkriechen, bin ich schnell Monsieur Waloumba holen gegangen, der mit acht anderen Personen seines Stammes einen legalen Wohnsitz in einem Zimmer teilte, das ihnen in der fünften Etage zugestanden worden war. Wenn er da war, kam er sofort mit seiner brennenden Fackel rauf und hat dann angefangen, vor Madame Rosa Feuer zu spucken. Das war nicht nur, um eine kranke, durch die Traurigkeit verschlimmerte Person zu interessieren, sondern auch, um ihr eine Schockbehandlung zu geben, denn Dr. Katz hat gesagt, daß viele Personen sich durch diese Behandlung im Krankenzimmer gebessert haben, oder man knipst ihnen plötzlich zu diesem Zweck das elektrische Licht an. Monsieur Waloumba war auch dieser Meinung, er hat gesagt, daß die alten Leute oft ihr Gedächtnis wiederfinden, wenn man ihnen Angst macht, und er hatte in Afrika auf diese Art sogar einen Taubstummen geheilt. Die Alten verfallen oft in eine noch größere Traurigkeit, wenn man sie für immer ins Krankenhaus bringt, Dr. Katz hat gesagt, daß dieses Alter kein Mitleid kennt und daß das ab fünfundsechzig, siebzig niemand interessiert.

Wir haben also Stunden über Stunden mit dem Versuch zugebracht, Madame Rosa Angst zu machen, damit ihr Blut in Bewegung gerät. Monsieur Waloumba ist entsetzlich, wenn er Feuer schluckt und dieses ihm in Flammen aus dem Innern kommt und an die Decke schlägt, aber Madame Rosa war in einer ihrer leeren Perioden, wo man Lethargie nennt, wenn einem alles Wurscht ist und es war nichts zu machen, um sie zu beeindrucken. Monsieur Waloumba hat eine halbe Stunde vor ihr Flammen geschluckt, aber sie hat kugelrunde, erstaunte Augen gemacht, als ob sie schon eine Statue wäre, die nichts erschüttern kann und die man absichtlich dafür aus Holz oder aus Stein macht. Er hat es noch einmal versucht, und weil er sich angestrengt hat, ist Madame Rosa plötzlich aus ihrem Zustand erwacht, und als sie einen Neger mit nacktem Oberkörper gesehen hat, der vor ihr Feuer spuckte, hat sie ein solches Geschrei gemacht, daß Sie sich das gar nicht vorstellen können. Sie wollte sogar fortlaufen, und wir haben sie daran hindern müssen. Danach hat sie nichts mehr wissen wollen, und sie hat verboten, daß bei ihr Feuer geschluckt wird. Sie hat nicht gewußt, daß sie ballaballa war, sie hat geglaubt, daß sie ein kleines Nickerchen gemacht und daß man sie aufgeweckt hatte. Man konnte es ihr nicht sagen.

Ein anderes Mal ist Monsieur Waloumba fünf Kumpels holen gegangen, die alle seine Stammesgenossen waren, und sie sind gekommen und haben um Madame Rosa herumgetanzt und versucht, die bösen Geister zu vertreiben, die sich auf manche Person stürzen, sobald sie einen Augenblick Zeit haben. Die Brüder von

Monsieur Waloumba waren in Belleville sehr bekannt, wo man sie für diese Zeremonie holen kam, wenn jemand krank war, der zu Hause gepflegt werden konnte. Monsieur Driss von der Kneipe unten hat das verachtet, was er »Brauchen« nannte, er hat sich darüber lustig gemacht und gesagt, daß Monsieur Waloumba und seine Stammesbrüder schwarze Medizin praktizieren.

Monsieur Waloumba und die Seinen sind eines Abends zu uns raufgekommen, als Madame Rosa nicht da war und mit stierem Blick in ihrem Sessel saß. Sie waren halb nackt und mit mehreren Farben geschmückt, und ihre Gesichter waren wie etwas Schreckliches bemalt, um den Dämonen Angst zu machen, die die afrikanischen Arbeiter mit nach Frankreich bringen. Zwei haben sich auf den Boden gesetzt mit ihren Handtrommeln, und die drei anderen haben angefangen, um Madame Rosa in ihrem Sessel herumzutanzen. Monsieur Waloumba hat auf einem Musikinstrument gespielt, das speziell für diesen Gebrauch bestimmt war, und die ganze Nacht über war es wirklich das Beste, was man in Belleville sehen konnte. Es ist überhaupt nichts dabei herausgekommen, weil das bei den Juden nicht wirkt, und Monsieur Waloumba hat uns erklärt, daß das eine Sache der Religion ist. Er hat gemeint, daß die Religion von Madame Rosa sich wehrt und sie für die Heilung ungeeignet ist. Das hat mich sehr gewundert, weil Madame Rosa in einem solchen Zustand war, daß man überhaupt nicht gesehen hat, wo die Religion sich hätte verkriechen können.

Wenn Sie meine Meinung wissen wollen, von einem bestimmten Augenblick an sind sogar Juden keine Juden mehr, dermaßen sind sie dann überhaupt nichts mehr. Ich weiß nicht, ob ich mich verständlich ausdrücke, aber das ist nicht so wichtig, denn wenn man verstehen würde, wäre es sicherlich noch viel ekelhafter.

Etwas später haben die Brüder von Monsieur Waloumba allmählich ihren Mut verloren, denn Madame Rosa war in ihrem Zustand alles Wurscht, und Monsieur Waloumba hat mir erklärt, daß die bösen Geister alle ihre Ausgänge verstopfen und daß deshalb alle Anstrengungen nicht bis zu ihr kommen. Wir haben uns alle auf den Boden um die Jüdin herumgesetzt und haben einen Augenblick Ruhe eingelegt, denn in Afrika sind sie viel zahlreicher als in Belleville und können sich in Mannschaften um die bösen Geister herum ablösen, wie bei Renault. Monsieur Waloumba ist Schnaps und Hühnereier holen gegangen, und wir haben um Madame Rosa herum gevespert. Sie hatte einen Blick, als ob sie ihn verloren hätte und überall suchen würde. Monsieur Waloumba hat uns erklärt, während wir kräftig gemampft haben, daß es in seiner Heimat viel leichter ist, die Alten zu respektieren und sich um sie zu kümmern, um sie zu besänftigen, als in einer großen Stadt wie Paris, wie es Tausende von Straßen, Etagen, Löcher und Orte gibt, wo man sie vergißt, und daß man die Armee nicht benutzen kann, um sie überall zu suchen, wo sie waren, weil, die Armee ist da, um sich um die Jungen zu kümmern. Wenn die Armee ihre Zeit damit zubringen würde, sich um die Alten zu kümmern, wäre sie nicht mehr die französische Armee. Er hat zu mir gesagt, daß es in den Städten und auf dem Land gewissermaßen Zehntausende von Altennestern gibt, aber daß niemand Auskünfte geben kann, um sie zu finden, und das ist Unwissenheit. Ein Alter oder eine Alte in einem großen, schönen Land wie Frankreich, das tut einem richtig weh, das mit anzusehen, und die Leute haben so schon Sorgen genug. Die Alten dienen zu nichts mehr und sind nicht mehr von öffentlichem Nutzen, deshalb läßt man sie leben. In Afrika leben sie in Stämmen auf einem Haufen zusammen, wo die Alten sehr gefragt sind, weil sie alles mögliche für einen tun können, wenn sie tot sind. In Frankreich gibt es keine Stämme, wegen dem Egoismus. Monsieur Waloumba sagt, daß Frankreich völlig entstammt worden ist und daß es deshalb bewaffnete Banden gibt, die sich eng zusammenschließen und etwas zu tun versuchen. Monsieur Waloumba sagt, daß die Jungen die Stämme brauchen, weil, ohne das werden sie Wassertropfen im Meer, und das macht sie verrückt. Monsieur Waloumba sagt, daß alles so groß wird, daß es sich gar nicht lohnt, vor tausend mit dem Zählen anzufangen. Deshalb verschwinden die alten Leutchen, die keine bewaffneten Banden bilden können, um zu existieren, ohne eine Adresse zu hinterlassen und leben in ihren verstaubten Nestern. Niemand weiß, daß sie da sind, vor allem in den Dienstmädchenzimmern ohne Aufzug, wenn sie nicht mehr durch Schreie kundtun können, daß sie da sind, weil sie zu schwach sind. Monsieur Waloumba sagt, daß man viele ausländische Hilfsarbeiter aus Afrika kommen lassen muß, um die Alten jeden Morgen um sechs Uhr zu suchen und die abzuholen, die schon anfangen zu stinken, denn niemand kontrolliert, ob die alten Leute noch leben, und erst, wenn man dem Hausmeister sagt, daß es im Treppenhaus stinkt, klärt sich alles auf.

Monsieur Waloumba spricht sehr gut, und immer so, als ob er der Chef wäre. Sein Gesicht ist mit Narben bedeckt, die Zeichen seiner Wichtigkeit sind und ihm erlauben, in seinem Stamm sehr geachtet zu werden und zu wissen, wovon er spricht. Er lebt immer noch in Belleville, und eines Tages werde ich ihn besuchen.

Er hat mir etwas gezeigt, was für Madame Rosa sehr nützlich ist, um eine noch lebende Person von einer schon ganz toten zu unterscheiden. Dazu ist er aufgestanden, hat einen Spiegel von der Kommode genommen und ihn Madame Rosa vor die Lippen gehalten und der Spiegel ist an der Stelle matt geworden, wo sie geatmet hat. Anders hat man nicht gesehen, ob sie atmet, weil nämlich ihr Gewicht zu schwer war für ihre Lungen. Das ist ein Trick, mit dem man die Lebenden von den andern unterscheiden kann. Monsieur Waloumba sagt, daß man das jeden Morgen als erstes mit den Personen machen muß, die ein anderes Alter haben und die man in den Dienstmädchenzimmern ohne Aufzug findet, um zu sehen, ob sie nur ein Opfer der Senilität oder ob sie schon hundertprozentig tot sind. Wenn der Spiegel matt wird, heißt das, daß sie noch drauf atmen, und dann darf man sie nicht wegwerfen.

Ich habe Monsieur Waloumba gefragt, ob man Madame Rosa nicht nach Afrika schicken kann zu seinem Stamm, damit sie dort mit den andern Alten die Vorteile genießt, die sie dort haben. Monsieur Waloumba hat laut gelacht, denn er hat sehr weiße Zähne, und auch seine Brüder vom Stamm der Straßenkehrer haben sehr laut gelacht, sie haben in ihrer Sprache miteinander gesprochen, und dann haben sie zu mir gesagt, daß das Leben nicht so einfach ist, weil es Flugkarten verlangt, Geld und Genehmigungen, und daß das meine Sache ist, mich um Madame Rosa zu kümmern, bis der Tod eintritt. In diesem Augenblick haben wir auf dem Gesicht von Madame Rosa einen Anflug von Intelligenz bemerkt, und die Rassenbrüder von Monsieur Waloumba sind schnell aufgestanden und haben angefangen, um sie herumzutanzen, wobei sie die

Trommeln geschlagen und mit einer Stimme gesungen haben, mit der man Tote hätte aufwecken können, was nach zehn Uhr abends verboten ist, wegen der öffentlichen Ordnung und dem Schlaf der Gerechten, aber es gibt sehr wenige Franzosen in dem Haus, und hier sind sie nicht so wütend wie anderswo. Monsieur Waloumba selbst hat sein Musikinstrument genommen, das ich Ihnen nicht beschreiben kann, weil es ein Spezialinstrument ist, und Moses und auch ich haben mitgemacht, und wir sind alle um die Jüdin herumgetanzt und haben geschrien, um den Teufel aus ihr herauszutreiben, denn sie schien Zeichen zu geben und man mußte sie aufmuntern. Wir haben die Dämonen in die Flucht geschlagen, und Madame Rosa hat ihre Intelligenz wieder zurückgewonnen, aber als sie sich von halbnackten Schwarzen umringt sah, mit grünen, weißen, blauen und gelben Gesichtern, die um sie herumtanzten und dazu wie Rothäute schrien, während Monsieur Waloumba auf seinem wunderschönen Instrument spielte, hat sie eine solche Angst bekommen, daß sie angefangen hat, Hilfe, Hilfe zu schreien, sie hat fortlaufen wollen, und erst, als sie mich und Moses erkannte, hat sie sich beruhigt und hat uns Hurensöhne und Arschficker geschimpft, ein Beweis, daß sie wieder alle ihre Sinne beieinander hatte. Wir waren alle froh und vor allem Monsieur Waloumba. Sie sind alle noch ein wenig geblieben, ohne viele Umstände zu machen, und Madame Rosa hat genau gesehen, daß sie nicht gekommen waren, um eine alte Frau in der Metro zu schlagen und ihr die Handtasche wegzunehmen. Sie war noch nicht ganz in Ordnung im Kopf, und sie hat Monsieur Waloumba auf jüdisch gedankt, was in dieser Sprache jiddisch heißt, aber das war nicht so wichtig, weil Monsieur Waloumba ein braver Mann war.

Als sie weggegangen sind, haben Moses und ich Madame Rosa von Kopf bis Fuß ausgezogen, und wir haben sie mit Eau de Javel gesäubert, weil sie während ihrer Abwesenheit unter sich gemacht hatte. Danach haben wir ihr den Arsch mit Babytalk eingepudert und haben sie wieder in ihren Sessel gesetzt, wo sie gern gethront hat. Sie hat einen Spiegel verlangt und hat sich wieder schön gemacht. Sie hat genau gewußt, daß sie manchmal unter Leerlauf leidet, aber sie hat versucht, das mit ihrer guten jüdischen Laune aufzunehmen und gesagt, daß sie bei solchen Leerläufen wenigstens keine Sorgen hätte, und daß das immerhin etwas ist. Moses ist mit unseren letzten Ersparnissen einkaufen gegangen und sie hat ein wenig gekocht, ohne sich zu irren oder sonstwas, und man hätte nie gesagt, daß sie zwei Stunden früher in den Wolken geschwebt ist. Dr. Katz nennt das in der Medizin Aufschiebung. Danach hat sie sich nie wieder hingesetzt, denn es war nicht leicht für sie, Anstrengungen zu machen. Sie hat Moses in die Küche geschickt, um das Geschirr zu waschen, und sie hat sich einen Augenblick mit ihrem japanischen Fächer gefächelt. Sie hat in ihrem Kimono nachgedacht.

»Komm mal her, Momo.«

»Was ist? Sie werden doch nicht wieder das Weite suchen?«

»Nein, ich hoffe nicht, aber wenn das so weitergeht, werden sie mich ins Krankenhaus bringen. Und dort will ich nicht hin. Ich bin jetzt siebenundsechzig Jahre alt ...«

»Neunundsechzig.«

»Na ja, sagen wir achtundsechzig, ich bin gar nicht so alt, wie ich aussehe. Also, hör zu, Momo. Ich will nicht ins Krankenhaus. Dort foltern sie mich.«

»Madame Rosa, erzählen Sie kein dummes Zeug.

Frankreich hat nie jemand gefoltert, wir sind hier nicht in Algerien.«

»Sie werden mich mit Gewalt am Leben erhalten, Momo. Das tun sie immer im Krankenhaus, sie haben Gesetze dafür. Ich will nicht länger als nötig leben, und es ist nicht länger nötig. Es gibt eine Grenze selbst für die Juden. Sie werden mich mißhandeln, nur um zu verhindern, daß ich sterbe, da gibt es so ein Ding, das sie den Eid des Hippokrates nennen und wo absichtlich dafür ist. Sie lassen einen bis zum Schluß leiden, und sie wollen einen nicht sterben lassen, weil, das ist ein Privileg. Ich hatte einen Freund, der nicht mal Jude war, wo aber keine Arme und keine Beine mehr hatte, wegen einem Unfall, und den haben sie noch zehn Jahre im Krankenhaus leiden lassen, um seinen Blutkreislauf zu untersuchen. Momo, ich will nicht aus dem einzigen Grund leben, weil die Medizin das verlangt. Ich weiß, daß ich den Kopf verliere, und ich will nicht jahrelang im Koma leben, um der Medizin Ehre zu machen. Wenn du also Gerüchte von Orleans hörst, daß ich ins Krankenhaus kommen soll, dann bitte deine Kumpels, daß sie mir eine gute Spritze geben und meine Reste dann aufs Land schmeißen. In die Büsche, irgendwohin. Ich bin nach dem Krieg zehn Tage lang auf dem Land gewesen, und ich habe nie so gut geatmet. Das ist besser für mein Asthma als die Stadt. Fünfunddreißig Jahre lang habe ich meine Möse den Kunden hingehalten, jetzt will ich sie nicht auch noch den Ärzten hinhalten. Versprochen?«

»Versprochen, Madame Rosa.«

»Khairem?«

»Khairem.«

Das heißt bei ihnen »ich schwöre es«, wie ich die Ehre gehabt habe.

Ich hätte Madame Rosa alles mögliche versprochen, um sie glücklich zu machen, denn selbst wenn man sehr alt ist, kann einem das Glück noch etwas nützen, aber in diesem Augenblick hat es geklingelt, und da ist diese nationale Katastrophe gekommen, die ich hier noch nicht habe unterbringen können und die mir eine große Freude gemacht hat, denn sie hat mir erlaubt, auf einen Schlag ein paar Jahre älter zu werden, abgesehen von allem anderen.

Es hat an der Tür geklingelt, ich bin aufmachen gegangen, und da hat so ein kleiner Kerl gestanden, der noch trauriger war als gewöhnlich, mit einer langen Nase, die weit herabreicht, und Augen, wie man sie überall sieht, aber noch erschreckter. Er war sehr blaß und hat mächtig geschwitzt, wobei er schnell geatmet und dabei die Hand aufs Herz gehalten hat, nicht wegen der Gefühle, sondern weil dem Herz die Etagen am schlechtesten bekommen. Er hatte den Kragen seines Überziehers hochgeschlagen und keine Haare mehr wie viele Glatzköpfe. Er hat einen Hut in der Hand gehalten, wie um zu beweisen, daß er einen hatte. Ich habe nicht gewußt, wo er hergekommen ist, aber ich hatte noch nie einen Kerl gesehen, der so wenig beruhigt war. Er hat mich ganz verwirrt angeguckt, und ich habe genauso zurückgeguckt, weil, ich kann Ihnen schwören, daß man diesen Kerl nur einmal zu sehen braucht, um zu spüren, daß es gleich rund geht und es einem von allen Seiten um die Ohren prasselt, und das ist die Panik.

»Bin ich hier recht bei Madame Rosa?«

Man muß in diesen Fällen immer vorsichtig sein, weil Leute, die einen nicht kennen, keine sechs Etagen hochkraxeln, um einem eine Freude zu machen.

Ich habe den Blödian gespielt, was ich in meinem Alter wohl darf.

»Bei wem?«

»Bei Madame Rosa.«

Ich habe nachgedacht. Man muß bei solchen Sachen immer Zeit gewinnen.

»Das bin ich nicht.«

Er hat geseufzt, ein Taschentuch hervorgeholt, sich die Stirn abgewischt, und dann hat er dasselbe noch mal gemacht in die andere Richtung.

»Ich bin ein kranker Mann«, sagte er. »Ich komme aus dem Krankenhaus, wo ich elf Jahre gewesen bin. Ich bin sechs Etagen hochgestiegen, ohne ärztliche Erlaubnis. Ich komme hierher, um meinen Sohn zu sehen, bevor ich sterbe, das ist mein gutes Recht, dafür gibt es Gesetze, selbst bei den Wilden. Ich will mich einen Augenblick setzen, mich ausruhen, meinen Sohn sehen, das ist alles. Bin ich hier recht? Ich habe meinen Sohn vor elf Jahren Madame Rosa anvertraut, ich habe eine Quittung.«

Er hat in der Tasche seines Überziehers gekramt und mir ein so fettiges Stück Papier gegeben, wie man es nicht für möglich hält. Ich habe gelesen, was ich dank Monsieur Hamil, dem ich alles verdanke, habe lesen können. Ohne ihn wäre ich nichts.

Von Monsieur Kadir Youssef fünfhundert Francs Vorschuß erhalten für den kleinen Mohammed, Moslem, den 7. Oktober 1956. Gut, das hat mir fürs erste einen Schlag versetzt, aber wir haben das Jahr 70 geschrieben, ich habe schnell nachgerechnet, das waren vierzehn Jahre her, also konnte ich es nicht sein. Madame Rosa hat wohl einen Haufen Mohammeds gehabt, daran fehlt's ja nicht in Belleville.

»Warten Sie, ich sehe nach.«

Ich bin Madame Rosa Bescheid sagen gegangen, daß da ein Kerl ist, mit einer widerlichen Visage, der nachsehen wollte, ob er einen Sohn hätte, und sofort hat sie eine Heidenangst bekommen.

»Mein Gott, Momo, aber es gibt doch nur dich hier und Moses.«

»Dann ist es Moses«, habe ich zu ihr gesagt, weil, entweder er oder ich, das ist Notwehr.

Moses hat nebenan gepennt. Er war ein größerer Penner als sonst jemand, den ich je unter den pennenden Kerlen gekannt hatte.

»Vielleicht will er die Mutter erpressen«, hat Madame Rosa gesagt. »Na ja, wir werden sehen. Vor den Zuhältern jedenfalls habe ich keine Angst. Er kann nichts beweisen. Ich habe ordnungsgemäße falsche Papiere. Bring ihn rein. Wenn er den wilden Mann spielt, gehst du Monsieur N'Da Amédée holen.«

Ich habe den Kerl reingelassen. Madame Rosa hatte Lockenwickler auf ihren restlichen drei Haaren, sie war geschminkt und hatte ihren roten japanischen Kimono an, und als der Bursche sie gesehen hat, hat er sich sofort auf die Kippe von einem Stuhl gesetzt, und seine Knie haben gezittert. Ich habe genau gesehen, daß Madame Rosa auch gezittert hat, aber wegen ihrem Gewicht sieht man das Zittern bei ihr weniger, weil es keine Kraft hat, sie hochzuheben. Aber sie hat braune Augen von einer sehr hübschen Farbe, wenn man vom Rest absieht. Der Monsieur hat mit seinem Hut auf den Knien auf der Kippe von dem Stuhl gesessen, gegenüber von Madame Rosa, die in ihrem Sessel gethront hat, und ich habe mit dem Rücken am Fenster gestanden, damit man mich weniger sieht, denn man weiß ja nie. Ich habe diesem Kerl überhaupt nicht ähnlich gesehen, aber ich habe eine goldene Regel im Leben, und die heißt, daß man keine Risiken eingehen darf. Vor allem, weil er sich nach mir umgedreht und mich aufmerksam betrachtet hat, als ob er eine Nase suchen würde, die er verloren hat. Wir haben alle geschwiegen, weil keiner anfangen wollte, eine solche Angst hatten wir. Ich bin Moses holen gegangen, denn dieser Kerl hatte eine ordnungsgemäße Quittung, und er mußte schließlich beliefert werden.

»Und Sie wünschen?«

»Ich habe Ihnen vor elf Jahren meinen Sohn anvertraut, Madame«, sagte der Kerl, er hat sich sogar anstrengen müssen, um zu sprechen, denn er hat dauernd Atem geschöpft. »Ich habe Ihnen nicht früher ein Lebenszeichen geben können, ich war in einem Krankenhaus eingesperrt. Ich hatte nicht einmal Ihren Namen und Ihre Adresse, man hatte mir alles weggenommen, als man mich eingesperrt hat. Ihre Quittung war bei dem Bruder meiner armen Frau, die so tragisch ums Leben gekommen ist, wie Sie sicherlich wissen. Man hat mich heute morgen rausgelassen, ich habe die Quittung wiedergefunden, und jetzt bin ich gekommen, ich heiße Kadir Youssef und ich komme, um meinen Sohn Mohammed zu besuchen. Ich will ihm guten Tag sagen.«

Madame Rosa war an diesem Tag ganz richtig im Kopf, und das hat uns gerettet.

Ich habe zwar gesehen, daß sie blaß geworden ist, aber dazu hat man sie kennen müssen, denn bei ihrer Schminke hat man nur rot und blau gesehen. Sie hat ihre Brille aufgesetzt, was ihr immerhin besser gestanden hat als nichts, und sie hat sich die Quittung angesehen.

»Wie war der Name noch, sagen Sie?«

Der Kerl hat fast geweint.

»Madame, ich bin ein kranker Mann.«

»Wer ist das nicht, wer ist das nicht«, hat Madame

Rosa fromm gesagt und die Augen zum Himmel gehoben, um ihm zu danken.

»Madame, mein Name ist Kadir Youssef, Youyou für die Krankenpfleger. Ich war elf Jahre in der Psychiatrie gewesen, nach dieser Tragödie in den Zeitungen, für die ich in keiner Weise zurechnungsfähig bin.«

Ich habe plötzlich daran gedacht, daß Madame Rosa Dr. Katz ständig gefragt hat, ob ich nicht auch psychiatrisch bin. Oder erblich belastet. Aber das war mir Wurscht, ich war es ja nicht. Ich war zehn Jahre alt und nicht vierzehn. Scheiße.

»Und wie hieß Ihr Sohn noch?«

»Mohammed.«

Madame Rosa hat ihn derart mit dem Blick angestarrt, daß ich sogar noch mehr Angst bekommen habe.

»Und der Name der Mutter, erinnern Sie sich noch?«

Also da habe ich geglaubt, der Kerl würde sterben. Er ist grün geworden, seine Kinnlade ist heruntergefallen, seine Knie sind zusammengeschreckt, und aus seinen Augen sind Tränen gekommen.

»Madame, Sie wissen genau, daß ich nicht zurechnungsfähig war. Das ist anerkannt und bescheinigt worden. Wenn meine Hand das getan hat, kann ich nichts dafür. Man hat keine Syphilis bei mir gefunden, aber die Krankenpfleger sagen, daß alle Araber syphylitisch sind. Ich habe das in einem Anfall von Wahnsinn getan, Gott sei ihrer Seele gnädig. Ich bin sehr fromm geworden. Ich bete jede Stunde für ihre Seele. Das braucht sie bei dem Beruf, den sie hatte. Ich habe in einem Anfall von Eifersucht gehandelt. Überlegen Sie doch mal, sie hatte bis zu zwanzig Kunden am Tag. Schließlich bin ich eifersüchtig geworden und habe sie getötet, ich weiß. Aber ich bin nicht zurechnungsfähig. Ich bin von den besten französischen Ärzten anerkannt worden. Ich habe mich hinterher nicht einmal erinnern können. Ich habe sie wahnsinnig geliebt. Ich habe ohne sie nicht leben können.«

Madame Rosa hat höhnisch gelacht. Ich habe sie nie so höhnisch lachen sehen. Das war … Nein, ich kann Ihnen nicht sagen, was es war. Es ist mir kalt über den Rücken gelaufen.

»Natürlich haben Sie nicht ohne sie leben können, Monsieur Kadir. Aicha hat Ihnen jahrelang ein paar tausend Eierlein am Tag eingebracht. Sie haben sie umgebracht, damit sie Ihnen noch mehr einbringen soll.«

Der Kerl hat einen kurzen Schrei ausgestoßen, und dann hat er zu weinen angefangen. Es war das erste Mal, daß ich einen Araber weinen sah, außer mir. Ich habe sogar Mitleid gehabt, so Wurscht war es mir.

Madame Rosa ist mit einem Schlag sanft geworden. Es hat ihr richtig Spaß gemacht, daß sie ihm einen Schlag in die Eier versetzt hatte, diesem Kerl. Sie muß wohl gespürt haben, daß sie noch eine Frau war.

»Und ansonsten, Monsieur Kadir, geht's gut?«

Der Kerl hat sich mit seiner Faust die Augen abgewischt. Er hatte nicht einmal mehr die Kraft, sein Taschentuch hervorzuholen, es war zu weit weg.

»Es geht, Madame Rosa. Ich werde bald sterben. Das Herz.«

»*Mazel tow*«, sagte Madame Rosa gütig, was auf jüdisch herzlichen Glückwunsch heißt.

»Danke, Madame Rosa. Ich möchte bitte meinen Sohn sehen.«

»Sie schulden mir für drei Jahre die Pension, Monsieur Kadir. Seit elf Jahren haben Sie kein Lebenszeichen mehr von sich gegeben.«

Der Kerl hat einen kleinen Satz auf seinem Stuhl gemacht.

»Lebenszeichen, Lebenszeichen, Lebenszeichen!« hat er gesungen und die Augen zum Himmel gehoben, wo man uns alle erwartet. »Lebenszeichen!«

Man kann nicht sagen, daß er so gesprochen hat, wie dieses Wort es verlangt, und jedesmal, wenn er es ausgesprochen hat, ist er auf seinem Stuhl herumgehüpft, als ob man ihm ganz respektlos den Hintern versohlen würde. »Lebenszeichen, Sie wollen wohl 'nen Witz machen!«

»Nichts liegt mir ferner«, versicherte ihm Madame Rosa. »Sie haben Ihren Sohn wie ein Stück Scheiße fallenlassen, wie es so schön heißt.«

»Aber ich hatte doch gar nicht Ihren Namen und Ihre Adresse! Aichas Onkel hat die Quittung in Brasilien aufgehoben ... Ich war eingesperrt! Ich bin erst heute morgen rausgekommen! Ich bin zu seiner Schwiegertochter nach Kremlin-Bicêtre gegangen, sie sind alle gestorben, außer ihrer Mutter, die geerbt hat und die sich undeutlich an etwas erinnert hat! Die Quittung war mit einer Nadel an das Foto festgemacht wie Mutter und Sohn. Ein Lebenszeichen! Was soll denn das heißen, ein Lebenszeichen?«

»Geld«, sagte Madame Rosa mit gesundem Menschenverstand.

»Wo soll ich es denn hernehmen, Madame?«

»Das ist Ihre Sache, da will ich mich nicht einmischen«, hat Madame Rosa gesagt und sich das Gesicht mit ihrem japanischen Fächer gefächelt.

Monsieur Kadir Youssefs Adamsapfel hat den schnellen Aufzug gespielt, so viel Luft hat er geschluckt.

»Madame, als wir Ihnen unseren Sohn anvertraut haben, war ich im Vollbesitz meiner Möglichkeiten. Ich hatte drei Frauen, die an den Hallen arbeiteten, und eine davon habe ich zärtlich geliebt. Ich konnte es mir erlauben, meinem Sohn eine gute Erziehung zu geben. Ich hatte sogar einen gesellschaftlichen Namen, Youssef Kadir, gut bekannt bei der Polizei. Jawohl, Madame, *gut bekannt bei der Polizei*, so hat es sogar wörtlich in der Zeitung gestanden. Youssef Kadir, *gut bekannt bei der Polizei* ... Gut bekannt, Madame, nicht schlecht bekannt. Danach hat mich die Unzurechnungsfähigkeit überkommen, und ich habe mich ins Unglück gestürzt ...«

Er hat geheult wie eine alte Jüdin, dieser Bursche.

»Man darf seinen Sohn nicht fallen lassen wie ein Stück Scheiße, ohne zu bezahlen«, sagte Madame Rosa streng und sie hat sich wieder ein Stück mit ihrem japanischen Fächer zugefächelt.

Das einzige, was mich an der ganzen Sache interessierte war, ob es sich bei diesem Mohammed um mich handelte oder nicht. Wenn ich es war, dann war ich keine zehn Jahre alt, und das war wichtig, denn wenn ich vierzehn Jahre alt war, dann war ich viel weniger ein Kind, und was Besseres kann einem nicht passieren. Moses, der an der Tür stand und zuhörte, hat sich auch nicht aufgeregt, denn wenn dieser Schwuling Kadir hieß und Youssef, hatte er kaum Chancen, Jude zu sein. Damit will ich natürlich nicht sagen, daß es ein Glück ist, Jude zu sein, die haben auch ihre Probleme. »Madame, ich weiß nicht, ob Sie in diesem Ton mit mir sprechen oder ob ich mich irre, weil ich mir wegen meines psychiatrischen Zustands alles mögliche einbilde, aber ich bin elf Jahre lang von der Außenwelt abgeschnitten gewesen, es war mir also materiell unmöglich. Ich habe hier ein ärztliches Attest, das mir bescheinigt ...«

Er hat angefangen, nervös in seinen Taschen zu wühlen, es war so eine Art Kerl, die überhaupt nichts mehr mit Sicherheit weiß, und es war sehr gut möglich, daß er die psychiatrischen Papiere, die er zu haben glaubte, gar nicht hatte, weil, man hatte ihn ja eingesperrt, weil er sich alles mögliche einbildete. Die Psychiater sind Leute, denen man ständig erklärt, daß sie das nicht haben, was sie haben, und daß sie das nicht sehen, was sie sehen, davon werden sie dann meschugge. Er hat übrigens ein richtiges Papier in seiner Tasche gefunden und es Madame Rosa geben wollen.

»Ich will keine Papiere, die etwas beweisen, pff, pff, pff«, hat Madame Rosa gesagt und Anstalten gemacht, gegen das Unglück anzuspucken, wie dieses es verlangt.

»Jetzt geht es mir wieder wunderbar«, sagte Monsieur Youssef Kadir – und er hat uns alle angesehen, um sicher zu sein, daß es auch stimmte.

»Machen Sie ruhig so weiter«, sagte Madame Rosa, denn sonst gab es nichts zu sagen.

Aber es hat überhaupt nicht so ausgesehen, als ob es ihm gut gehen würde, diesem Kerl, mit seinen Augen, die nach Hilfe suchten, immer sind es die Augen, die am meisten Hilfe brauchen.

»Ich habe Ihnen kein Geld schicken können, weil ich für unzurechnungsfähig erklärt worden bin wegen dem Mord, den ich begangen habe, und ich bin eingesperrt worden. Ich nehme an, daß der Onkel meiner armen Frau Ihnen Geld geschickt hat, bevor er gestorben ist. Ich bin ein Opfer des Schicksals. Sie können sich wohl denken, daß ich kein Verbrechen begangen hätte, wenn ich in einem gefahrlosen Zustand für meine Umgebung wäre. Ich kann Aicha das Leben nicht zurückgeben, aber ich will meinen Sohn umarmen, bevor ich sterbe, und ihn bitten, daß er mir verzeiht und für mich zu Gott betet.«

Er ist mir allmählich auf die Eier gegangen, dieser Kerl mit seinen väterlichen Gefühlen und seinen Forderungen. Erstens hatte er gar nicht die Visage, die er hätte haben müssen, um mein Vater zu sein, der bestimmt ein richtiger Kerl war, ein echter Draufgänger und keine Schnecke. Und außerdem, wenn sich meine Mutter an den Hallen durchgeschlagen und sich verdammt gut durchgeschlagen hat, wie er selber sagte, dann konnte sich keiner darauf berufen, mein Vater zu sein, Scheiße. Ich hatte einen unbekannten Vater, das war amtlich, wegen dem Gesetz der großen Zahl. Ich war froh, daß ich jetzt wußte, daß meine Mutter Aicha geheißen hat. Es ist der hübscheste Name, den Sie sich vorstellen können.

»Ich bin sehr gut versorgt worden«, hat Monsieur Youssef Kadir gesagt. »Ich habe keine Wutanfälle mehr gehabt, in dieser Beziehung bin ich geheilt worden. Aber ich habe nicht mehr lange zu leben, mein Herz verträgt keine Aufregung mehr. Die Ärzte haben mir die Erlaubnis gegeben, wegen der Gefühle auszugehen, Madame. Ich will meinen Sohn sehen, ihn umarmen, ihn um Verzeihung bitten und ...«

Scheiße, eine richtige Schallplatte.

»... und ihn bitten, daß er für mich betet.«

Er hat sich nach mir umgedreht und mich mit einer Heidenangst angesehen, wegen der Aufregung, die ihm das verursachen würde.

»Ist er es?«

Aber Madame Rosa war ganz richtig im Kopf und noch mehr sogar. Sie hat sich zugefächelt und dabei Monsieur Youssef Kadir angesehen, als würde sie schon im voraus auskosten, was jetzt kommt.

Sie hat sich schweigend noch einmal zugefächelt und dann hat sie sich nach Moses umgedreht.

»Moses, sag deinem Papa guten Tag.«

»Tag, Papa«, hat Moses gesagt, denn er hat genau

gewußt, daß er kein Araber war und sich nichts vorzuwerfen hatte.

Monsieur Youssef Kadir ist noch blasser geworden als möglich.

»Wie bitte? Was habe ich gehört? Haben Sie Moses gesagt?«

»Ja, ich habe Moses gesagt, was noch?«

Der Kerl ist aufgestanden. Er hat wie unter der Wirkung von etwas sehr Starkem gestanden.

»Moses ist ein jüdischer Name«, hat er gesagt. »Da bin ich absolut sicher, Madame. Moses ist kein guter mohammedanischer Name. Natürlich gibt es welche, aber nicht in meiner Familie. Ich habe Ihnen einen Mohammed anvertraut, Madame, ich habe Ihnen keinen Moses anvertraut. Ich kann gar keinen jüdischen Sohn haben, Madame, meine Gesundheit erlaubt mir das nicht.«

Moses und ich haben uns angesehen, und es ist uns gelungen, nicht zu lachen.

Madame Rosa hat ein verwundertes Gesicht gemacht. Dann hat sie ein noch verwunderteres Gesicht gemacht. Sie hat sich zugefächert. Es ist eine ungeheure Stille eingetreten, in der alle möglichen Dinge passiert sind. Der Kerl hat immer noch gestanden, aber er hat von Kopf bis Fuß gezittert.

»Tss, tss«, hat Madame Rosa mit ihrer Zunge gemacht und dabei den Kopf geschüttelt. »Sind Sie sicher?«

»Worüber sicher, Madame? Sicher bin ich mir über nichts, wir sind nicht auf die Welt gesetzt worden, um sicher zu sein. Ich habe ein schwaches Herz. Ich sage nur eine kleine Sache, die ich weiß, eine ganz kleine Sache, aber darauf bestehe ich. Ich habe Ihnen vor elf Jahren einen dreijährigen moslemischen Sohn mit dem Vornamen Mohammed anvertraut. Sie haben mir eine Quittung gegeben über einen moslemischen Sohn, Mohammed Kadir. Ich bin Moslem, mein Sohn war Moslem. Seine Mutter war Moslem. Ich würde sogar noch weiter gehen: Ich habe Ihnen einen arabischen Sohn in gehöriger Form übergeben, und ich will einen arabischen Sohn von Ihnen zurückhaben. Ich will unter keinen Umständen einen jüdischen Sohn, Madame. Ich will ihn nicht, Punktum. Meine Gesundheit erlaubt es mir nicht. Sie haben einen Mohammed Kadir bekommen, keinen Moses Kadir, Madame, ich will nicht wieder verrückt werden. Ich habe nichts gegen die Juden, Madame, möge Gott ihnen verzeihen. Aber ich bin Araber, ein guter Moslem und ich habe einen Sohn vom selben Stand gehabt. Mohammed, Araber, Moslem. Ich habe ihn in gutem Zustand bei Ihnen abgeliefert, und ich will, daß Sie ihn mir im selben Zustand zurückgeben. Ich erlaube mir, Sie darauf hinzuweisen, daß ich solche Aufregungen nicht vertragen kann. Ich bin mein ganzes Leben lang das Opfer von Verfolgungen gewesen, ich habe ärztliche Atteste, die das beweisen und die zu jedem beliebigen Gebrauch anerkennen, daß ich ein Verfolgter bin.«

»Ja, sind Sie dann sicher, daß Sie kein Jude sind?« hat Madame Rosa hoffnungsvoll gefragt.

Monsieur Youssef Kadir hatte ein paar nervöse Zuckungen im Gesicht, als ob er die Gicht hätte.

»Madame, ich bin ein Verfolgter, ohne Jude zu sein. Ihr habt nicht allein das Monopol. Das ist vorbei, das jüdische Monopol, Madame. Es gibt noch andere Leute als die Juden, die auch verfolgt werden dürfen. Ich will meinen Sohn Mohammed Kadir in dem arabischen Zustand, in dem ich ihn Ihnen gegen Quittung anvertraut habe. Ich will unter keinen Umständen einen jüdischen Sohn, ich habe so schon genug Scherereien.«

»Gut, regen Sie sich nicht auf, vielleicht liegt ein Irrtum vor«, sagte Madame Rosa, die genau gesehen hat, daß der Kerl von innen her aufgewühlt war und daß er einem sogar leid tun konnte, wenn man an all das denkt, was die Araber und die Juden schon gemeinsam gelitten haben.

»Es liegt sicher ein Irrtum vor, oh mein Gott«, sagte Monsieur Youssef Kadir, und er mußte sich setzen, weil seine Beine das verlangt haben.

»Momo, hol mir mal die Papiere«, sagte Madame Rosa. Ich habe den großen Familienkoffer hervorgeholt, der unter dem Bett stand. Da ich oft genug drin herumgewühlt hatte auf der Suche nach meiner Mutter, wußte niemand besser als ich, was für ein Durcheinander da drin herrschte. Madame Rosa schrieb die Hurenkinder, die sie in Pension genommen hat, auf kleine Zettel auf, aus denen man nicht klug wurde, weil, bei uns herrschte Diskretion, und die Betroffenen haben auf beiden Ohren ruhig schlafen können. Niemand konnte sie als Mütter wegen Prostitution mit Entzug der elterlichen Sorge anzeigen. Wenn ein Zuhalter gekommen ist, der sie erpressen wollte, um sie nach Abidjan zu schicken, hätte er da kein Kind drin gefunden, selbst wenn er ein Spezialstudium gemacht hätte.

Ich habe Madame Rosa den ganzen Papierkram gegeben, und sie hat ihre Finger naß gemacht und angefangen, durch ihre Brille zu suchen.

»Hier, ich habe ihn gefunden«, sagte sie triumphierend und hat den Finger draufgelegt. »Am siebten Oktober 1956 und etwas.«

»Wieso und etwas?« machte Monsieur Youssef Kadir klagend.

»Zum Abrunden. Ich habe an diesem Tag zwei Jungen bekommen, von denen der eine Moslem war und der andere Jude ...«

Sie hat nachgedacht, und dann hat ihr Gesicht vor Verstehen aufgeleuchtet.

»Ach ja, jetzt klärt sich alles auf!« sagte sie vergnügt. »Ich habe mich wohl in der richtigen Religion geirrt.«

»Wie?« sagte Monsieur Youssef Kadir lebhaft interessiert. »Wieso das?«

»Ich habe Mohammed wohl als Moses erzogen und Moses als Mohammed«, sagte Madame Rosa. »Ich habe sie beide am selben Tag bekommen und habe sie verwechselt, der kleine Moses, der richtige, ist jetzt in einer guten mohammedanischen Familie in Marseille, wo er sehr gut gelitten ist. Und Ihr kleiner Mohammed hier, den habe ich als Juden erzogen. Mit *Barmitzwah* und allem. Er hat immer *koscher* gegessen, Sie können beruhigt sein.«

»Wieso hat er immer *koscher* gegessen?« plärrte Monsieur Youssef Kadir, der nicht mal mehr die Kraft hatte, von seinem Stuhl aufzustehen, so war er auf der ganzen Linie zusammengebrochen. »Mein Sohn Mohammed hat immer *koscher* gegessen? Er hat seinen *Barmitzwah* bekommen? Mein Sohn Mohammed ist zu einem Juden gemacht worden?«

»Mir ist ein Identitätsirrtum unterlaufen«, sagte Madame Rosa. »Wissen Sie, die Identität kann sich ja auch mal irren, die ist nicht so zuverlässig. Ein dreijähriges Kind hat noch nicht viel Identität, selbst wenn es beschnitten ist. Ich habe mich im Beschnittenen geirrt, ich habe Ihren kleinen Mohammed wie einen guten kleinen Juden erzogen, Sie können ganz beruhigt sein. Und wenn man seinen Sohn elf Jahre lang allein läßt, ohne ihn zu besuchen, darf man sich nicht wundern, daß er Jude wird …«

»Aber das war mir doch klinisch unmöglich«, wimmerte Monsieur Youssef Kadir.

»Gut, er war Araber, jetzt ist er ein bißchen Jude, aber er ist immer noch ihr Kleiner!« sagte Madame Rosa mit dem gutmütigen Lächeln einer Familienmutter.

Der Kerl ist aufgestanden. Er hat die Kraft der Empörung gehabt und ist aufgestanden.

»Ich will meinen arabischen Sohn«, schrie er. »Ich will keinen jüdischen Sohn!«

»Aber es ist doch derselbe«, sagte Madame Rosa aufmunternd.

»Es ist nicht derselbe. Man hat ihn mir getauft!«

»Pff, pff, pff«, spuckte Madame Rosa, weil, auch für sie gibt es Grenzen. »Er ist nicht getauft worden, Gott bewahre. Moses ist ein guter kleiner Jude. Nicht wahr, Moses, du bist ein guter kleiner Jude?«

»Ja, Madame Rosa«, sagte Moses vergnügt, denn ihm war das so Wurscht wie Vater und Mutter.

Monsieur Youssef Kadir ist aufgestanden und hat uns mit Augen angesehen, in denen Entsetzen war. Dann fing er an, mit dem Fuß aufzustampfen, als ob er mit der Verzweiflung ein Tänzchen machen würde.

»Ich will, daß man mir meinen Sohn in dem Zustand wiedergibt, in dem er war! Ich will meinen Sohn in gutem arabischem Zustand und nicht in schlechtem jüdischem Zustand!«

»Hier gibt's keinen arabischen Zustand und keinen jüdischen Zustand«, sagte Madame Rosa. »Wenn Sie Ihren Sohn haben wollen, müssen Sie ihn in dem Zustand nehmen, in dem er jetzt ist. Erst bringen Sie die Mutter des Kleinen um, dann lassen Sie sich als Psychiatriker erklären und dann machen Sie auch noch Zirkus, weil Ihr Sohn als Jude groß geworden ist, in allen Ehren! Moses, umarme deinen Vater, selbst wenn es ihn umbringt, immerhin ist er dein Vater!«

»Unbedingt!« sagte ich, denn ich war verdammt erleichtert bei dem Gedanken, daß ich vier Jahre älter war.

Moses ist einen Schritt auf Monsieur Youssef Kadir zugegangen, und dieser hat etwas Entsetzliches gesagt für einen Mann, der nicht gewußt hat, daß er recht hatte.

»Das ist nicht mein Sohn!« rief er und hat ein Drama gemacht.

Er ist aufgestanden, hat einen Schritt auf die Tür zugemacht, und dort hat sich sein Wille unabhängig gemacht. Anstatt hinauszugehen, wie er ganz deutlich die Absicht kundgetan hat, hat er *ah!* gesagt und dann *oh!*, hat eine Hand links hingelegt, wo das Herz ist und ist auf den Boden gefallen, als ob er nichts mehr zu sagen hätte.

»Was hat er denn?« fragte Madame Rosa und hat sich dabei mit ihrem Fächer aus Japan zugefächelt, denn was anderes hat sie nicht tun können. »Was hat er denn? Wir müssen nach ihm sehen.«

Wir haben nicht gewußt, ob er tot war, oder ob es nur vorübergehend war, denn er hat kein Zeichen mehr von sich gegeben. Wir haben gewartet, aber er hat sich geweigert, sich zu rühren. Madame Rosa ist langsam erschrocken, denn was wir am wenigsten gebrauchen konnten, war die Polizei, die nie aufhört, wenn sie anfängt. Sie hat zu mir gesagt, ich sollte schnell jemand holen laufen, um was zu tun, aber ich habe genau gesehen, daß Monsieur Youssef Kadir vollkommen tot war, wegen der großen Ruhe, die sich auf dem Gesicht der Personen breitmacht, die sich nicht mehr aufzuregen brauchen. Ich habe Monsieur Joussef Kadir hier und da gekniffen und habe ihm den Spiegel vor die Lippen gehalten, aber er hatte keine Probleme mehr. Moses ist natürlich sofort abgehauen, denn er war für die Flucht, und ich bin die Brüder Zaoum holen gegangen, um ihnen zu sagen, daß wir einen Toten hatten und daß man ihn ins Treppenhaus setzen muß, damit er nicht bei uns gestorben ist. Sie sind raufgekommen, und sie haben ihn auf den Treppenabsatz in der vierten Etage vor die Tür von Monsieur Charmette gesetzt, der garantiert Originalfranzose war und sich das erlauben konnte.

Ich bin trotzdem wieder runtergegangen und habe mich neben den toten Monsieur Youssef Kadir gesetzt und bin einen Augenblick bei ihm geblieben, selbst wenn wir nichts mehr füreinander tun konnten.

Seine Nase war viel länger als meine, aber die Nasen werden im Laufe des Lebens immer länger.

Ich habe in seinen Taschen gesucht, um nachzusehen, ob er nicht eine Erinnerung hätte, aber er hatte nur ein Päckchen Zigaretten, blaue Gauloises. Es war noch eine drin, und ich habe sie neben ihm sitzend geraucht, weil er alle anderen geraucht hatte, und das hat doch auf mich gewirkt, die zu rauchen, die übriggeblieben war.

Ich habe sogar ein bißchen geflennt. Es hat mir Spaß gemacht, als ob es jemand von mir gewesen wäre, den ich verloren hätte. Dann habe ich das Überfallkommando gehört und bin schnell hinauf gelaufen, um keine Scherereien zu bekommen.

Madame Rosa war noch ganz aufgeregt, und das hat mich beruhigt, daß ich sie in diesem Zustand gesehen habe und nicht in dem andern. Wir hatten Glück gehabt. Manchmal hatte sie nur ein paar Stunden am Tag, und Monsieur Kadir Youssef hatte den richtigen Augenblick erwischt.

Ich war noch völlig aus dem Häuschen bei dem Gedanken, daß ich auf einen Schlag vier Jahre älter war und nicht wußte, was ich für ein Gesicht machen soll, ich habe mich sogar im Spiegel betrachtet. Das war das wichtigste Ereignis in meinem Leben, das, was man eine Revolution nennt. Ich habe nicht gewußt, wo ich dran war, wie immer, wenn man nicht mehr derselbe ist. Ich habe gewußt, daß ich nicht mehr so denken konnte wie vorher, aber im Augenblick zog ich es vor, überhaupt nicht zu denken.

»Oh, mein Gott«, hat Madame Rosa gesagt, und wir haben versucht, nicht über das zu sprechen, was gerade passiert war, um keine Wellen zu machen. Ich habe mich auf den Schemel zu ihren Füßen gesetzt und habe dankbar ihre Hand genommen, nach dem, was sie getan hatte, um mich zu behalten. Wir waren alles, was wir auf der Welt hatten, und das hatten wir uns wenigstens gerettet. Ich glaube, daß wenn man mit jemand zusammen lebt, wo sehr häßlich ist, man ihn schließlich liebhat, weil er häßlich ist. Ich glaube, daß die wirklich Häßlichen es wirklich nötig haben, und da hat man die meisten Chancen. Jetzt, wo ich mich erinnere, sage ich mir, daß Madame Rosa gar nicht so häßlich war, sie hatte schöne braune Augen wie ein jüdischer Hund, aber man durfte halt nicht als Frau an sie denken, weil, dabei konnte sie natürlich nicht gewinnen.

»Hat es dir Kummer gemacht, Momo?«

»Aber nein, Madame Rosa, ich bin froh, daß ich jetzt vierzehn Jahre alt bin.«

»So ist es besser. Außerdem kannst du das am wenigsten gebrauchen, einen Vater, der psychiatrisch gewesen ist, weil das manchmal erblich ist.«

»Das ist wahr, Madame Rosa, ich habe Schwein gehabt.«

»Außerdem, weißt du, hat Aicha einen großen Umsatz gehabt, und bei dem Beruf kann man wirklich nicht wissen, wer der Vater ist. Sie hat dich während des Geschäftsbetriebs bekommen, sie hat ja nie aufgehört zu arbeiten.«

Danach bin ich runtergegangen und habe bei Monsieur Driss ein Schokoladentörtchen gekauft, das sie gegessen hat.

Sie ist noch ein paar Tage lang ganz richtig im Kopf geblieben, es war das, was Dr. Katz eine Aufschiebung genannt hat. Die Brüder Zaoum haben Dr. Katz zweimal die Woche auf einer ihrer Schultern raufgebracht, er hat sich die sechs Etagen nicht mehr zumuten gekonnt, um die Schäden festzustellen. Denn man darf nicht vergessen, daß Madame Rosa auch noch andere Organe hatte als nur den Kopf, man hat sie überall überwachen müssen. Ich wollte nie dabeisein, wenn er die Bilanz gezogen hat, ich bin auf die Straße runtergegangen und habe gewartet.

Einmal ist der Neger vorbeigekommen. Man hat ihn aus wenig bekannten Gründen den Neger genannt, vielleicht um ihn von den andern Schwarzen im Viertel zu unterscheiden, denn man braucht immer einen, der für die andern bezahlt. Er ist magerer als alle andern, er trägt eine Melone und ist fünfzehn Jahre alt, davon mindestens fünf ohne jemand. Er hatte Eltern, die ihn einem Onkel anvertraut hatten, der ihn seiner Schwägerin zugeschoben hatte, die ihn irgend jemand zugeschoben hatte, der Gutes tat, und schließlich ist das im Sand verlaufen, und niemand hat mehr gewußt, wer angefangen hatte. Aber er hat nicht aufgegeben, er hat gesagt, daß er nachtragend ist und sich nicht der Gesellschaft unterwerfen will. Der Neger war im Viertel als Botenjunge bekannt, weil er weniger gekostet hat als ein Telefongespräch. Er hat manchmal hundert Besorgungen am Tag gemacht und hatte sogar eine eigene Bude. Er hat gleich gesehen, daß ich nicht in meiner

Hochform war, und hat mich aufgefordert, mit ihm in der Kneipe in der Rue Bisson Fußball zu spielen, wo es ein Tischfußball gab. Er hat mich gefragt, was ich tun würde, wenn Madame Rosa mal abkratzen würde, und ich habe ihm gesagt, daß ich jemand anderes im Auge hätte. Aber er hat gleich gesehen, daß es Angabe war. Ich habe ihm gesagt, daß ich gerade auf einen Schlag vier Jahre älter geworden bin, und er hat mich beglückwünscht. Wir haben eine Zeitlang die Frage erörtert, wie man sich durchschlagen muß, wenn man vierzehn oder fünfzehn Jahre alt ist und niemand hat. Er hat Adressen, wo man hingehen kann, aber er hat mir gesagt, um sich mit dem Arsch durchzuschlagen, dazu muß man das mögen, andernfalls ist es zum Kotzen. Er hat dieses Brot nie essen wollen, denn das war ein Weiberberuf. Wir haben zusammen eine Zigarette geraucht und haben Fußball gespielt, aber der Neger hatte seine Besorgungen zu machen, und ich gehöre nicht zu der Sorte Kerle, die sich anklammern.

Als ich wieder raufgegangen bin, war Dr. Katz noch da und hat versucht, Madame Rosa davon zu überzeugen, daß sie ins Krankenhaus geht. Es waren noch andere Personen raufgekommen. Monsieur Zaoum der Ältere, Monsieur Waloumba, der keinen Dienst hatte und fünf von seinen Kumpels aus der Wohngemeinschaft, denn der Tod gibt einer Person Wichtigkeit, wenn er herannaht, und man respektiert sie noch mehr. Dr. Katz hat gelogen, daß sich die Balken biegen, damit gute Laune herrscht, denn auch das zählt.

»Ach, da ist ja unser kleiner Momo, der hören will, was es Neues gibt. Nun, die Nachrichten sind gut, sie hat immer noch keinen Krebs, das kann ich euch allen versichern, haha.«

Alle haben gelächelt und vor allem Monsieur Waloumba, der ein guter Psychologe war, und Madame Rosa war ebenfalls froh, denn sie hatte es immerhin zu etwas im Leben gebracht.

»Weil wir aber schwierige Augenblicke haben, weil unser armer Kopf manchmal keine Blutzufuhr hat, und unsere Nieren und unser Herz auch nicht mehr das sind, was sie früher einmal waren, ist es vielleicht besser, daß wir eine Zeitlang ins Krankenhaus gehen, in einen großen, schönen Saal, wo schließlich alles gut wird.«

Ich bekam kalt im Kreuz, als ich Dr. Katz gehört habe. Jeder im Viertel wußte, daß es unmöglich war, sich im Krankenhaus abtreiben zu lassen, selbst wenn man Höllenqualen aussteht, und daß sie dort imstande waren, einen mit Gewalt am Leben zu erhalten, solange man noch aus Fleisch war und sie eine Nadel hineinstechen konnten. Die Medizin muß immer das letzte Wort haben, und bis zum Schluß verhindern, daß Gottes Wille geschieht. Madame Rosa hatte ihr blaues Kleid angezogen und ihren gestickten Schal, der wertvoll war, und sie war zufrieden, daß sie von Interesse war. Monsieur Waloumba hat angefangen, auf seinem Musikinstrument zu spielen, denn es war ein harter Augenblick, wissen Sie, wenn niemand etwas für jemand tun kann. Auch ich habe gelächelt, aber innerlich wäre ich am liebsten krepiert. Manchmal spüre ich, daß das Leben was anderes ist, was ganz anderes, glauben Sie meiner alten Erfahrung. Dann sind sie alle im Gänsemarsch und ganz still rausgegangen, denn es gibt Augenblicke, wo man nichts mehr zu sagen hat. Monsieur Waloumba hat uns noch ein paar Noten vorgespielt, die mit ihm hinausgegangen sind.

Wir sind beide allein geblieben, wie man es niemand wünscht.

»Hast du gehört, Momo? Ich muß jetzt ins Krankenhaus. Und was wird aus dir werden?«

Ich habe zu pfeifen angefangen, das war alles, was ich sagen konnte.

Ich habe mich nach ihr umgedreht, um ihr irgend etwas in der Art Zorros hinzuknallen, aber da habe ich Glück gehabt, denn genau in diesem Augenblick hat sich in ihrem Kopf etwas blockiert, und sie ist zwei Tage und drei Nächte weggewesen, ohne etwas davon zu merken. Aber ihr Herz hat weitergemacht, und sie war gewissermaßen am Leben.

Ich habe mich nicht getraut, Dr. Katz zu rufen oder auch nur die Nachbarn, ich war sicher, daß man uns diesmal trennen würde. Ich bin neben ihr sitzengeblieben, soweit das möglich war, ohne pinkeln zu gehen oder etwas zu essen. Ich wollte da sein, wenn sie wieder zurückkommt, damit ich das erste bin, was sie sieht. Ich habe die Hand auf ihre Brust gelegt, und ihr Herz gespürt, trotz all der Kilos, die uns getrennt haben. Der Neger ist gekommen, weil er mich nirgends mehr gesehen hat, und er hat Madame Rosa lange angesehen und dazu eine Zigarette geraucht. Dann hat er in seiner Tasche gekramt und hat mir eine gedruckte Nummer gegeben. Darauf hat gestanden *Kostenlose Beseitigung von Sperrgut Tel. 278 78 78*.

Dann hat er mir auf die Schulter geklopft und ist gegangen.

Am zweiten Tag bin ich Madame Lola holen gegangen, und sie ist mit Pop-Platten raufgekommen, wo den meisten Krach machten, Madame Lola hat gesagt, sie würden die Toten aufwecken, aber es ist nichts dabei rausgekommen. Es war das Gemüse, das Dr. Katz von Anfang an angekündigt hatte, und Madame Lola war so erschüttert über den Zustand ihrer Freundin, daß sie die erste Nacht nicht in den Bois de Boulogne gegangen ist, trotz des Nachteils für sie. Dieser Senegalese war eine wirklich menschliche Person, und eines Tages werde ich ihn besuchen.

Wir haben die Jüdin in ihrem Sessel sitzenlassen müssen. Sogar Madame Lola konnte sie trotz ihrer Jahre im Ring nicht hochheben.

Das Traurigste bei den Personen, die mit dem Kopf fortgehen, ist, daß man nie weiß, wie lange das dauern wird. Dr. Katz hatte zu mir gesagt, daß ein Amerikaner der Weltrekordler war, er hat siebzehn Jahre und etwas ausgehalten, aber dafür braucht man Pfleger und Spezialinstallationen, wo es Tropfen um Tropfen geht. Der Gedanke, daß Madame Rosa vielleicht Weltmeisterin werden würde, war entsetzlich, denn sie hatte so schon genug, und Rekorde zu schlagen war wohl das letzte, was sie interessierte.

Madame Lola war lieb wie ich nicht viele gekannt habe. Sie hat immer Kinder haben wollen, aber wie ich Ihnen schon erklärt habe, war sie dafür nicht eingerichtet, wie viele Transvestiten, die in dieser Hinsicht nicht mit den Naturgesetzen im Einklang stehen. Sie hat mir versprochen, daß sie sich um mich kümmern wird, sie hat mich auf die Knie genommen und mir Wiegenlieder für Kinder vom Senegal vorgesungen. In Frankreich gibt es auch welche, aber ich hatte nie welche gehört, weil ich nie ein Baby gewesen bin, ich hatte immer andere Sorgen im Kopf. Ich habe mich entschuldigt, ich war schon vierzehn Jahre alt, und man konnte nicht Püppchen mit mir spielen, das wirkte komisch. Dann ist sie weggegangen, um sich für die Arbeit fertigzumachen, und Monsieur Waloumba hat mit seinem Stamm Wache gestanden um Madame Rosa, und sie haben sogar einen ganzen Hammel gebraten, den wir als Picknick um sie herum auf dem Boden sitzend gegessen haben. Das war toll, man hatte den Eindruck, in der Natur zu sein.

Wir haben versucht, Madame Rosa zu füttern, indem wir ihr zuerst das Fleisch vorgekaut haben, aber sie hat das Stück halb im Mund und halb draußen behalten und alles betrachtet, was sie mit ihren guten Judenaugen nicht gesehen hat. Das war nicht wichtig, denn sie hatte genug Fett auf sich, um sich zu ernähren und sogar um den ganzen Stamm von Monsieur Waloumba zu ernähren, aber diese Zeit ist vorbei, sie fressen jetzt nicht mehr die anderen. Und weil gute Laune herrschte und sie Palmschnaps tranken, haben sie schließlich angefangen, um Madame Rosa herum zu tanzen und Musik zu machen. Die Nachbarn haben sich nicht wegen dem Krach beschwert, weil das keine Leute sind, die sich beschweren, und es war keiner unter ihnen, der keine ordnungsgemäßen Papiere hatte. Monsieur Waloumba hat Madame Rosa ein wenig Palmschnaps zu trinken gegeben, den man in der Rue Bisson im Laden von Monsieur Somgo mit Kolanüssen kaufen kann, die man ebenfalls unbedingt braucht, vor allem im Fall einer Heirat. Es scheint, daß der Palmschnaps gut war für Madame Rosa, denn er steigt in den Kopf und öffnet die Blutbahnen, aber es ist überhaupt nichts dabei herausgekommen, nur daß sie ein wenig rot geworden ist. Monsieur Waloumba hat gesagt, das Wichtigste wäre, viel Tamtam zu machen, um den Tod fernzuhalten, der vielleicht schon da wäre und der eine Heidenangst vor den Tamtams hat, aus Gründen, die nur er kennt. Die Tamtams sind kleine Trommeln, auf die man mit den Händen schlägt, und das hat die ganze Nacht gedauert.

Am zweiten Tag war ich sicher, daß Madame Rosa

sich aufgemacht hatte, um den Weltrekord zu schlagen, und daß wir um das Krankenhaus nicht herumkommen würden, wo sie ihr möglichstes täten. Ich habe das Haus verlassen und bin durch die Straßen gegangen und habe an Gott und solche Sachen gedacht, denn ich hatte Lust, noch länger aus dem Haus zu bleiben.

Ich bin zuerst in die Rue de Ponthieu gegangen, in diesen Saal, wo sie die Möglichkeit haben, die Leute rückwärts laufen zu lassen. Ich wollte auch gern die hübsche blonde Biene wiedersehen, die so frisch gerochen hat und von der ich Ihnen, glaube ich, erzählt habe, Sie wissen doch, sie hieß Nadine oder so ähnlich. Es war vielleicht nicht sehr nett für Madame Rosa, aber was soll man machen. Ich war in einem solchen Mangelzustand, daß ich nicht einmal die vier Jahre gespürt habe, die ich gewonnen hatte, es war, als ob ich immer noch zehn Jahre alt wäre, ich hatte noch nicht die Macht der Gewohnheit.

Gut, Sie würden mir nicht glauben, wenn ich Ihnen sagen würde, daß sie in diesem Kinosaal auf mich gewartet hat, ich gehöre nicht zu der Sorte Kerl, auf die man wartet. Aber sie war da, und ich habe fast den Geschmack des Vanilleeises geschmeckt, das sie mir bezahlt hatte.

Sie hat mich nicht reinkommen sehen, sie war gerade dabei, Liebesworte ins Mikrofon zu sprechen, und das sind natürlich Dinge, die einen beschäftigen. Auf der Leinwand war eine Frau, die die Lippen bewegt hat, aber die andere, die meine, hat an ihrer Stelle alles gesagt. Sie hat ihr ihre Stimme gegeben. Das ist technisch.

Ich habe mich in eine Ecke gesetzt und gewartet. Ich war in einem solchen Mangelzustand, daß ich geweint hätte, wenn ich nicht vier Jahre älter gewesen wäre. Selbst so habe ich mich zusammenreißen müssen. Das

Licht ist angegangen, und die Biene hat mich gesehen. Es war nicht sehr hell im Saal, aber sie hat sofort gesehen, daß ich da war, und dann ist es auf einen Schlag losgegangen, und ich habe mich nicht zurückhalten können.

»Mohammed!«

Sie ist auf mich zugelaufen, als ob ich jemand wäre, und hat mir die Arme um die Schultern gelegt. Die andern haben mich angesehen, weil das ein arabischer Name ist.

»Mohammed! Was ist denn? Warum weinst du? Mohammed!«

Ich habe es nicht sehr gemocht, daß sie mich Mohammed nennt, weil das viel fremder wirkt als Momo, aber was soll's.

»Mohammed! Erzähl mir! Was ist denn!«

Sie können sich vorstellen, wie leicht das war, ihr zu erzählen. Ich habe nicht einmal gewußt, wo ich anfangen sollte. Ich habe erst einmal kräftig geschluckt.

»Es ist ... es ist nichts.«

»Hör zu, ich bin mit meiner Arbeit fertig, wir gehen jetzt nach Hause, und du erzählst mir alles.«

Sie ist ihren Regenmantel holen gegangen, und wir sind in ihrem Auto weggefahren. Sie hat sich von Zeit zu Zeit nach mir umgedreht, um mich anzulächeln. Sie hat so gut gerochen, daß es schwer war, daran zu glauben. Sie hat gleich gesehen, daß ich nicht in Hochform war, ich hatte sogar den Schluckauf, sie hat nichts gesagt, denn was soll's, nur manchmal hat sie mir die Hand auf meine Wange gelegt, bei Rot, was in solchen Fällen immer gut tut. Dann sind wir vor ihrer Adresse in der Rue Saint-Honoré angekommen, und sie hat ihr Auto in den Hof gefahren.

Wir sind raufgegangen zu ihr, und da war ein Kerl,

den ich nicht gekannt habe. Ein Großer mit langen Haaren und einer Brille, und er hat mir die Hand gedrückt und nichts gesagt, als ob das natürlich wäre. Er war eher jung und bestimmt nicht mehr als zwei- oder dreimal älter als ich. Ich habe geguckt, um zu sehen, ob die beiden blonden Kinder, die sie hatten, nicht herauskämen, um mir zu sagen, daß sie mich nicht bräuchten, aber es gab nur einen Hund, der auch nicht bissig war.

Sie haben angefangen Englisch miteinander zu sprechen in einer Sprache, die ich nicht gekannt habe, und dann habe ich Sandwichs mit Tee bekommen, die verdammt gut waren, und ich habe eingelegt. Sie haben mich futtern lassen, als ob sie sonst nichts zu tun hätten, und dann hat der Kerl ein wenig mit mir gesprochen, um zu erfahren, ob es mir besser geht, und ich habe mich angestrengt, um etwas zu sagen, aber es gab wahnsinnig viel, daß ich nicht einmal richtig atmen konnte, und ich hatte den Schluckauf und Asthma wie Madame Rosa, denn Asthma ist ansteckend.

Ich bin stumm geblieben wie ein Fisch und habe eine halbe Stunde lang mit dem Schluckauf zu tun gehabt und gehört, wie der Kerl gesagt hat, ich hätte einen Schock, was mich gefreut hat, denn das schien sie zu interessieren. Dann bin ich aufgestanden und habe ihnen gesagt, daß ich nach Hause muß, weil da eine alte Person im Mangelzustand ist, die mich braucht, aber die Biene, wo Nadine heißt, ist in die Küche gegangen und ist mit einem Vanilleeis zurückgekommen, was das Beste ist, wo ich je in meinem Hurenleben gegessen habe, ich sage Ihnen das, wie ich es denke.

Dann haben wir ein wenig geplaudert, weil ich mich wohl gefühlt habe. Als ich ihnen erklärt habe, daß die menschliche Person eine alte Jüdin im Mangelzustand war, die sich aufgemacht hat, um den Weltrekord aller

Klassen zu brechen, und was Dr. Katz mir über das Gemüse erklärt hatte, haben sie Wörter gebraucht, die ich schon einmal gehört hatte wie Senilität und Verkalkung, und ich war froh, weil ich von Madame Rosa gesprochen habe, und das freut mich immer. Ich habe ihnen erklärt, daß Madame Rosa eine ehemalige Hure war, die als Deportierte aus den jüdischen Heimen in Deutschland zurückgekommen war und daß sie eine Schwarzmarktpension, die wir Heimel nennen, für die Kinder von Huren aufgemacht hatte, wo man erpressen kann mit dem Entzug der elterlichen Sorge wegen ungesetzlicher Prostitution und wo ihre Kinder verstecken müssen, weil es Nachbarn gibt, die Drecksäcke sind und einem immer bei der Fürsorge anzeigen können. Ich weiß nicht, warum mir das auf einmal gut getan hat, mit ihnen zu sprechen, ich habe schön in einem Sessel gesessen, und der Kerl hat mir sogar eine Zigarette angeboten und Feuer mit seinem Feuerzeug, und er hat mir zugehört, als ob ich von Wichtigkeit wäre. Ich will mich nicht aufspielen, aber ich habe doch gesehen, daß ich Eindruck auf sie gemacht habe. Ich habe mich in Begeisterung geredet und konnte nicht mehr aufhören, so groß war das Verlangen, alles rauszukotzen, aber das ist natürlich nicht möglich, weil, ich bin nicht Monsieur Victor Hugo, ich bin dafür noch nicht ausgerüstet. Es kam auf allen Seiten gleichzeitig heraus, weil ich das Roß immer am falschen Ende aufzäume, mit Madame Rosa im Mangelzustand und meinem Vater, der meine Mutter umgebracht hatte, weil er psychiatrisch war, aber ich muß Ihnen sagen, daß ich nie gewußt habe, wo es anfängt und wo es aufhört, weil es nach meiner Meinung immer weitergeht. Meine Mutter hieß Aicha, und sie hat sich mit ihrer Möse durchgeschlagen und bis zu zwanzig Kunden am Tag bedient, bevor sie in einem Anfall von Wahnsinn umgebracht worden ist, aber es war gar nicht sicher, daß ich erblich bin, Monsieur Kadir Youssef hat nicht beschwören können, daß er mein Vater ist. Der Kerl von Nadine hat Ramon geheißen, und er hat zu mir gesagt, daß er ein bißchen Arzt ist und daß er nicht sonderlich an das Erben glaubt und daß ich nicht damit rechnen soll. Er hat mir meine Zigarette wieder angezündet mit seinem Feuerzeug und hat zu mir gesagt, daß die Hurenkinder eigentlich besser sind als sonstwas, weil man sich den Vater aussuchen kann, den man will, aber man muß nicht. Er hat zu mir gesagt, daß es sehr viele Geburtsunfälle gibt, wo später sehr gut ausgegangen sind und bei denen brauchbare Burschen herausgekommen sind. Ich habe zu ihm gesagt, klar, wenn man da ist, ist man da, das ist nicht wie im Kinosaal von Madame Nadine, wo man alles zurücklaufen lassen und zu seiner Mutter in den Bauch zurück kann, aber was ich zum Kotzen finde, ist, daß es nicht erlaubt ist, die alten Personen wie Madame Rosa, die die Schnauze voll haben, abzutreiben. Es hat mir wirklich gut getan, mit ihnen zu sprechen, weil, ich habe das Gefühl gehabt, daß es weniger passiert ist, wenn ich es mal rausgekotzt hatte. Dieser Kerl, wo Ramon hieß und überhaupt keine gemeine Visage hatte, hat sich viel mit seiner Pfeife beschäftigt, während ich erzählt habe, aber ich habe doch gesehen, daß ich es war, für den er sich interessiert hat. Ich hatte nur Angst, daß Nadine uns allein läßt, weil, ohne sie wäre es vielleicht nicht mehr dasselbe gewesen hinsichtlich Sympathie. Sie hatte ein Lächeln, das ganz für mich war. Als ich ihnen gesagt habe, wie ich auf einen Schlag vierzehn Jahre alt geworden bin, während ich am Tag vorher noch zehn Jahre alt war, habe ich wieder einen Punkt eingeheimst, so hat sie das interessiert. Ich habe nicht mehr aufhören können, so sehr habe ich sie interessiert. Ich habe alles getan, was ich konnte, um sie noch mehr zu interessieren, und damit sie spüren, daß sie mit mir ein Geschäft gemacht haben.

»Mein Vater ist neulich gekommen, um mich wieder zurückzunehmen, er hatte mich zu Madame Rosa in Pension gegeben, bevor er meine Mutter umgebracht hat und sie ihn für psychiatrisch erklärt haben. Er hatte noch andere Huren, die für ihn gearbeitet haben, aber er hat meine Mutter umgebracht, weil er sie bevorzugt hat. Er ist gekommen, um mich zurückzufordern, als sie ihn rausgelassen haben, aber Madame Rosa hat nichts davon wissen wollen, weil, das ist nicht gut für mich, einen psychiatrischen Vater zu haben, das kann erblich sein. Deshalb hat sie zu ihm gesagt, daß Moses sein Sohn ist, der Jude ist. Es gibt zwar auch Moses bei den Arabern, aber die sind nicht jüdisch. Bloß, Sie können sich denken, Monsieur Youssef Kadir war Araber und Moslem, und als man ihm einen jüdischen Sohn zurückgegeben hat, hat er einen Mordszores gemacht und ist gestorben ...«

Doktor Ramon hat zwar auch zugehört, aber vor allem habe ich mich über Madame Nadine gefreut.

»... Madame Rosa ist die häßlichste und einsamste Frau, die ich je in ihrem Unglück gesehen habe, ein Glück für sie, daß ich da bin, denn niemand möchte sie haben. Ich verstehe nicht, warum es Leute gibt, die alles haben, die häßlich, alt, arm, krank sind und andere, die überhaupt nichts haben. Das ist nicht gerecht. Ich habe einen Freund, wo der Chef der ganzen Polizei ist, und der hat die stärksten Sicherheitskräfte von allen, er ist überall der stärkste, das ist der größte Bulle, den Sie sich vorstellen können. Er ist so stark und tüchtig als Bulle, daß er alles machen könnte, er ist der König.

Wenn wir zusammen auf der Straße gehen, legt er mir den Arm um die Schulter, um zu zeigen, daß er wie mein Vater ist. Als ich klein war, ist manchmal eine Löwin nachts gekommen, um mir das Gesicht zu lekken, ich war noch zehn Jahre alt und habe mir alles mögliche vorgestellt, und in der Schule haben sie gesagt, daß ich gestört bin, weil sie nicht gewußt haben, daß ich vier Jahre älter war, ich hatte noch kein Datum, das war lange bevor Monsieur Kadir Youssef gekommen ist, um sich als mein Vater auszugeben mit einer Quittung als Beleg. Und Monsieur Hamil, der weithin bekannte Teppichhändler, hat mir alles beigebracht, was ich weiß, und jetzt ist er blind. Monsieur Hamil hat ein Buch von Monsieur Victor Hugo bei sich, und wenn ich größer bin, werde ich auch die Elenden schreiben, weil, das schreibt man immer, wenn man was zu sagen hat. Madame Rosa hatte Angst, daß ich einen Wutanfall bekomme und daß ich ihr ein Unrecht antue, indem ich ihr die Kehle durchschneide, weil, sie hatte Angst, daß ich erblich bin. Aber es gibt kein Hurenkind, das sagen kann, wer sein Vater ist, und ich werde nie jemand umbringen, dafür bin ich nicht gemacht. Wenn ich mal groß bin, stehen mir alle Sicherheitskräfte zur Verfügung, und dann habe ich nie mehr Angst. Es ist schade, daß man nicht alles hinterrücks machen kann wie in dem Kinosaal, um die Leute rückwärts laufen zu lassen, damit Madame Rosa wieder jung und schön ist und es Freude machen würde, sie anzuschauen. Manchmal denke ich daran, mit einem Zirkus fortzugehen, wo ich Freunde habe, die Clowns sind, aber ich kann es nicht tun und zu allem Scheiße sagen, solange die Jüdin noch da ist, weil ich mich um sie kümmern muß...«

Ich bin immer mehr in Fahrt gekommen, und ich

habe nicht mehr zu sprechen aufhören können, weil ich Angst hatte, wenn ich aufhöre, würden sie mir nicht mehr zuhören. Doktor Ramon, denn er war es, hatte ein Gesicht mit Brille und mit Augen, die einen ansehen, und einmal ist er sogar aufgestanden und hat das Tonband angestellt, um besser zuzuhören, und ich habe mich noch wichtiger gefühlt, es war sogar unglaublich. Er hatte einen Haufen Haare auf dem Kopf. Es war das erste Mal, daß ich Interesse erweckt habe, und daß man mich sogar auf Tonband aufgenommen hat. Ich habe nie gewußt, was man tun muß, um Interesse zu erwecken, jemand umbringen mit Geiseln oder was weiß ich. Olala, glauben Sie mir, es gibt eine solche Menge mangelnder Aufmerksamkeit in der Welt, daß man wählen muß wie für die Ferien, wenn man nicht gleichzeitig in die Berge und ans Meer fahren kann. Man muß wählen, was uns an mangelnder Aufmerksamkeit am meisten in der Welt gefällt, und die Leute nehmen immer das, was in der Art am besten ist und am teuersten bezahlt wird, wie die Nazis, die Millionen gekostet haben oder Vietnam. Mit einer alten Jüdin in der sechsten Etage ohne Aufzug hingegen, wo schon in der Vergangenheit zuviel gelitten hat, als daß man sich für sie noch interessiert, damit kommt man bestimmt nicht auf die erste Seite. Die Leute brauchen gleich Millionen und Millionen, damit sie interessiert sind, und man kann ihnen deswegen keinen Vorwurf machen, denn je kleiner etwas ist, um so weniger zählt es ...

Ich habe mich in meinem Sessel gesuhlt und wie ein König gesprochen, und das Lustigste ist, daß sie mir zugehört haben, als ob sie noch nie so was gehört hätten. Aber vor allem Doktor Ramon hat mich zum Sprechen gebracht, weil, bei der Biene hatte ich den Eindruck, daß sie nicht hören wollte, manchmal hat sie sogar eine Gebärde gemacht, als wollte sie sich die Ohren zuhalten. Ich habe ein wenig darüber lachen müssen, weil man halt gezwungen ist zu leben.

Doktor Ramon hat mich gefragt, was ich eigentlich meine, wenn ich von Mangelzustand spreche, und ich habe ihm gesagt, daß das ist, wenn man nichts und niemand hat. Dann hat er wissen wollen, was wir tun, um zu leben, seit die Huren nicht mehr kommen, um die Kinder in Pension zu geben, aber da habe ich ihn sofort beruhigt und ihm gesagt, daß der Arsch das Heiligste ist beim Menschen, Madame Rosa hatte mir das erklärt, als ich noch nicht einmal gewußt habe, wozu das dient. Ich schlage mich nicht mit meinem Arsch durch, da konnte er beruhigt sein. Wir hatten eine Freundin, Madame Lola, die sich im Bois de Boulogne als Transvestit durchschlägt und uns viel hilft. Wenn alle so wären wie sie, würde die Welt verdammt anders aussehen, und es gäbe viel weniger Unglück. Sie war Box-Champion im Senegal gewesen, bevor sie Transvestit geworden ist, und sie hat genug Geld verdient, um eine Familie zu ernähren, wenn sie nicht die Natur gegen sich gehabt hätte.

An der Art, wie sie mir zugehört haben, habe ich genau gesehen, daß sie nicht zu leben gewöhnt waren, und ich habe ihnen erzählt, wie ich in der Rue Blanche für etwas Taschengeld den Zuhalter gespielt habe. Ich muß mich jetzt noch anstrengen, um Zuhälter zu sagen und nicht Zuhalter, wie ich es als Kind getan habe, aber ich habe mich daran gewöhnt. Manchmal hat Doktor Ramon etwas Politisches zu seiner Freundin gesagt, aber ich habe das nicht so richtig verstanden, weil, die Politik ist nichts für die Jungen.

Ich weiß nicht, was ich ihnen nicht gesagt habe, und ich hatte Lust weiterzuerzählen und immer weiterzuerzählen, so viele Dinge sind noch übriggeblieben, die ich gern rausgebracht hätte. Aber ich war geschafft, und ich habe sogar angefangen, den blauen Clown zu sehen, der mir zugewinkt hat, wie oft, wenn ich gern geschlafen hätte, und ich hatte Angst, daß sie ihn auch sehen und daß sie womöglich denken, daß ich angeknackst bin oder sonst was. Ich habe nicht mehr sprechen können, und sie haben gesehen, daß ich geschafft war, und sie haben zu mir gesagt, daß ich bei ihnen zum Schlafen bleiben kann. Aber ich habe ihnen erklärt, daß ich mich um Madame Rosa kümmern muß, die bald sterben würde, und dann würde ich sehen. Sie haben mir wieder einen Zettel gegeben mit ihrem Namen und ihrer Adresse, und Nadine hat zu mir gesagt, daß sie mich mit dem Auto nach Hause fahren würde und daß der Doktor mitkommen täte, um einen Blick auf Madame Rosa zu werfen und zu sehen, ob er was machen kann. Ich habe nicht gesehen, was man für Madame Rosa noch machen kann, nach all dem, was man schon mit ihr gemacht hatte, aber ich war einverstanden, um mit dem Auto heimzufahren. Bloß, da ist was Lustiges passiert.

Wir haben gerade weggehen wollen, als jemand fünfmal hintereinander geklingelt hat und als Madame Nadine aufgemacht hat, habe ich die beiden Kinder gesehen, die ich schon gekannt habe und die hier zu Hause waren, da war nichts dagegen zu sagen. Es waren ihre Kinder, die aus der Schule zurückgekommen sind oder so was Ähnliches. Sie waren blond und angezogen, wie man zu träumen glaubt, mit Kleidern für Luxus, die Art von Klamotten, die man nicht klauen kann, weil sie nicht draußen in den Auslagen liegen, sondern drinnen und man nur über die Verkäuferinnen drankommt. Sie haben mich sofort angeschaut, als ob ich Scheiße wäre.

Ich war hundserbärmlich ausstaffiert, das habe ich sofort gespürt. Ich hatte eine Mütze, die hinten immer hochgestanden hat, denn ich habe zu viele Haare, und einen Überzieher, der mir bis an die Fersen ging. Wenn man Klamotten klaut, hat man keine Zeit nachzumessen, ob sie einem zu groß oder zu klein sind, dann hat man's eilig. Gut, sie haben nichts gesagt, aber wir waren nicht aus demselben Viertel.

Ich habe nie zwei so blonde Kinder gesehen wie diese beiden. Und Sie dürfen mir glauben, daß sie noch nicht viel benutzt worden waren, sie waren ganz neu. Sie waren wirklich ohne jeden Zusammenhang.

»Kommt her, ich stelle euch unseren Freund Mohammed vor«, hat ihre Mutter gesagt.

Sie hätte nicht Mohammed sagen sollen, sie hätte Momo sagen sollen. Mohammed, das klingt in Frankreich nach Araberarsch, und wenn man das zu mir sagt, dann ärgere ich mich. Ich schäme mich nicht, Araber zu sein, ganz im Gegenteil, aber Mohammed in Frankreich, das klingt nach Straßenkehrer oder Handlanger. Es bedeutet nicht dasselbe wie ein Algerier. Und außerdem klingt Mohammed saublöd. Es ist genauso, als ob man in Frankreich Jesus Christus sagen würde, da müssen alle Leute lachen.

Die beiden Kinder haben es sofort auf mich abgesehen gehabt. Der jüngste, der so um die sechs oder sieben Jahre alt sein mußte, weil der andere so um die zehn war, hat mich angeschaut, als ob er so was noch nie gesehen hätte, und dann hat er gesagt:

»Warum ist er denn so angezogen?«

Ich war nicht da, um mich beleidigen zu lassen. Ich habe genau gewußt, daß ich hier nicht zu Hause war. Dann hat der andere mich noch mehr angeschaut und hat mich gefragt:

»Bist du Araber?«

Scheiße, ich lasse mich von niemand Araber schimpfen. Außerdem hat es sich nicht gelohnt, länger zu bleiben, ich war nicht eifersüchtig und nichts, aber der Platz war nicht für mich, außerdem war er schon besetzt, ich hatte nichts zu sagen. Ich habe einen Knoten im Hals gehabt, den ich verschluckt habe, und dann bin ich nach draußen gestürzt und stiften gegangen.

Wir waren halt nicht aus demselben Viertel.

Ich bin vor einem Kino stehengeblieben, es war ein Film, der für Jugendliche verboten war. Das ist sogar lustig, wenn man an das Zeug denkt, das für minderjährige Jugendliche verboten ist, und an all das andere, worauf man ein Recht hat.

Die Kassiererin hat gesehen, wie ich die Fotos am Aushang betrachtet habe, und sie hat mich angeschrien, ich soll abhauen, um die Jugend zu schützen. Dumme Kuh. Ich hatte die Nase voll, daß ich für minderjährige Jugendliche verboten war, ich habe meinen Hosenstall aufgemacht und ihr meinen Pimmel gezeigt, und dann bin ich weggelaufen, weil zum Spaßmachen nicht der richtige Augenblick war.

Ich bin am Montmartre an einem Haufen Sex-Läden vorbeigegangen, aber die sind auch geschützt, und außerdem brauche ich kein so Zeug, um mir einen abzuwichsen, wenn ich Lust dazu habe. Die Sex-Läden sind für die Alten, die nicht mehr allein wichsen können.

An dem Tag, an dem meine Mutter sich nicht hat abtreiben lassen, das war Völkermord. Madame Rosa hatte die ganze Zeit dieses Wort im Mund, sie hatte eine gute Erziehung gehabt und war in der Schule gewesen.

Das Leben ist keine Sache für jedermann.

Ich bin nirgends mehr stehengeblieben, bevor ich nach Hause gegangen bin, ich habe nur noch eins gewollt, mich neben Madame Rosa setzen, weil sie und ich, wir waren wenigstens dieselbe Scheiße.

Als ich heimgekommen bin, habe ich einen Krankenwagen vor dem Haus gesehen, und ich habe geglaubt, jetzt ist alles aus und daß ich niemand mehr habe, aber es war nicht für Madame Rosa, es war für jemand, der schon tot war. Ich habe eine solche Erleichterung verspürt, daß ich glatt geflennt hätte, wenn ich nicht vier Jahre älter gewesen wäre. Ich hatte schon geglaubt, daß mir nichts mehr geblieben ist. Es war der Leichnam von Monsieur Bouaffa. Monsieur Bouaffa, Sie wissen doch, der, von dem ich Ihnen nichts erzählt habe, weil es nichts über ihn zu erzählen gibt, weil, er war jemand, den man wenig gesehen hat. Er hatte was am Herzen gehabt, und Monsieur Zaoum der Ältere, der draußen war, hat mir gesagt, daß niemand gemerkt hat, daß er tot war, er hat nie Post bekommen. Ich bin nie so froh gewesen, ihn tot zu sehen, ich sage das natürlich nicht gegen ihn, ich sage das für Madame Rosa, das war mal wieder an ihr vorbeigegangen.

Ich bin schnell raufgelaufen, die Tür war offen, die Freunde von Monsieur Waloumba waren weggegangen, aber sie hatten das Licht angelassen, damit Madame Rosa sich sieht. Sie hatte ihren ganzen Sessel eingenommen, und Sie können sich vorstellen, wie ich mich gefreut habe, als ich gesehen habe, daß ihr die Tränen runtergelaufen sind, weil, das war ein Beweis dafür, daß sie noch gelebt hat. Sie ist im Innern sogar ein wenig geschüttelt worden, wie bei Personen, die den Schluchzer haben.

»Momo ... Momo ... Momo ...«, das war alles, was sie noch sagen konnte, aber das hat mir genügt.

Ich bin zu ihr gelaufen und habe sie umarmt. Sie hat nicht gut gerochen, weil sie aus Zustandsgründen unter sich geschissen und gepinkelt hatte. Ich habe sie noch mehr umarmt, weil ich nicht gewollt habe, daß sie meint, daß sie mich anwidert.

»Momo ... Momo ...«

»Ja, Madame Rosa, ich bin's, Sie können auf mich zählen.«

»Momo ... Ich habe gehört ... Sie haben einen Krankenwagen gerufen ... Sie werden kommen.«

»Der ist nicht für Sie, Madame Rosa, der ist für Monsieur Bouaffa, der schon tot ist.«

»Ich habe Angst.«

»Ich weiß, Madame Rosa, das beweist doch nur, daß Sie noch ganz lebendig sind.«

»Der Krankenwagen ...«

Sie hatte Mühe zu sprechen, denn die Worte brauchen Muskeln, um herauszukommen, und bei ihr waren die Muskeln alle schlaff geworden.

»Der ist nicht für Sie. Die wissen nicht einmal, daß Sie da sind, ich schwöre es Ihnen beim Propheten. *Khairem.*

»Sie werden kommen, Momo ...«

»Nicht jetzt, Madame Rosa. Man hat Sie nicht angezeigt. Sie sind ganz lebendig, Sie haben sogar unter sich geschissen und gepinkelt, und das tun nur die Lebenden.«

Sie schien ein bißchen beruhigt zu sein. Ich habe ihre Augen angesehen, um den Rest nicht zu sehen. Sie werden mir nicht glauben, aber sie hatte Augen von größter Schönheit, diese alte Jüdin. Es ist damit wie mit den Teppichen von Monsieur Hamil, wenn er gesagt hat: »Ich habe Teppiche von größter Schönheit.« Monsieur Hamil glaubt, daß es nichts Schöneres auf der Welt gibt als ein schöner Teppich und daß selbst Allah drauf gesessen hat. Wenn Sie meine Meinung wissen wollen, Allah sitzt auf einem Haufen Zeug.

»Es ist wahr, daß es stinkt.«

»Das beweist doch nur, daß es innen noch funktioniert.«

»*Insch' Allah*«, hat Madame Rosa gesagt. »Ich werde bald sterben.«

»*Insch' Allah*, Madame Rosa.«

»Ich bin froh, daß ich sterbe, Momo.«

»Wir sind alle froh für Sie, Madame Rosa. Sie haben hier nur Freunde. Alle wollen nur Ihr Gutes.«

»Aber du darfst nicht zulassen, daß sie mich ins Krankenhaus schaffen, Momo, das darfst du um keinen Preis geschehen lassen.«

»Sie können beruhigt sein, Madame Rosa.«

»Sie werden mich im Krankenhaus mit Gewalt am Leben erhalten, Momo. Sie haben Gesetze dafür. Das sind richtige Nürnberger Gesetze. Du kennst das nicht, du bist noch zu jung.«

»Ich bin noch nie für etwas zu jung gewesen, Madame Rosa.«

»Dr. Katz wird mich im Krankenhaus anzeigen, und dann kommen sie mich abholen.«

Ich habe nichts gesagt. Wenn die Juden anfangen, sich gegenseitig anzuzeigen, wollte ich mich nicht einmischen. Die Juden können mich mal, das sind auch nur Leute wie alle andern.

»Sie werden mich nicht abtreiben im Krankenhaus.«

Ich habe immer noch nichts gesagt. Ich habe ihre Hand gehalten. So habe ich wenigstens nicht zu lügen brauchen.

»Wie lange haben sie diesen Weltmeister in Amerika leiden gelassen, Momo?«

Ich habe den Deppen gespielt.
»Was für einen Weltmeister?«
»In Amerika. Ich habe gehört, wie du mit Monsieur Waloumba darüber gesprochen hast.«
Scheiße.
»Madame Rosa, in Amerika haben sie alle Weltrekorde, das sind große Sportler. In Frankreich, bei den olympischen Spielen von Marseille, gibt es nur Ausländer. Sie haben sogar Brasilianer und alles mögliche. Sie werden sie nicht nehmen. Ich meine im Krankenhaus.«
»Schwörst du mir ...«
»Solange ich da bin, gibt's nix von wegen Krankenhaus, Madame Rosa.«
Sie hat fast gelächelt. Unter uns, wenn sie lächelt, macht sie das auch nicht schöner, im Gegenteil, weil das den ganzen Rest noch unterstreicht. Es sind vor allem die Haare, die ihr fehlen. Sie hatte noch zweiunddreißig Haare auf dem Kopf, wie das letzte Mal.
»Madame Rosa, warum haben Sie mich angelogen?«
Sie schien echt erstaunt.
»Ich? Ich habe dich angelogen?«
»Warum haben Sie zu mir gesagt, daß ich zehn Jahre alt bin, obwohl ich vierzehn alt bin?«
Sie werden es mir nicht glauben, aber sie ist ein bißchen rot geworden.
»Ich habe Angst gehabt, daß du mich verläßt, Momo, deshalb habe ich dich ein bißchen kleiner gemacht. Du bist immer mein kleiner Mann gewesen. Ich habe nie einen anderen wirklich geliebt. Ich habe nicht gewollt, daß du zu schnell groß wirst. Verzeih mir.«
Darauf habe ich sie umarmt, ich habe ihre Hand in der meinen behalten und ihr einen Arm um die Schulter gelegt, als ob sie eine Frau wäre. Danach ist Madame Lola mit dem Ältesten der Zaoums gekommen,

und wir haben sie hochgehoben, sie ausgezogen, auf den Boden gelegt und gewaschen. Madame Lola hat ihr überall Parfüm hingemacht, wir haben ihr ihre Perücke angezogen und ihren Kimono und haben sie in ihr sauberes Bett gelegt, und das war ein schöner Anblick.

Aber Madame Rosa verkalkte immer mehr, und ich kann Ihnen nicht sagen, wie ungerecht das ist, wenn man nur am Leben ist, weil man leidet. Ihr Organismus war nichts mehr wert, und wenn es nicht das eine war, war es das andere. Immer ist es der wehrlose Alte, der angegriffen wird, das ist leichter, und Madame Rosa war das Opfer dieser Kriminalität. Alle ihre Teile waren schlecht, das Herz, die Leber, die Nieren, die Bronchien, es gab nicht eins, das von guter Qualität war. Wir hatten nur noch sie und mich im Haus, und draußen hatten wir außer Madame Lola niemand. Jeden Morgen habe ich Madame Rosa einen Fußmarsch machen gelassen, um sich die Füße zu vertreten, und sie ist von der Tür zum Fenster gegangen und zurück, an meine Schulter gelehnt, um nicht völlig einzurosten. Ich habe ihr für den Marsch eine jüdische Schallplatte aufgelegt, die sie sehr gemocht hat und die trauriger war als gewöhnlich. Die Juden haben immer traurige Schallplatten, ich weiß auch nicht warum. Das ist ihre Folklore, die das so will. Madame Rosa hat oft gesagt, daß alles Unglück von den Juden kommt, und daß sie, wenn sie nicht Jüdin gewesen wäre, nicht mal ein Zehntel von all den Schwulitäten gehabt hätte, wo sie gehabt hatte.

Monsieur Charmette hatte einen Trauerkranz geschickt, weil er nicht wußte, daß es Monsieur Bouaffa war, der gestorben ist, er hat geglaubt, daß es Madame Rosa war, wie alle Welt es zu ihrem besten gewünscht hat, und Madame Rosa war froh, weil ihr das Hoffnung gegeben hat, und weil es auch das erstemal war, daß man ihr Blumen geschickt hat. Die Stammesbrüder von Monsieur Waloumba haben Bananen, Hähnchen, Mangofrüchte, Reis gebracht, wie das bei ihnen üblich ist, wenn es in der Familie ein glückliches Ereignis gibt. Wir haben Madame Rosa vorgemacht, daß es bald vorbei ist, und sie hatte weniger Angst. Auch der Pater André hat ihr einen Besuch abgestattet, der katholische Pfarrer der afrikanischen Wohngemeinschaften um die Rue Bisson herum, aber er war nicht als Pfarrer gekommen, sondern nur so. Er hat Madame Rosa keine Avancen gemacht, er ist sehr korrekt geblieben. Wir haben auch nichts zu ihm gesagt, denn wie es mit Gott ist, wissen Sie ja. Er tut, was er will, denn er hat die Macht auf seiner Seite.

Pater André ist seitdem an einer Herzversagung gestorben, aber ich glaube, daß es nicht persönlich war, das haben ihm die andern eingebrockt. Ich habe Ihnen nicht früher von ihm erzählt, weil wir nicht so sehr zu seinem Ressort gehört haben, Madame Rosa und ich. Man hatte ihn als notwendig nach Belleville geschickt, um sich um die katholischen afrikanischen Arbeiter zu kümmern, und wir waren weder das eine noch das andere. Er war sehr sanft und hat immer ein bißchen ein schuldbewußtes Gesicht gemacht, als ob er wüßte, daß er sich Vorwürfe zu machen hat. Ich erwähne ihn, weil er ein braver Mann war, und als er gestorben ist, hat mir das eine gute Erinnerung hinterlassen.

Pater André hat ausgesehen, als ob er eine Weile bleiben würde, und ich bin auf die Straße hinuntergegangen, um was Neues zu erfahren über eine üble Geschichte, wo passiert ist. Alle Kerle sagen für das Heroin die »Scheiße«, und ein achtjähriges Kind hatte gehört, daß sich die Kerle Scheiße spritzen und daß das eine tolle Sache ist, und es hatte auf eine Zeitung geschissen und hat sich eine richtige Spritze mit richtiger Scheiße gemacht, weil es geglaubt hat, daß das die echte ist, und es ist daran gestorben. Man hatte sogar Mahoute und noch zwei andere Knaben mitgenommen, weil sie das Kind schlecht informiert hatten, aber ich finde, daß sie nicht verpflichtet waren, einem Achtjährigen beizubringen, sich richtig zu spritzen.

Als ich wieder raufgegangen bin, war außer Pater André auch noch der Rabbiner aus der Rue des Chaumes neben dem koscheren Lebensmittelgeschäft von Monsieur Rubin da, der bestimmt erfahren hat, daß ein Pfarrer sich bei Madame Rosa zu schaffen macht und die Angst bekommen hat, daß sie womöglich christlich stirbt. Er hatte nie einen Fuß bei uns reingesetzt, weil er Madame Rosa noch aus der Zeit gekannt hat, wo sie eine Hure war. Pater André und der Rabbiner, wo einen anderen Namen hat, an den ich mich aber nicht mehr erinnere, haben nicht das Signal zum Aufbruch geben wollen, und sie sind auf zwei Stühlen neben dem Bett bei Madame Rosa sitzen geblieben. Sie haben sogar über den Vietnamkrieg gesprochen, weil das ein neutrales Thema war.

Madame Rosa hat eine gute Nacht verbracht, aber ich habe nicht schlafen können und bin mit offenen Augen in der Dunkelheit gelegen, um an etwas anderes zu denken, und ich hatte keine Idee, was es hätte sein können.

Am anderen Tag ist Dr. Katz gekommen, um Madame Rosa eine periodische Untersuchung zu verpassen, und diesmal, als er ins Treppenhaus gegangen ist, habe ich sofort gespürt, daß das Unglück an unsere Tür klopfen würde.

»Wir müssen sie ins Krankenhaus bringen. Sie kann

nicht mehr hier bleiben. Ich werde den Krankenwagen rufen.«

»Was werden sie im Krankenhaus mit ihr machen?«

»Sie werden ihr die geeignete Behandlung zukommen lassen. Sie kann noch eine Zeitlang leben und vielleicht noch länger. Ich habe Personen gekannt, die dasselbe hatten wie sie, die haben noch jahrelang so weitergemacht.«

Scheiße, habe ich gedacht, aber ich habe vor dem Doktor nichts gesagt. Ich habe einen Augenblick gezögert und dann gefragt:

»Sagen Sie mal, könnten Sie sie nicht abtreiben, Herr Doktor, unter Juden?«

Er schien echt erstaunt.

»Wieso abtreiben? Was erzählst du denn da?«

»Na ja, ich meine, sie abtreiben, um zu verhindern, daß sie leidet.«

Da war Dr. Katz so aufgewühlt, daß er sich hat hinsetzen müssen. Er hat seinen Kopf in beide Hände genommen und hat mehrere Male geseufzt und dabei die Augen zum Himmel erhoben, wie das üblich ist.

»Nein, mein kleiner Momo, das kann ich nicht tun. Die Euthanasie ist durch das Gesetz streng verboten. Wir sind hier in einem zivilisierten Land. Du weißt nicht, was du sagst.«

»Doch, ich weiß es. Ich bin Algerier, ich weiß, wovon ich spreche. Dort haben sie das heilige Recht der Völker, über sich selber zu bestimmen.«

Dr. Katz hat mich angesehen, als ob ich ihm Angst gemacht hätte. Er hat kein Wort gesagt und das Maul aufgesperrt. Manchmal bin ich es richtig leid, so wenig wollen die Leute verstehen.

»Gibt es das heilige Recht der Völker ja oder Scheiße?«

»Natürlich gibt es das«, hat Dr. Katz gesagt, und er

ist sogar von der Stufe aufgestanden, auf die er sich gesetzt hatte, um ihm Respekt zu bezeugen.

»Natürlich gibt es das. Es ist eine große, schöne Sache. Aber ich sehe keinen Zusammenhang.«

»Der Zusammenhang ist der, daß, wenn es das gibt, Madame Rosa das heilige Recht der Völker hat, über sich selber zu bestimmen, wie alle Welt. Und wenn sie sich abtreiben lassen will, dann ist das ihr Recht. Und Sie müßten es ihr machen, weil, sie braucht einen jüdischen Arzt dafür, damit es nicht nach Antisemitismus aussieht. Sie sollten sich unter Juden nicht leiden lassen. Das ist gemein.«

Dr. Katz hat immer mehr geatmet, und er hat sogar Schweißtropfen auf der Stirn gehabt, so habe ich gesprochen. Es war das erstemal, daß ich wirklich vier Jahre älter war.

»Du weißt nicht, was du sagst, mein Kind, du weißt nicht, was du sagst.«

»Ich bin nicht Ihr Kind, und ich bin sogar überhaupt kein Kind mehr. Ich bin ein Hurensohn, und mein Vater hat meine Mutter umgebracht, und wenn man das weiß, weiß man alles, und dann ist man eben kein Kind mehr.«

Dr. Katz hat gezittert, so verblüfft hat er mich angesehen.

»Wer hat dir denn das gesagt, Momo? Wer hat dir denn diese Dinge erzählt?«

»Wer mir das erzählt hat, ist egal, Herr Doktor, weil, manchmal ist es besser, so wenig Vater wie möglich zu haben, glauben Sie meiner alten Erfahrung und wie ich die Ehre habe, um wie Monsieur Hamil zu sprechen, der Kumpel von Monsieur Victor Hugo, den Sie sicherlich kennen. Und sehen Sie mich nicht so an, Herr Doktor, denn ich bekomme keinen Wutanfall, ich bin nicht psychiatrisch, ich bin nicht erblich, ich bringe auch meine Hurenmutter nicht um, weil das schon passiert ist, Gott habe ihre Möse selig, die viel Gutes auf Erden getan hat, und ihr könnt mich alle am Arsch lecken, außer Madame Rosa, die das einzige ist, was ich hier geliebt habe, und ich werde nicht zulassen, daß sie Weltmeister aller Gemüse wird, nur um der Medizin einen Gefallen zu tun, und wenn ich einmal die Elenden schreibe, werde ich alles sagen, was ich will, ohne jemanden umzubringen, weil es dasselbe ist, und wenn Sie nicht ein alter, herzloser Jude wären, sondern ein echter Jude mit einem richtigen Herzen anstelle des Organs, würden Sie eine gute Tat begehen und würden Madame Rosa sofort abtreiben, um sie vor dem Leben zu retten, das ihr von einem Vater an den Arsch gefeuert worden ist, den man nicht einmal kennt und der nicht einmal ein Gesicht hat, derart versteckt er sich, und es ist nicht einmal erlaubt, ihn darzustellen, denn er hat eine ganze Mafia, um ihn daran zu hindern, daß er sich aufnehmen läßt, und das ist kriminell, Madame Rosa und die Verurteilung der Ärzte, dieser dreckigen Arschlöcher, wegen Beistandsverweigerung ...«

Dr. Katz war ganz blaß, und das hat ihm gut gestanden bei seinem hübschen weißen Bart und seinen Augen, die herzkrank waren, und ich habe aufgehört, weil, wenn er sterben würde, hätte er noch nichts gehört von dem, was ich ihnen eines Tages alles sagen würde. Aber seine Knie haben angefangen weich zu werden, und ich habe ihm geholfen, sich wieder auf die Stufen zu setzen, aber ohne ihm und niemand etwas zu verzeihen. Er hat die Hand ans Herz gelegt und mich angesehen, als ob er der Kassierer einer Bank wäre und mich bitten würde, ihn nicht zu töten. Aber ich habe nur die Arme über der Brust gekreuzt und mich wie ein

Volk gefühlt, das das heilige Recht hat, über sich selbst zu bestimmen.

»Mein kleiner Momo, mein kleiner Momo.«

»Es gibt keinen kleinen Momo. Ist es ja oder Scheiße?«

»Ich darf das nicht tun ...«

»Sie wollen sie nicht abtreiben?«

»Das ist unmöglich, die Euthanasie wird streng bestraft ...«

Das ist ja zum Lachen. Ich möchte nur wissen, wer nicht streng bestraft wird, vor allem, wenn es nichts zu bestrafen gibt.

»Wir müssen sie ins Krankenhaus bringen, das ist eine humanitäre Sache ...«

»Nehmen Sie mich zusammen mit ihr im Krankenhaus auf?«

Das hat ihn ein wenig beruhigt, und er hat sogar gelächelt.

»Du bist ein guter Kleiner, Momo. Nein, aber du kannst sie besuchen. Nur wird sie dich bald nicht mehr erkennen.«

Er hat versucht, von was anderem zu reden.

»Apropos, was wird denn aus dir werden, Momo? Du kannst nicht allein leben.«

»Machen Sie sich um mich keine Sorgen. Ich kenne einen Haufen Huren am Pigalle. Ich habe schon mehrere Anträge bekommen.«

Dr. Katz hat den Mund aufgemacht, hat mich angesehen, hat geschluckt, und dann hat er geseufzt, wie es alle tun. Ich habe nachgedacht. Ich mußte Zeit gewinnen, das muß man immer.

»Hören Sie, Herr Doktor, rufen Sie nicht im Krankenhaus an. Geben Sie mir noch ein paar Tage. Vielleicht wird sie ganz allein sterben. Außerdem muß ich sehen, daß ich was finde. Andernfalls stecken sie mich in ein Fürsorgeheim.«

Er hat noch einmal geseufzt. Jedesmal wenn dieser Kerl geatmet hat, hat er es getan, um zu seufzen. Ich hatte die Nase voll von Kerlen, die seufzen.

Er hat mich angesehen, aber anders.

»Du bist nie ein Kind gewesen wie die andern, Momo. Und du wirst nie ein Mann sein wie die andern, ich habe das immer gewußt.«

»Danke, Herr Doktor. Das ist nett, daß Sie mir das sagen.«

»Ich denke es wirklich. Du wirst immer anders sein.«

Ich habe einen Augenblick nachgedacht.

»Vielleicht weil ich einen psychiatrischen Vater gehabt habe.«

Dr. Katz schien krank zu sein, derart hat er nicht gut ausgesehen.

»Aber nein, Momo. Das habe ich damit nicht sagen wollen. Du bist noch zu jung, um zu verstehen, aber …«

»Man ist nie zu jung für etwas, Herr Doktor, glauben Sie meiner alten Erfahrung.«

Er schien erstaunt.

»Wo hast du denn diesen Ausdruck her.«

»Mein Freund Monsieur Hamil sagt immer so.«

»Ach so. Du bist ein sehr intelligenter, sehr sensibler, ein zu sensibler Junge. Ich habe zu Madame Rosa gesagt, daß du nie wie die andern sein wirst. Manchmal werden das große Dichter, Schriftsteller, und manchmal …«

Er hat geseufzt.

»… und manchmal Aufrührer. Aber sei unbesorgt, das heißt keineswegs, daß du nicht normal bist.«

»Ich hoffe sehr, daß ich nie normal sein werde, Herr Doktor, nur die Schufte sind immer normal. Und ich werde alles tun, um nicht normal zu sein, Herr Doktor …«

Er ist noch einmal aufgestanden, und ich habe gedacht, daß jetzt der richtige Augenblick war, ihn etwas zu fragen, weil, das ließ mir nämlich keine Ruhe mehr. »Sagen Sie mal, Herr Doktor, sind Sie sicher, daß ich vierzehn Jahre alt bin? Bin ich nicht zwanzig, dreißig oder noch mehr Jahre alt? Erst sagt man mir zehn Jahre, dann vierzehn. Bin ich nicht zufällig viel älter? Bin ich ein Zwerg? Ich habe keine Lust, ein Zwerg zu sein, Herr Doktor, selbst wenn sie normal sind und anders.«

Dr. Katz hat in seinen Bart gelächelt, und er war glücklich, mir endlich eine wirklich gute Nachricht zu verkünden.

»Nein, du bist kein Zwerg, Momo, darauf gebe ich dir mein Arztwort. Du bist vierzehn Jahre alt, aber Madame Rosa hat dich so lange wie möglich behalten wollen, sie hatte Angst, daß du sie verläßt, deshalb hat sie dir vorgemacht, daß du erst zehn bist. Ich hätte es dir vielleicht schon etwas früher sagen sollen, aber …« Er hat gelächelt und das hat ihn noch trauriger gemacht.

»… aber weil es eine schöne Liebesgeschichte war, habe ich nichts gesagt. Madame Rosa zuliebe will ich gern noch ein paar Tage warten, aber ich bin der Meinung, daß sie unbedingt ins Krankenhaus muß. Wir haben kein Recht, ihr Leiden abzukürzen, wie ich dir schon erklärt habe. Bis dahin macht ein paar gymnastische Übungen mit ihr, nehmt sie auf, bewegt sie, laßt sie im Zimmer kleine Spaziergänge machen, sonst wird sie überall verfaulen und Geschwüre bekommen. Man muß sie ein bißchen bewegen. Zwei Tage oder drei, aber nicht länger …«

Ich habe einen von den Brüdern Zaoum gerufen, der ihn auf dem Rücken runtergetragen hat.

Dr. Katz lebt noch, und eines Tages werde ich ihn besuchen gehen.

Ich bin einen Augenblick allein auf der Treppe sitzen geblieben, um Ruhe zu haben. Ich war sogar glücklich, weil ich gewußt habe, daß ich kein Zwerg war, und das war immerhin etwas. Ich habe einmal das Foto von einem Herrn gesehen, wo ein Krüppel ist und ohne Arme und Beine lebt. Ich denke oft an ihn, damit ich mich besser fühle als er, das gibt mir das Vergnügen, daß ich Arme und Beine habe. Dann habe ich an die Übungen gedacht, die wir mit Madame Rosa machen müssen, um sie ein wenig zu bewegen, und ich bin Monsieur Waloumba holen gegangen, damit er mir hilft, aber er war an seiner Arbeit im Müll. Ich bin den ganzen Tag bei Madame Rosa geblieben, die sich die Karten gelegt hat, um ihre Zukunft zu lesen. Als Monsieur Waloumba von der Arbeit zurückgekommen ist, ist er mit seinen Kumpels heraufgekommen, sie haben Madame Rosa genommen und haben ein bißchen mit ihr geübt. Sie haben sie erst im Zimmer herumgeführt, denn ihre Beine hat sie noch benutzen können, und dann haben sie sie auf eine Decke gelegt und haben sie ein bißchen geschaukelt, um sie innerlich zu bewegen. Am Ende haben sie sogar gelacht, weil das eine zwerchfellerschütternde Wirkung auf sie gehabt hat, Madame Rosa als eine große Puppe zu sehen, und es hat ausgesehen, als ob sie mit etwas spielen würden. Das hat ihr sehr gutgetan, und sie hat sogar ein freundliches Wort für jeden gehabt. Danach haben wir sie ins Bett gelegt, haben sie gefüttert, und sie hat nach einem Spiegel verlangt. Als sie sich im Spiegel gesehen hat, hat sie sich angelächelt und die fünfunddreißig Haare, die sie noch hatte, in Ordnung gebracht. Wir haben sie alle beglückwünscht wegen ihrem guten Aussehen. Sie hat sich geschminkt, sie hatte noch ihre Weiblichkeit, man kann sehr gut häßlich sein und doch versuchen, das Beste aus sich zu machen. Schade, daß Madame Rosa nicht schön war, denn sie war begabt dafür und hätte eine sehr schöne Frau abgegeben. Sie hat sich im Spiegel angelächelt, und wir waren froh, daß sie nicht angewidert war.

Danach haben die Brüder von Monsieur Waloumba ihr gepfefferten Reis gemacht, sie haben gesagt, daß man sie gut pfeffern muß, damit ihr Blut schneller fließt. Unterdessen ist Madame Lola gekommen, und das war immer, als ob die Sonne hereinkäme, dieser Senegalese. Das einzige, was mich bei Madame Lola traurig macht, das ist, wenn sie davon träumt, sich vorn alles abschneiden zu lassen, um eine ganze Frau zu sein, wie sie sagt. Ich finde, daß das Extremitäten sind, und ich habe immer Angst, daß sie sich dabei weh tut.

Madame Lola hat der Jüdin eines ihrer Kleider geschenkt, denn sie hat gewußt, wie wichtig der Lebensmut bei den Frauen ist. Sie hat auch Champagner mitgebracht, und es gibt nichts Besseres. Sie hat Parfüm auf Madame Rosa geschüttet, die das immer mehr gebraucht hat, denn sie hatte Mühe, ihre Öffnungen zu kontrollieren.

Madame Lola ist von frohem Naturell, weil sie in diesem Sinn von der Sonne Afrikas gesegnet worden ist, und es war eine Freude, sie mit übereinandergeschlagenen Beinen auf dem Bett sitzen zu sehen, mit letzter Eleganz gekleidet. Madame Lola ist sehr schön für einen Mann, außer ihrer Stimme, die noch aus der Zeit stammt, wo sie Boxer im Schwergewicht war, und sie konnte nichts dafür, denn die Stimme hat mit den Eiern zu tun, und das war die große Betrübnis in ihrem Leben. Ich hatte Arthur den Regenschirm bei mir, ich wollte mich nicht so abrupt von ihm trennen, trotz der vier Jahre, die ich auf einen Schlag älter geworden war. Ich hatte schließlich das Recht, mich daran zu gewöhnen, weil, die andern brauchen viel länger, um ein paar Jahre älter zu werden, und ich brauchte mich nicht zu beeilen.

Madame Rosa kam so schnell wieder auf die Höhe, daß sie aufstehen und sogar allein gehen konnte, es war Rückgang und Hoffnung. Als Madame Lola mit ihrer Handtasche zur Arbeit gegangen ist, haben wir eine Kleinigkeit gegessen, und Madame Rosa hat das Hähnchen gekostet, das Monsieur Djamaili, der bekannte Lebensmittelhändler, ihr hatte bringen lassen. Monsieur Djamaili selber war zwar gestorben, aber sie hatten sich zu ihren Lebzeiten so gut verstanden, und seine Familie hat das Geschäft weitergeführt. Danach hat sie ein wenig Tee getrunken mit Konfitüre und hat ein nachdenkliches Gesicht gemacht, und ich habe Angst bekommen, weil ich geglaubt habe, daß es ein neuer Stumpfsinnsanfall war. Aber wir hatten sie tagsüber so geschüttelt, daß ihr Blut seinen Dienst erfüllt hat und wie vorgesehen in den Kopf gelangt ist.

»Momo, sag mir die ganze Wahrheit.«

»Madame Rosa, die ganze Wahrheit kenne ich nicht, ich weiß nicht einmal, wer sie kennt.«

»Was hat Dr. Katz gesagt?«

»Er hat gesagt, daß man Sie ins Krankenhaus bringen muß, daß man sich dort um Sie kümmern wird, um Sie am Sterben zu hindern. Sie können noch lange leben.«

Mir war ganz beklommen ums Herz, daß ich ihr solche Dinge sagen mußte, und ich habe sogar versucht zu lächeln, als ob es eine gute Nachricht wäre, die ich ihr verkündet habe.

»Wie nennen sie denn diese Krankheit, die ich habe?«

Ich habe meinen Speichel runtergeschluckt.

»Es ist kein Krebs, Madame Rosa, das kann ich Ihnen schwören.«

»Momo, wie nennen das die Ärzte?«
»Man kann so noch lange leben.«
»Wie, so?«
Ich habe nichts gesagt.
»Momo, du wirst mich doch nicht belügen? Ich bin eine alte Jüdin, man hat mir alles angetan, was man einem Menschen antun kann ...«
Sie gebrauchte das jüdische Wort *Mensch*, das Mann oder Frau bedeuten kann.
»Ich will alles wissen. Es gibt Dinge, die man einem Menschen nicht antun darf. Ich weiß, daß es Tage gibt, an denen ich nicht mehr richtig bin im Kopf.«
»Das ist nichts, Madame Rosa, man kann sehr gut so leben.«
»Wie, so?«
Ich habe mich nicht mehr beherrschen können. Die Tränen haben mich von innen erstickt. Ich habe mich auf sie gestürzt, sie hat mich in die Arme genommen, und ich habe geheult:
»Wie ein Gemüse, Madame Rosa, wie ein Gemüse! Sie wollen Sie wie ein Gemüse leben lassen.«
Sie hat nichts gesagt. Sie hat nur ein wenig geschwitzt.
»Wann werden sie mich abholen kommen?«
»Ich weiß nicht, in ein oder zwei Tagen, Dr. Katz mag Sie sehr, Madame Rosa. Er hat zu mir gesagt, daß er uns nur trennt, weil ihm das Messer am Hals steht.«
»Ich gehe nicht.«
»Ich weiß nicht mehr, was ich tun soll, Madame Rosa. Das sind alles Schufte. Sie wollen Sie nicht abtreiben.«
Sie schien sehr ruhig. Sie hat nur darum gebeten, sich zu waschen, weil sie unter sich gepinkelt hatte.
Ich finde, daß sie sehr schön war, wenn ich jetzt an sie zurückdenke. Das kommt darauf an, wie man an jemand denkt.

»Die reinste Gestapo«, hat sie gesagt.

Und dann hat sie nichts mehr gesagt.

In der Nacht ist mir kalt geworden, ich bin aufgestanden und rüber gegangen, um ihr eine zweite Decke zu geben.

Am andern Tag bin ich zufrieden aufgewacht. Wenn ich wach werde, denke ich zuerst an nichts und habe so eine schöne Zeit. Madame Rosa war lebendig, und sie hat mir sogar ein schönes Lächeln geschenkt, um zu zeigen, daß alles gut ging, nur die Leber hat ihr weh getan, die bei ihr hepatitisch war, und die linke Niere, die Dr. Katz sehr böse angesehen hat, sie hatte auch noch andere Einzelheiten, die nicht geklappt haben, aber es ist nicht an mir, Ihnen zu sagen, was es war, ich verstehe nichts davon. Draußen hat die Sonne geschienen, und ich habe die Gelegenheit genutzt, um die Vorhänge zurückzuziehen, aber sie hat das nicht gemocht, weil bei dem Licht hat sie sich zu genau gesehen, und das hat ihr Kummer gemacht. Sie hat den Spiegel genommen, und sie hat nur gesagt:

»Was bin ich häßlich geworden, Momo.«

Ich habe einen Zorn gekriegt, weil man kein Recht hat, über eine Frau, die alt und krank ist, etwas Böses zu sagen. Ich finde, daß man nicht alles mit demselben Blick beurteilen kann, wie die Nilpferde oder die Schildkröten, die nicht sind wie alle Welt.

Sie hat die Augen zugemacht, und die Tränen sind gelaufen, aber ich weiß nicht, ob das war, weil sie geweint hat oder ob es die Muskeln waren, die locker wurden.

»Ich bin monströs, ich weiß es genau.«

»Madame Rosa, das ist nur, weil Sie nicht den andern gleichen.«

Sie hat mich angesehen.

»Wann kommen sie mich denn holen?«

»Dr. Katz ...«

»Ich will nichts von Dr. Katz hören. Er ist ein braver Mann, aber er kennt die Frauen nicht. Ich bin schön gewesen, Momo. Ich hatte die beste Kundschaft in der Rue de Provence. Wieviel Geld haben wir noch?«

»Madame Lola hat mir hundert Francs dagelassen. Sie wird uns noch mehr geben. Sie schlägt sich sehr gut durch.«

»Ich würde nie im Bois de Boulogne arbeiten. Man kann sich dort nicht waschen. Bei den Hallen hatten wir erstklassige Hotels mit Hygiene. Und im Bois de Boulogne ist es sogar gefährlich, wegen den Sonderlingen.«

»Den Sonderlingen haut Madame Lola die Fresse voll, Sie wissen doch, daß sie Boxer gewesen ist.«

»Sie ist eine Heilige. Ich weiß nicht, was ohne sie aus uns geworden wäre.«

Danach hat sie ein jüdisches Gebet aufsagen wollen, wie ihre Mutter es sie gelehrt hatte. Ich habe große Angst bekommen, weil ich geglaubt habe, daß sie wieder in die Kindheit zurückfällt, aber ich habe ihr nicht widersprechen wollen. Bloß, sie hat sich nicht mehr an die Worte erinnern können, weil es in ihrem Kopf so weich war. Sie hatte das Gebet Moses beigebracht, und ich hatte es auch gelernt, weil mir das gegen den Strich gegangen ist, wenn sie so Zeug unter sich gemacht haben. Ich habe es aufgesagt:

»*Shema israel adenoi eloheinou adenoi ekhot bouroukh shein kweit malhoussé loeilem boet ...*«

Sie hat mir nachgesprochen, und hinterher bin ich aufs Klo gegangen und habe ausgespuckt, pff pff pff, wie es die Juden machen, weil es nicht meine Religion war. Sie hat sich anziehen wollen, aber ich habe ihr nicht allein helfen können und ich bin in die schwarze Wohngemeinschaft gegangen, wo ich Monsieur Waloumba, Monsieur Sokoro, Monsieur Tané und andere angetroffen habe, deren Namen ich Ihnen nicht sagen kann, denn sie sind dort alle Heiden.

Als wir raufgekommen sind, habe ich sofort gesehen, daß Madame Rosa wieder stumpfsinnig war, sie hat die Augen verdreht wie ein gebackener Fisch, und ihr Mund, aus dem Speichel geflossen ist, hat offen gestanden, wie ich schon die Ehre gehabt habe und wie ich nicht scharf bin, wieder drauf zurückzukommen. Ich habe mich sofort an das erinnert, was Dr. Katz mir von den Übungen gesagt hatte, die wir mit Madame Rosa machen sollten, um sie durcheinanderzurütteln, damit ihr Blut an alle Stellen läuft, wo es gebraucht wird. Wir haben Madame Rosa schnell auf eine Decke gelegt und die Brüder von Monsieur Waloumba haben sie mit ihrer sprichwörtlichen Kraft hochgehoben und haben angefangen, sie zu bewegen, aber in diesem Augenblick ist Dr. Katz auf dem Rücken von Monsieur Zaoum dem Älteren mit seinen Arztinstrumenten in einem kleinen Köfferchen angekommen. Er hat sich furchtbar aufgeregt, bevor er vom Rücken von Monsieur Zaoum dem Älteren heruntergekommen ist, denn das hatte er gar nicht gemeint. Ich habe Dr. Katz noch nie so wütend gesehen, und er hat sich sogar hinsetzen müssen, um sich das Herz festzuhalten, denn alle diese Juden hier sind krank, sie sind schon vor langer Zeit aus Europa nach Belleville gekommen, sie sind alt und erschöpft, und deshalb haben sie hier halt gemacht, weil sie nicht weiter gekonnt haben. Er hat mich angebrüllt, es war ganz furchtbar, und hat uns Wilde geschimpft, was Monsieur Waloumba in Harnisch gebracht hat, der ihn darauf aufmerksam gemacht hat, daß das Gerede ist. Dr. Katz hat sich entschuldigt und gesagt, daß das nicht böse gemeint war, daß er nicht verordnet hat, Madame Rosa wie einen Pfannkuchen in die Luft zu werfen, um sie durcheinanderzurütteln, sondern sie ab und zu ganz vorsichtig ein paar Schritte machen zu lassen. Monsieur Waloumba und seine Landsleute haben Madame Rosa schnell in ihren Sessel gesetzt, denn man hat die Bettwäsche wechseln müssen, wegen ihrer Notdurft.

»Ich werde im Krankenhaus anrufen«, hat Dr. Katz endgültig gesagt. »Ich fordere sofort einen Krankenwagen an. Ihr Zustand macht das erforderlich. Sie braucht ständige Pflege.«

Ich habe zu flennen angefangen, aber ich habe schon gesehen, daß ich gesprochen habe, um nichts zu sagen. Und da habe ich eine geniale Idee gehabt, denn ich war wirklich zu allem fähig.

»Herr Doktor, wir können Sie nicht ins Krankenhaus bringen. Nicht heute. Heute bekommt sie Besuch von ihrer Familie.«

Er schien erstaunt.

»Wieso Familie? Sie hat doch niemanden auf der Welt.«

»Sie hat Familie in Israel, und ...«

Ich habe meine Spucke runtergeschluckt.

»Sie kommen heute.«

Dr. Katz hat eine lange Schweigeminute eingelegt, im Gedenken an Israel. Er hat es nicht fassen können.

»Das habe ich gar nicht gewußt«, hat er gesagt, und er hatte jetzt Respekt in der Stimme, denn für die Juden bedeutet Israel viel.

»Das hat sie mir nie gesagt ...«

Ich habe wieder Hoffnung geschöpft. Ich habe mit

meinem Überzieher und dem Regenschirm Arthur in einer Ecke gesessen und habe seine Melone genommen und sie mir aufgesetzt, wegen dem Dusel.

»Sie kommen heute, um sie zu holen. Sie wollen sie mit nach Israel nehmen. Das ist alles schon geregelt. Die Russen haben ihr ein Visum gegeben.«

Dr. Katz war verblüfft.

»Wieso die Russen? Was erzählst du denn da?«

Scheiße, ich habe gemerkt, daß ich da etwas Verkehrtes gesagt habe, und dabei hatte mir Madame Rosa oft erzählt, daß man ein russisches Visum braucht, um nach Israel zu gehen.

»Na ja, Sie wissen schon, was ich meine.«

»Du verwechselt das, mein kleiner Momo, aber ich sehe schon ... Dann kommt man sie also abholen?«

»Ja, sie haben erfahren, daß sie nicht mehr ganz dicht ist, deshalb nehmen sie sie mit nach Israel. Sie nehmen morgen das Flugzeug.«

Dr. Katz schien entzückt, er hat sich den Bart gestrichen, das war die beste Idee, die ich je gehabt hatte. Zum ersten Mal war ich wirklich vier Jahre älter.

»Sie sind sehr reich. Sie haben Geschäfte und sind motorisiert. Sie ...«

Ich habe Scheiße zu mir gesagt, man darf nie zu dick auftragen. »Sie haben halt alles, was man braucht.«

»Tss, tss«, hat Dr. Katz gemacht und mit dem Kopf genickt, »das ist eine gute Nachricht. Die arme Frau hat so viel in ihrem Leben gelitten ... Aber warum haben sie sich denn nicht früher gemeldet?«

»Sie haben ihr geschrieben, daß sie kommen soll, aber Madame Rosa hat mich nicht allein lassen wollen. Madame Rosa und ich, wir können nicht einer ohne den andern sein. Das ist alles, was wir auf der Welt haben. Sie wollte mich nicht sitzen lassen. Selbst jetzt will sie nicht. Noch gestern habe ich sie anflehen müssen. Madame Rosa, gehen Sie zu Ihrer Familie nach Israel. Sie werden dort ruhig sterben, Ihre Verwandten werden sich dort um Sie kümmern. Hier sind Sie nichts. Dort sind Sie viel mehr.«

Dr. Katz hat mich mit vor Staunen offenem Mund angesehen. Er hatte sogar Rührung in den Augen, die ein bißchen feucht geworden waren.

»Das ist das erstemal, daß ein Araber einen Juden nach Israel schickt«, hat er gesagt, und er hat kaum sprechen können, weil er einen Schock hatte.

»Sie hat nicht ohne mich gehen wollen.«

Dr. Katz hat mich nachdenklich angesehen.

»Und ihr könnt nicht beide dorthin?«

Das hat mir einen Schlag versetzt. Ich hätte alles mögliche gegeben, um irgendwo hingehen zu können.

»Madame Rosa hat zu mir gesagt, daß sie sich dort erkundigen würde …«

Ich hatte fast keine Stimme mehr, weil ich überhaupt nicht mehr gewußt habe, was ich sagen sollte.

»Auf jeden Fall war sie einverstanden. Sie kommen heute, um sie abzuholen, und morgen nehmen sie das Flugzeug?«

»Und was wird dann aus dir, mein kleiner Mohammed?«

»Ich habe hier jemand gefunden, bis sie mich kommen läßt.«

»Bis … was?«

Ich habe nichts mehr gesagt. Ich hatte mich in ein richtiges Wespennest gesetzt. Ich habe nicht mehr gewußt, wie ich da herauskommen sollte.

Monsieur Waloumba und die Seinen waren sehr froh, weil sie gesehen haben, daß ich alles in Ordnung gebracht hatte. Ich habe mit meinem Regenschirm Arthur auf dem Boden gesessen und nicht mehr gewußt, wo ich war. Ich habe es nicht mehr gewußt, und ich habe es nicht einmal mehr wissen wollen.

Dr. Katz ist aufgestanden.

»Nun, das ist eine gute Nachricht. Madame Rosa kann noch lange leben, selbst wenn sie es nicht mehr richtig weiß. Sie entwickelt sich sehr schnell. Aber sie wird Augenblicke haben, in denen sie bei Bewußtsein ist, und sie wird glücklich sein, wenn sie sieht, daß sie zu Hause ist. Sag ihrer Familie, sie soll bei mir vorbeischauen, ich gehe ja nicht mehr aus dem Haus.«

Er hat mir die Hand auf den Kopf gelegt. Es ist verrückt, wie viele Leute einem die Hand auf den Kopf legen. Das tut ihnen gut.

»Wenn Madame Rosa vor ihrer Abreise wieder zu Bewußtsein kommt, dann sage ihr, daß ich sie beglückwünsche.«

»Jawohl, ich werde ihr *mazel tow* sagen.«

Dr. Katz hat mich stolz angesehen.

»Du bist bestimmt der einzige Araber auf der Welt, der jiddisch spricht, mein kleiner Momo.«

»Ja, *mittornischt zorgen*.«

Falls Sie nicht jüdisch können, bei ihnen heißt das: man kann sich nicht beklagen.

»Und vergiß nicht, Madame Rosa zu sagen, wie glücklich ich für sie bin«, hat Dr. Katz noch einmal gesagt, und das ist das letzte Mal, daß ich Ihnen von ihm erzähle, so ist halt das Leben.

Monsieur Zaoum der Ältere hat an der Tür höflich auf ihn gewartet, um ihn runterzubringen. Monsieur Waloumba und seine Stammesbrüder haben Madame Rosa auf ihr sauberes Bett gelegt und sind ebenfalls weggegangen. Und ich habe mit meinem Regenschirm Arthur und meinem Überzieher dagesessen und Madame Rosa betrachtet, die auf dem Rücken lag, wie eine dicke Schildkröte, die nicht dafür geschaffen war.

»Momo …«

Ich habe nicht einmal aufgesehen. »Ja, Madame Rosa.«

»Ich habe alles gehört.«

»Ich weiß, ich hab ja gesehen, daß Sie geguckt haben.«

»Dann werde ich also nach Israel reisen?«

Ich habe nichts gesagt. Ich habe nur unter mich geguckt, um sie nicht zu sehen, denn jedesmal, wenn wir uns angesehen haben, haben wir uns weh getan.

»Du hast gut daran getan, mein kleiner Momo. Du wirst mir helfen.«

»Natürlich werde ich Ihnen helfen, Madame Rosa, aber noch nicht sofort.«

Ich habe sogar ein bißchen geflennt.

Sie hat einen guten Tag gehabt und gut geschlafen, aber am nächsten Abend ist es noch schlimmer geworden, als der Hausverwalter gekommen ist, weil wir schon seit Monaten die Miete nicht mehr bezahlt haben. Er hat gesagt, daß es eine Schande ist, eine alte kranke Frau in der Wohnung zu behalten und niemand, wo sich um sie kümmert, und daß man sie in ein Altersheim schaffen muß aus humanitären Gründen. Es war ein dicker Glatzkopf mit scheinheiligen Augen, und er ist weggegangen und hat gesagt, daß er im Krankenhaus anrufen würde wegen Madame Rosa und bei der Fürsorge wegen mir. Er hatte auch einen großen Schnurrbart, der sich bewegt hat. Ich bin die Treppe runtergestürzt und habe den Verwalter eingeholt, als er schon in der Kneipe von Monsieur Driss war, um zu telephonieren. Ich habe ihm gesagt, daß die Familie von Madame

Rosa am andern Tag kommen würde, um sie mitzunehmen nach Israel, und daß ich mit ihr gehen würde. Er kann dann die Wohnung wieder haben. Ich habe eine geniale Idee gehabt und ihm gesagt, daß die Familie von Madame Rosa ihm die drei Monate Miete bezahlen würde, die wir ihm schulden, während das Krankenhaus überhaupt nicht bezahlen würde. Ich schwöre Ihnen, daß die vier Jahre, die ich aufgeholt hatte, einen großen Unterschied ausmachten, und jetzt habe ich mich ganz schnell daran gewöhnt, so zu denken, wie es nötig ist. Ich habe ihn sogar darauf aufmerksam gemacht, daß, wenn er Madame Rosa ins Krankenhaus und mich ins Fürsorgeheim schaffen würde, er alle Juden und alle Araber von Belleville auf dem Pelz hätte, weil er uns daran gehindert hat, in die Heimat unserer Vorfahren zurückzukehren. Ich habe ihm die ganze Ladung vor den Latz geknallt und ihm versprochen, daß er einen *Khlaoui* in den Mund bekäme, weil das die jüdischen Terroristen immer tun, und was Schlimmeres gibt es nicht, außer meinen arabischen Brüdern, die kämpfen, um über sich selbst zu bestimmen und heimzukehren, und daß er mit Madame Rosa und mir alle jüdischen Terroristen und alle arabischen Terroristen zusammen auf den Hals bekäme und daß er dann seine Eier zählen könnte. Alle haben nach uns geguckt, und ich war sehr zufrieden mit mir, ich war wirklich in Hochform. Am liebsten hätte ich diesen Kerl umgebracht, es war die Verzweiflung, und niemand in der Kneipe hatte mich jemals so gesehen. Monsieur Driss hat zugehört und dem Hausverwalter den Rat gegeben, sich nicht in die Geschichten zwischen Arabern und Juden einzumischen, das könnte ihn teuer zu stehen kommen. Monsieur Driss ist Tunesier, aber dort haben sie auch Araber. Der Hausverwalter ist ganz blaß geworden, und er hat gesagt, daß er nicht gewußt hätte, daß wir heimfahren täten und daß er der erste wäre, der sich darüber freut. Er hat mich sogar gefragt, ob ich nicht was trinken will. Es war das erste Mal, daß man mir einen ausgeben wollte wie einem Mann. Ich habe eine Coca bestellt, habe tschüs zu ihnen gesagt und bin wieder in die sechste Etage raufgegangen. Es war keine Zeit mehr zu verlieren.

Ich habe Madame Rosa in ihrem Verwöhnungszustand vorgefunden, aber ich habe genau gesehen, daß sie Angst hatte, und das ist ein Zeichen von Intelligenz. Sie hat sogar meinen Namen gesagt, als ob sie mich zu Hilfe rufen würde.

»Ich bin da, Madame Rosa, ich bin da …«

Sie hat versucht, etwas zu sagen, und ihre Lippen haben sich bewegt, ihr Kopf hat gezittert, und sie hat Anstrengungen gemacht, um eine menschliche Person zu sein. Aber es ist nichts anderes dabei herausgekommen, als daß ihre Augen immer größer geworden sind und sie dann mit offenem Mund dagesessen ist, die Hände auf den Sessellehnen und vor sich hingeschaut hat, als ob sie schon die Klingel hören würde …

»Momo…«

»Seien Sie unbesorgt, Madame Rosa, ich werde nicht zulassen, daß Sie Weltmeister aller Gemüse in einem Krankenhaus werden …«

Ich weiß nicht, ob ich Ihnen schon erzählt habe, daß Madame Rosa immer das Bild von Monsieur Hitler unter ihrem Bett liegen hatte, und wenn es ihr ganz drekkig gegangen ist, hat sie es hervorgeholt, angeschaut, und sofort ist es ihr wieder besser gegangen. Ich habe das Bild unterm Bett hervorgeholt und habe es Madame Rosa vor die Nase gehalten.

»Madame Rosa, gucken Sie mal, wer da ist ...«
Ich habe sie schütteln müssen. Sie hat ein wenig geseufzt, sie hat das Gesicht von Monsieur Hitler vor sich gesehen und sie hat es sofort wiedererkannt, sie hat sogar einen Schrei ausgestoßen, das hat sie wieder völlig zu sich gebracht, und sie hat versucht aufzustehen.
»Beeilen Sie sich, Madame Rosa, schnell, wir müssen weg ...«
»Kommen sie?«
»Noch nicht, aber wir müssen hier weg. Wir verreisen nach Israel, erinnern Sie sich?«
Sie hat angefangen zu funktionieren, denn bei den Alten sind es immer die Erinnerungen, die am stärksten sind.
»Hilf mir, Momo ...«
»Sachte, Madame Rosa, wir haben Zeit, sie haben noch nicht telephoniert, aber wir können nicht mehr hier bleiben ...«
Ich hatte Mühe, sie anzuziehen, und zu allem Überdruß hat sie sich noch schön machen wollen, und ich habe ihr den Spiegel halten müssen, während sie sich geschminkt hat. Ich habe zwar nicht eingesehen, warum sie ihre besten Kleider anziehen wollte, aber über die Weiblichkeit kann man eben nicht diskutieren. Sie hatte einen ganzen Haufen Klamotten in ihrem Schrank, die nach nichts Bekanntem ausgesehen haben, sie hatte sie auf dem Flohmarkt gekauft, als sie noch Möpse hatte, nicht um sie anzuziehen, sondern um davor zu träumen. Das einzige, in das sie ganz reinkam, war ihr japanischer Modell-Kimono mit Vögeln, Blumen und der aufgehenden Sonne. Er war rot und orange. Sie hat auch ihre Perücke aufgesetzt und hat sich noch einmal im Spiegel am Schrank anschauen wollen, aber ich habe sie nicht gelassen, es war besser. Es war schon elf Uhr

abends, als wir uns auf die Treppe haben machen können. Ich hätte nie geglaubt, daß es ihr gelingen würde. Ich habe nicht gewußt, wieviel Kraft Madame Rosa noch in sich hatte, um in ihr Judenloch sterben zu gehen. Ich habe nie an ihr Judenloch geglaubt. Ich hatte nie begriffen, warum sie es eingerichtet hatte und warum sie von Zeit zu Zeit runtergegangen war, sich hingesetzt, um sich geschaut und geatmet hat. Jetzt habe ich es begriffen. Ich hatte noch nicht lange genug gelebt, um genügend Erfahrung zu haben, und selbst heute, wo ich Ihnen das erzähle, weiß ich, daß man noch so schuften kann, man lernt doch nie aus.

Das Minutenlicht im Treppenhaus hat nicht richtig geklappt und ist die ganze Zeit über ausgegangen. In der vierten Etage haben wir Krach gemacht und Monsieur Zidi, der aus Oudja kommt, ist herausgekommen, um nachzusehen, was los ist. Als er Madame Rosa gesehen hat, ist er mit offenem Mund stehengeblieben, als ob er nie einen japanischen Modell-Kimono gesehen hätte und hat schnell wieder die Tür zugemacht. In der dritten Etage sind wir Monsieur Mimoûn begegnet, der auf dem Montmartre Erdnüsse und Kastanien verkauft und der bald nach Marokko zurückkehren will, nachdem er ein Vermögen gemacht hat. Er ist stehengeblieben, hat aufgeschaut und gefragt:

»Was ist denn das, mein Gott?«

»Das ist Madame Rosa, die nach Israel verreist.«

Er hat nachgedacht, hat dann noch einmal nachgedacht und hat mit ganz erschreckter Stimme wissen wollen:

»Warum hat man sie so angezogen?«

»Ich weiß nicht, Monsieur Mimoûn, ich bin kein Jude.«

Monsieur Mimoûn hat Luft geschluckt.

»Ich kenne die Juden. Die ziehen sich so nicht an. Das gibt's doch nicht.«

Er hat sein Taschentuch genommen, hat sich die Stirn abgewischt, und dann hat er Madame Rosa geholfen, runterzukommen, weil er gesehen hat, daß es für einen einzigen Mann zu viel war.

Unten hat er wissen wollen, wo das Gepäck ist und ob sie sich nicht erkälten würde bis das Taxi kommt, und er hat sich sogar geärgert und zu schimpfen angefangen, daß man eine Frau in einem solchen Zustand nicht zu den Juden schicken darf. Ich habe zu ihm gesagt, daß er in die sechste Etage raufgehen und mit der Familie von Madame Rosa sprechen soll, die sich um das Gepäck kümmert, und er ist weggegangen und hat gesagt, das wäre wohl das letzte, daß er sich darum kümmert, daß man Juden nach Israel schickt. Wir sind allein geblieben, und wir haben uns beeilen müssen, denn bis zum Keller war es noch eine halbe Etage.

Als wir dort angekommen sind, ist Madame Rosa in den Sessel gefallen, und ich habe geglaubt, daß sie jetzt stirbt. Sie hat die Augen zugemacht und hatte nicht mehr genug Atem, um ihre Brust zu heben. Ich habe die Kerzen angezündet und habe mich neben sie auf den Boden gesetzt und ihre Hand gehalten. Das hat sie ein bißchen gebessert, sie hat die Augen aufgemacht, hat um sich geschaut und gesagt:

»Ich habe genau gewußt, daß ich das eines Tages brauchen würde, Momo. Jetzt kann ich beruhigt sterben.«

Sie hat sogar gelächelt.

»Ich werde nicht den Weltrekord aller Gemüse schlagen.«

»*Insch' Allah.*«

»Ja, *Insch' Allah*, Momo. Du bist ein guter Junge. Wir haben uns immer gut verstanden.«

»Ja, Madame Rosa, und das ist schließlich besser als niemand.«

»Und jetzt laß mich mein Gebet sagen, Momo. Ich werde es vielleicht nie wieder können.«

»*Shema israel adenoi* ...«

Sie hat mir alles nachgesprochen bis zum *loeilem boet* und sie schien zufrieden. Sie war noch eine gute Stunde klar geblieben, aber danach hat sie sich wieder verschlechtert. In der Nacht hat sie Polnisch gebrummelt wegen ihrer Kindheit dort, und sie hat immer wieder den Namen eines Kerls genannt, der Blumentag geheißen hat und den sie als Zuhalter gekannt hat, als sie noch eine Frau war. Ich weiß jetzt zwar, daß es Zuhälter heißt, aber das ist die Macht der Gewohnheit. Danach hat sie überhaupt nichts mehr gesagt und hat einen leeren Gesichtsausdruck gehabt und die Wand vor sich angesehen und unter sich geschissen und gepinkelt.

Ich will Ihnen nur eins sagen: Das dürfte es nicht geben. Ich sage es, wie ich es denke. Ich werde nie verstehen, warum die Abtreibung nur für die Jungen zugelassen wird und nicht für die Alten. Ich finde, der Kerl in Amerika, der den Weltrekord als Gemüse geschlagen hat, das ist noch schlimmer als Jesus, weil, der hat siebzehn Jahre und etwas an seinem Kreuz gehangen. Ich finde, es gibt nichts Gemeineres, als Leuten, die sich nicht mehr wehren können und die zu nichts mehr nützen wollen, mit Gewalt das Leben in den Schlund zu stoßen.

Es hat viele Kerzen gegeben, und ich habe einen Haufen angezündet, damit es nicht mehr so dunkel ist. Sie hat noch einmal Blumentag gemurmelt, zweimal Blumentag, und das ist mir langsam auf den Wecker gegangen, ich hätte gern gesehen, ob sich ihr Blumentag genauso viel Mühe mit ihr macht wie ich. Und dann habe ich mich daran erinnert, daß Blumentag auf jüdisch soviel heißt wie Tag der Blumen, und daß das wohl wieder so ein Frauentraum war, den sie geträumt hat. Die Weiblichkeit ist stärker als alles, vielleicht ist sie, als sie jung war, mal auf dem Land gewesen mit einem Kerl, den sie geliebt hat, und das hat sie nicht mehr vergessen.

»*Blumentag*, Madame Rosa.«

Ich habe sie allein gelassen und bin rauf gegangen, um meinen Regenschirm Arthur zu holen, weil ich an ihn gewöhnt war. Später bin ich noch mal raufgegangen, um das Bild von Monsieur Hitler zu holen, es war das einzige, was noch auf sie gewirkt hat.

Ich habe gemeint, daß Madame Rosa nicht lange in ihrem Judenloch bleiben würde und daß Gott Mitleid mit ihr hätte, denn wenn man am Ende seiner Kräfte ist, hat man alle möglichen Gedanken. Manchmal habe ich ihr schönes Gesicht betrachtet, und dann habe ich mich erinnert, daß ich ihre Schminke vergessen habe und alles, was sie gern hatte, um eine Frau zu sein, und ich bin ein drittes Mal raufgegangen, ich hatte sogar den Rüssel voll, sie ist ganz schön anspruchsvoll, Madame Rosa.

Ich habe die Matratze neben sie gelegt, um ihr Gesellschaft zu leisten, aber ich habe kein Auge zugemacht, weil ich Angst vor den Ratten hatte, die in den Kellern verrufen sind, aber es hat keine gegeben. Ich bin, ich weiß nicht wann, eingeschlafen, und als ich wieder wach geworden bin, hat fast keine Kerze mehr gebrannt. Madame Rosa hatte die Augen offen, aber als ich ihr das Bild von Monsieur Hitler vorgehalten habe, hat sie das nicht interessiert. Es war ein Wunder, daß man in ihrem Zustand noch tiefer hat rutschen können.

Als ich aus dem Haus gegangen bin, war es Mittag, ich bin auf dem Bürgersteig stehengeblieben, und wenn man mich gefragt hat, wie es Madame Rosa geht, habe ich gesagt, daß sie nach Israel abgereist ist, daß ihre Familie gekommen war, um sie abzuholen, daß sie dort modernen Komfort hätte und viel schneller sterben würde als hier, wo es kein Leben für sie war. Vielleicht würde sie noch eine Zeitlang leben und mich auch kommen lassen, weil ich das Recht dazu hatte, die Araber haben ebenfalls ein Recht dazu. Alle waren glücklich, daß die Jüdin ihren Frieden gefunden hatte. Ich bin in die Kneipe von Monsieur Driss gegangen, der mir umsonst zu essen gegeben hat, und ich habe mich Monsieur Hamil gegenüber gesetzt, der am Fenster saß und seinen schönen grauweißen Burnus anhatte. Er hat jetzt überhaupt nicht mehr gesehen, wie ich die Ehre gehabt habe, aber als ich ihm meinen Namen dreimal gesagt habe, hat er sich sofort wieder erinnert. »Ach, mein kleiner Mohammed, ja ja, ich erinnere mich ... Ich habe ihn gut gekannt ... Was ist aus ihm geworden?«

»Ich bin's, Monsieur Hamil.«

»Ach so, ach so, ja ja, ich sehe nicht mehr, weißt du ...«

»Wie geht's denn, Monsieur Hamil?«

»Ich habe gestern einen guten Couscous zum Essen gehabt, und heute mittag bekomme ich Reis mit Fleischbrühe. Heute abend weiß ich noch nicht, was ich zu essen bekomme, ich bin sehr neugierig, es zu erfahren.«

Er hatte immer seine Hand auf dem Buch von Monsieur Victor Hugo liegen, und er hat ganz weit fort, weit fort gesehen, als ob er suchen würde, was es heute abend zu essen gibt.

»Monsieur Hamil, kann man leben ohne jemand, den man lieb hat?«

»Ich liebe den Couscous sehr, mein kleiner Victor, aber nicht jeden Tag.«

»Sie haben mich nicht verstanden, Monsieur Hamil. Sie haben zu mir gesagt, als ich klein war, daß man ohne Liebe nicht leben kann.«

Sein Gesicht ist von innen heraus hell geworden.

»Ja ja, das stimmt, ich habe auch jemand liebgehabt, als ich jung war. Ja, du hast recht, mein kleiner ...«

»Mohammed. Nicht Victor.«

»Ja, mein kleiner Mohammed. Als ich jung war, habe ich jemand geliebt. Ich habe eine Frau liebgehabt. Sie hieß ...«

Er ist verstummt und schien verwundert.

»Ich kann mich nicht mehr erinnern.«

Ich bin aufgestanden und in den Keller zurückgegangen. Madame Rosa war in ihrem Verwöhnungszustand. Ja, Verblödungszustand natürlich, danke, ich werde mich das nächste Mal dran erinnern. Ich bin halt auf einen Schlag vier Jahre älter geworden, das ist nicht leicht. Eines Tages werde ich bestimmt reden wie alle Welt, dafür ist das gemacht. Ich habe mich nicht wohl gefühlt, und es hat mir fast überall weh getan. Ich habe ihr wieder das Bild von Monsieur Hitler vor die Augen gehalten, aber das hat ihr überhaupt nichts ausgemacht. Ich habe gedacht, daß sie so noch jahrelang leben kann, und das habe ich ihr nicht antun wollen, aber ich hatte nicht den Mut, sie selber abzutreiben. Sie hat nicht gut ausgesehen, nicht einmal in der Dunkelheit, und ich habe alle Kerzen angezündet, die ich konnte, wegen der Gesellschaft. Ich habe ihre Schminke genommen und habe ihr davon auf die Lippen und auf die Wangen gemacht und habe ihre Augenbrauen angemalt, wie sie es gern hatte. Ich habe ihre Augenlider blau und weiß angemalt und habe ihr kleine Sterne draufgeklebt, wie sie es selber gemacht hat. Ich habe versucht, ihre falschen Wimpern anzupappen, aber die haben nicht gehalten. Ich habe zwar gesehen, daß sie nicht mehr geatmet hat, aber das war egal. Ich habe mich mit meinem Regenschirm Arthur neben sie auf die Matratze gelegt und habe versucht, mich noch elender zu fühlen, um ganz zu sterben. Als um mich herum alles erloschen ist, habe ich wieder Kerzen angezündet und wieder und wieder. Und ein paarmal sind sie so erloschen. Dann ist der blaue Clown gekommen, um mich zu besuchen, trotz der vier Jahre, die ich älter war, und er hat mir den Arm um die Schultern gelegt. Überall hat es mir weh getan, und der gelbe Clown ist auch gekommen, und ich habe die vier Jahre, die ich gewonnen hatte, fallengelassen, sie waren mir Wurscht. Manchmal bin ich aufgestanden und habe das Bild von Monsieur Hitler Madame Rosa vor die Augen gehalten, aber das hat ihr nichts ausgemacht, sie war nicht mehr bei uns. Ich habe sie ein- oder zweimal geküßt, aber das hat auch nichts mehr genützt. Ihr Gesicht war kalt. Sie war sehr schön mit ihrem künstlerischen Kimono, ihrer roten Perücke und der ganzen Schminke, die ich ihr auf das Gesicht gemacht hatte. Ich habe ihr hier und da noch ein bißchen dazu gemacht, weil es ein bißchen grau und blau bei ihr geworden ist, jedesmal, wenn ich wach geworden bin. Ich habe auf der Matratze neben ihr geschlafen, und ich hatte Angst rauszugehen, weil da niemand war. Ich bin trotzdem zu Madame Lola raufgegangen, denn sie war jemand, der ganz anders war. Sie war nicht da, es war nicht die richtige Zeit. Ich hatte Angst, Madame Rosa allein zu lassen, sie hätte wach werden und glauben können, daß sie tot ist, wenn sie überall schwarz sieht. Ich bin wieder runtergegangen und habe eine Kerze angezündet, aber nicht zu viel, weil ihr das wegen ihrem Zustand nicht gefallen hätte. Ich habe sie noch einmal mit viel Rot und hübschen Farben schminken müssen, damit sie sich weniger sieht. Ich habe wieder neben ihr geschlafen und bin dann noch einmal zu Madame Lola raufgegangen, die wie nichts und niemand war. Sie hat sich gerade rasiert, sie hatte Musik angestellt und Spiegeleier, die gut gerochen haben. Sie war halb nackt und hat sich überall kräftig gerieben, um die Spuren von ihrer Arbeit wegzuwischen, und wenn sie nackt war mit ihrem Rasierapparat und ihrem Rasierschaum, hat sie nichts Bekanntem geglichen, und das hat mir gut getan. Als sie mir die Tür aufgemacht hat, hat sie keine Worte gefunden, derart muß ich mich seit vier Jahren verändert haben.

»Mein Gott, Momo! Was ist denn los, bist du krank?«

»Ich habe Ihnen adieu sagen wollen für Madame Rosa.«

»Hat man sie ins Krankenhaus gebracht?«

Ich habe mich hingesetzt, weil ich keine Kraft mehr hatte. Ich hatte seit, ich weiß nicht wann, nichts mehr gegessen, um in den Hungerstreik zu treten. Aber gegen die Naturgesetze ist kein Kraut gewachsen. Ich will sie nicht einmal kennen.

»Nein, nicht ins Krankenhaus. Madame Rosa ist in ihrem Judenloch.«

Ich hätte das nicht sagen dürfen, aber ich habe sofort gesehen, daß Madame Lola nicht gewußt hat, wo das war.

»Was?«

»Sie ist nach Israel abgereist.«

Madame Lola war so wenig darauf gefaßt, daß ihr der Mund mitten im Schaum offen stehenblieb.

»Aber sie hat mir nie etwas davon erzählt, daß sie verreisen will.«

»Sie sind sie mit dem Flugzeug holen gekommen.«

»Wer?«

»Die Familie. Sie hat einen Haufen Familie dort. Sie sind im Flugzeug gekommen, um sie abzuholen, mit einem Auto zu ihrer freien Verfügung. Einem Jaguar.«

»Und sie hat dich allein gelassen?«

»Ich komme nach, sie läßt mich nachkommen.«

Madame Lola hat mich noch einmal angesehen und hat mir an die Stirn gefahren.

»Aber du hast ja Fieber, Momo!«

»Nein, das geht schon weg.«

»Komm, iß etwas mit mir, das wird dir gut tun.«

»Nein danke, ich esse nicht mehr.«

»Wieso ißt du nicht mehr? Was erzählst du denn da?«

»Ich will mit den Naturgesetzen nichts zu schaffen haben, Madame Lola.«

Sie hat angefangen zu lachen. »Ich auch nicht.«

»Den Naturgesetzen, denen scheiße ich einen dicken Haufen, Madame Lola. Ich spucke drauf. Die Naturgesetze, das sind solche Drecksäue, daß das nicht erlaubt sein dürfte.«

Madame Lola hat mich lieb angelächelt.

»Willst du nicht bei mir wohnen, bis sie dich kommen läßt?«

»Nein danke, Madame Lola.«

Sie hat sich neben mich gekauert und mich am Kinn gefaßt. Sie hatte tätowierte Arme.

»Du kannst hier bleiben. Ich werde mich um dich kümmern.«

»Nein danke, Madame Lola. Ich habe schon jemand.«

Sie hat geseufzt, dann ist sie aufgestanden und hat in ihrer Tasche gekramt.

»Da, nimm das.«

Sie hat mir dreißig Eier zugeschoben.

Ich habe Wasser aus dem Hahn laufen lassen, weil ich einen Mordsdurst hatte.

Ich bin wieder runtergegangen und habe mich mit Madame Rosa in ihrem Judenloch eingesperrt. Aber ich habe es nicht aushalten können. Ich habe das Parfüm auf sie geschüttet, das noch übrig war, aber das hat nicht gereicht. Ich bin wieder rausgegangen, in die Rue Coule, wo ich Malerfarbe gekauft habe, und dann Parfümflaschen in der bekannten Parfümerie von Monsieur Jacques, der ein Heterosexueller ist und mir immer Avancen macht. Ich habe nichts essen wollen, um alle Leute zu bestrafen, aber es hat sich nicht einmal gelohnt, das Wort an sie zu richten, und ich habe in einer Kneipe Würstchen gegessen. Als ich zurückgekommen bin, hat Madame Rosa noch mehr gerochen, wegen der Naturgesetze, und ich habe eine Flasche Sambaparfüm auf sie geschüttet, das ihr Lieblingsparfüm war. Ich habe ihr das Gesicht mit allen Farben angemalt, die ich gekauft hatte, damit sie sich weniger sieht. Sie hatte immer noch die Augen auf, aber mit dem Rot, dem Grün, dem Gelb und dem Blau drum herum war es weniger schrecklich, weil sie nichts Natürliches mehr an sich hatte. Danach habe ich sieben Kerzen angezündet, wie das immer bei den Juden ist, und ich habe mich auf die Matratze neben sie gelegt. Es ist nicht wahr, daß ich drei Wochen neben der Leiche meiner Adoptivmutter geblieben bin, weil Madame Rosa gar nicht meine Adoptivmutter war. Es ist nicht wahr, und ich hätte es auch gar nicht ausgehalten, weil ich kein Parfüm mehr hatte. Ich bin viermal rausgegangen, um für das Geld, das Madame Lola mir gegeben hat, Parfüm zu kaufen, und ich habe genauso viel geklaut. Ich habe alles auf sie geschüttet und habe ihr das Gesicht angemalt und immer wieder angemalt, mit allen Farben, die ich hatte, um die Naturgesetze zu verstecken, aber sie ist überall furchtbar verdorben, weil es kein Mitleid gibt. Als sie die Tür eingeschlagen haben, um zu sehen, woher das gekommen ist und mich neben ihr liegen gesehen haben, haben sie angefangen, um Hilfe zu schreien, wie entsetzlich, aber vorher hatten sie nicht daran gedacht zu schreien, weil, das Leben stinkt nicht. Sie haben mich im Krankenwagen dorthin gefahren, wo sie in meiner Tasche das Stück Papier mit dem Namen und der Adresse gefunden haben. Sie haben Sie angerufen, weil Sie Telephon haben, sie hatten geglaubt, daß Sie etwas mit mir zu tun haben. So sind Sie dann gekommen und haben mich mit aufs Land genommen, ohne Verpflichtung meinerseits. Ich glaube, daß Monsieur Hamil recht hatte, als er noch richtig war im Kopf, daß man nicht leben kann ohne jemand, den man lieb hat, aber ich verspreche Ihnen nichts, man muß abwarten. Ich habe Madame Rosa liebgehabt, und ich werde sie auch weiterhin besuchen. Aber ich will gern eine Zeitlang bei Ihnen bleiben, weil Ihre Kinder mich darum bitten. Madame Nadine hat mir gezeigt, wie man die Welt rückwärts laufen lassen kann, und ich bin sehr interessiert und wünsche es von ganzem Herzen. Doktor Ramon ist sogar meinen Regenschirm Arthur holen gegangen, ich habe mir Kummer gemacht, weil, niemand möchte ihn haben, wegen seinem Gefühlswert, man muß lieben.

DIANA

Das anspruchsvolle Programm

Lily Brett

»Ihre Stärke ist etwas, das sie selbst als jüdischen Humor bezeichnet, gepaart mit Lust am Anekdotischen und Grotesken. Sie beschreibt New Yorker Neurosen und jüdische Eigentümlichkeiten so komisch, dass Kritiker ihren Stil mit Woody Allen vergleichen.«

Die Welt

»Zwei Stärken der Autorin: ihre große Offenheit und die Fähigkeit, in ganz kleinen, nebensächlich wirkenden Szenen einen tiefen Schmerz zum Ausdruck zu bringen.«

Frankfurter Rundschau

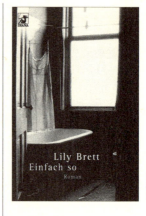

Einfach so
62/150

Zu sehen
62/224

DIANA-TASCHENBÜCHER